我在

刁斗 著

江苏凤凰文艺出版社

图书在版编目（CIP）数据

我在/刁斗著.—南京：江苏凤凰文艺出版社，
2020.5
ISBN 978-7-5594-2468-6

Ⅰ.①我… Ⅱ.①刁… Ⅲ.①中篇小说－小说集－中国－当代 Ⅳ.①I247.5

中国版本图书馆 CIP 数据核字（2018）第 143686 号

我在

刁　斗　著

出 版 人	张在健
责任编辑	傅一岑　张　婷
装帧设计	王晨玥
出版发行	江苏凤凰文艺出版社
	南京市中央路 165 号，邮编：210009
网　　址	http://www.jswenyi.com
印　　刷	江苏凤凰通达印刷有限公司
开　　本	880 毫米×1230 毫米　1/32
印　　张	8.75
字　　数	200 千字
版　　次	2020 年 5 月第 1 版　2020 年 5 月第 1 次印刷
书　　号	ISBN 978-7-5594-2468-6
定　　价	39.00 元

江苏凤凰文艺版图书凡印刷、装订错误可随时向承印厂调换

目录

身份

"那你,又有什么办法,证明你家那个于非愚是假的呢?""嗨,这还用证明吗?这不用证明,我是真于非愚,他自然就是假于非愚。""那你,你又有什么办法,证明你是真于非愚呢?"

001

身源

从表面看,他没随波逐流,好像是因为坚定强悍,至少是因为固执强硬。可他心里明白,他太想随波逐流了,只是不知如何随怎么逐……

050

身影

"我不需要很多机会,有一次机会对我来说就够用了。"邱一谢绝了管教的挽留。他甚至把管教为他写的几封介绍信全都顺手扔了。在过去的十三年里,他根本就没有想过再给自己留一条后路的事。

身价

她不允许自己想那么多,本来她也不是一个善于预见后果的人,她只能走一步看一步了。但她走的每一步,她都希望轰轰烈烈。

身　源

一

　　窗外天色清明，阳光直截了当地泼洒下来，一如婴儿勤勉的哭号：饱满、充分、尽职尽责。室内乌烟瘴气，仿若一洞废砖窑里，苟延着几缕力不从心的清仓式咳嗽：破败、衰竭、气息奄奄。这里不是废砖窑，是间冷气怡人的小会议室，还装潢一新，器物讲究；这里的人虽然抽烟挺凶——包括那个坐在头儿的右手边的，会议室里唯一的女人——但没人咳嗽，即使有人偶尔咳了，也声音脆亮，共鸣通透，相当于晨起的歌剧演员打理嗓子。他不抽烟看他们抽，如同目睹强人欺凌妇孺的孱弱少年，想大声喝止又不敢靠前。他把对二手烟的反感揣在心里，不让脸上表现出什么。他不好意思有所表现，更不敢。他只能不时地扭一下脑袋，迅速地、偷偷摸摸地、假装若无其事地，让视线越过窗台上的烟灰缸、方便饭盒、只装着泥土与植物残茎的花盆、空的或半空的矿泉水瓶，以及一大摞旧报纸，从十八层楼这样一个高度的室内望一望窗外，以求窗外的清澈帮他把室内的污浊过滤干净。没用。

除了他，因情绪紧张而显得僵硬，他们都松弛，这从他们懒散的坐姿上看得出来。他们围绕一个固定的主题，乱糟糟地议论讨论，闹哄哄地辩论争论，像群殴什么或抢夺什么：交流各自掌握的线索，商量下一步的行动方案，分享一些对他来说，一点也不可笑的插科打诨——他们对之则心领神会，还有办法在取笑逗乐之外，让这些科与诨再发挥些参照对比的借鉴作用。可他还是心存疑虑：这样下去，必然会混淆和模糊辨别的依据，让那些本应在反复修剪中眉目清楚的主题骨干，受到曲解甚至遮蔽。如果有他发言的机会，他很想问：如此过多过滥地节外生枝，还能从一片林海之中，正确地指认一棵树吗？能。很快，他的疑虑被证明为多余。他们看似脚下盲目，其实眼里都瞄着路标，不论对正常的行进轨道偏离多远，只要听到头儿的召唤，就能成为据有多个合适支点的灵巧跳棋，连续腾跃着抵达终点。终点的标志是分工派活。分工派活由一个人负责，头儿负责，其他人，只需闭上此前议论讨论加辩论争论的嘴，效法等待母燕饲食的幼燕，乖巧地、温驯地、眼巴巴地盯着头儿那张被黑色胡须包裹起来又反过来包裹黄色牙齿的翕动的嘴，就可以了。闭拢的嘴与翕动的嘴并没对接，但有默契。随着一些似是而非的省略式语句的半吞半吐，再辅以心照不宣的点头摇头及眼神交换，活就派光了，工就分完了。一切都快得不可思议。他们不像处理公务，倒像心不在焉地谋划协商这个周末的麻将牌局，该设在哪一个大家都熟悉的地方：他家还是他家还是他家还是他家。他有些失望。他们这种工作态度，称为轻慢大概不敬，但说成简明果决或干脆利落，肯定也牵强。没有拍肩膀，没有擂胸脯，没有军令状，没有刚毅的目光，庄严的誓词，神圣的泪水，坚定的一握，想象中能让人活跃腺体的任何东西都不存在。他忙调整心态，弱化失望强化理解。仪式化的虚假造作，的确已是生活的常态，可本真性的朴素实在，偶尔回光返照也不算反常。所以，在现实场景里，再煽情的责任托付与使命落实，也不可能全盘抄袭影视片与新闻稿。但是，尽管这样，在有些方面，尤其在更事关原则的那些方面，他接受起来仍然困难：那种本真性对仪式化的矫枉，那种朴素实在对虚假造作的逆反，表现得还是太极端了——含含糊糊，随随便便，有一搭没一搭，左也行右也可，连起码的公事都免予例行。一时之间他神思恍惚，仿佛在某个平坦的广场悠然散步时，忽然掉进个幽深大坑，而那坑的存在毫无道理。几许费解与惊讶掩埋了他。他急忙把头扭向窗外，用丽日白云修改表情。他没权利费解与惊讶。

　　接完活领过工，他们噼里啪啦地起身离座往门口走，像宽阔河道里的一群肥鱼，随波逐流地游向一个狭窄的隘口，并不管隘口外是否有渔网埋伏。还呆坐在黑色软皮扶手椅里的人就剩他了，仿佛他不是游鱼是块石头，还个头质量都足够大，水流多急都卷不走。他下意识地站了起来。他不是石头他也是鱼，还是羸弱小鱼，对缓波细浪都没能力抵御，与别人比，更有理由随波逐流。但起身后，他犹豫一下并没游动，虽然改变了石头的形状，却没改变石头的品质。他没真随波逐流。从表面看，他没随波逐流，好像是因为坚定强悍，至少是因为固执强硬。可他心里明白，他太想随波逐流了，只是不知如何随怎么逐：会议的结束等于宣布他们的周末牌局不带他玩，连伺候局的看客名额都不给他。意识到这点，他脸上的茫然开始凝固，然后，新一轮的费解与惊讶结晶而成：这是侮辱人。这一回，他的费解与惊讶比上一轮具体，其标志是，还派生出"侮辱人"这样一个书生气十足的端庄念头。其实，他这念头若用嘴说，只是陈述句，并非感叹句，属于判断而不属于抗议。可由于这念头依附的是表情而非声音，就制造了混乱，不仅没恰当地表白他的心迹，还把本应缀在后边的温和的句号，用凛冽的感叹号涂抹掉了。他阵脚大乱，都忘了向窗外扭脸修饰表情。他哪有胆量抗议侮辱呢？侮辱只能带来难堪，难堪只会影响面子，而此时面子对他来说，有是累赘没有倒更好。他很快就想清楚了，眼下对他构成刺激的，并非侮辱而是孤独，是突然间，那种没着没落的孤独之感的席卷而来吓呆了他。只是，他理应呆成一只恐惧的木鸡，却呆成了一块倔强的石头。也就是说，他表面上的坚定强悍，或固执强硬，完全是观察者的错觉赋予他的——如果恰好，有观察者在观察他。

我——头儿……他冲着门口的人群张开了嘴。确切地说，是他模仿着其他人的称呼法，冲着正好也走到门口的头儿张开了嘴。模仿他人，是他把随波逐流的渴望转化为行动的开始步骤。

他声音里没夹牢骚，只含乞求，但急切之中喉头的颤抖，以及因面部肌肉紧张而导致的口吃，没正常传达他的情感，倒像表明，他欲挑衅。更有甚者，他的表达与他的形体错误地暗示出的那种坚定强悍或固执强硬的表面信息，还构成了呼应关系，使他的哀鸣，有了叫嚣意味。他不光无力准确地使用肢体语言，连有效地操控发声系统也做不到了。形式进一步背叛了内容。他闭住嘴，不敢做出很可能歧义更大的拙笨解释，只能蔫巴巴地，汗津津地，站在窗口的骄阳之下，接受众人驻足回头的挑剔观察。

他没有下文的一声哀鸣，仿佛只为把众人拉进云里雾里。众人云里雾里地看向他时，需逆着日光。逆光有魔力，长于制造歪曲的幻象。结果，他那窘迫的、可怜兮兮的、没有半点自信可言的晦暗嘴脸，在逆光中却被打磨得见棱见角，使他虚弱的无意识沉默，变成了刚毅的有意识缄默。对众人来说，他身上那个真实的他仍不存在。他很想哭。好在，沉默或缄默都有助于清醒。他深吸口气，止住了哭意向清醒过渡，然后利用静默时段，整理思绪镇定情绪。整理与镇定产生了效果，他的脖子和腰身都不再僵直。思想随着身体的松弛活跃起来，而思想一活跃，也许并非自欺欺人的精神自慰就容易实现了：很可能，他们分工派活没考虑他，不过是个小小的圈套，他们是想借此了解他性格检验他勇气，以便确认，他究竟配不配与他们为伍。当然，也有可能，是他的出现比较突兀，有点反常，让他们一时判断不好，他被安插进他们中间意味了什么，便不敢对他贸然摆布。刚才会议进行期间，头儿接了个电话，如果他没猜错，那电话是马叔叔打的。马叔叔是上边更大的头目。他感觉得到，马叔叔来电没具体事，只为对这边的议论讨论和辩论争论，礼节性地关心一下。一个大头目，能主动对小头目客客气气，这让他相信，马叔叔的电话是为他打的。因为电话挂断之前，头儿在回答马叔叔最后一个问题时，曾愁眉苦脸地瞄他一眼：谢谢老板，挺好挺好，满意满意。他不认为是自己的敏感放大了头儿的难言之隐。他的心里不太舒服。不是为头儿不舒服，他同情头儿；他为马叔叔而不舒服，而且那不舒服感还越来越强，最终转化为隐隐的怨恨：一个在别人看来与他认识，甚至交情深厚，但事实上与他完全陌生的大头目的存在，成了捆缚他的无形的绳索。

唔？有事儿吗小……哦……头儿停在门口，回头看他。好像此前，他在他眼里只是块石头，粗糙黝黑并且丑陋，但忽然之间，他得知他是天外来客，是神奇的陨石，这才回头仔细看他。可头儿的口吻里，非常明显地，在关切亲和中夹着防范猜忌，或者相反。簇拥在他周围的他的属下，多半用表情模仿他口吻。

小叶，头儿，我叫叶放。树叶的叶解放的放。我觉得……

很快，大家和头儿一样，知道了他——知道了叶放什么意思。头儿笑了，有点讪讪的，部分人立刻又模仿头儿的笑容和笑声。叶放不解他们笑的意思。这之后，除了头儿，别人都离开会议室了，包括那几个附和头儿的讪笑的人，也包括那个唯一的女人。那女人是最后走出会议室的，出门前，她注视叶放的目光有点特别，既含敌意，又带歉疚。叶放没敢多看她眼睛，也没空看，他得把注意力都交给头儿。头儿没看他，看手上的黑笔记本，夸张地表现出为难的样子，好像给属下分工派活不是安排工作，而是掂量有限的奖金配额。

你这种积极的工作态度，非常可贵，最后头儿说，可你看哈，地铁案吧……运钞车案呢……你看这样好不哦小叶，你去找小许，先跟她做身源调查，就是那个氰化……头儿的为难，表现在吐字发音上就是调门不准，把四声的"化"说成了一声的"花"，乍一听，叶放以为，他是让他随一个叫小许的人去对一个叫青花的人做身源调查。

二

青花的照片一共两张，都半开 A4 打印纸大小。叶放小心地把它们从公文包里抽出来时，它们朝上的一面，是空白的相纸背面——也不完全空白一片，在空白中心，还分别有"A""B"两个潦草的手书字母作为标注，由粗黑的签字炭笔手写上去。由于事先已知道"A""B"两片的内容是什么，对它们做去留选择时，叶放就没参考相纸正面。他留下"B"片，把"A"片又插回公文包夹层。

公交车行驶得不疾不徐，像善于控制奔跑速度的识途老马，以恰当的摇摆节奏和适中的颠簸幅度，酿制叶放朦胧的幻觉。照片上的青花渐次清晰，仿佛正按一定比例被放大开来，直至扩展为真人原本的大小。她仍然躺在一片浓荫掩映的绿草地上，不够舒服地，让自己蜷曲成一种对平衡能力要求甚高的别扭的仰姿，像只顽皮的小猫在晒太阳——不，小猫即使最顽皮时，半抬着的一条胳膊也不会那么僵硬，双腿也不会绞扭得那么不合情理。她不像小猫，什么也不像。她只像她自己。她身上还半穿着柠檬黄色的丝质睡裙，像淡色的果汁浸泡着她，由于系于腰间的带子早已松动了可能曾经系牢的扣结，她身体基本袒露。她左乳上方，纹朵初绽的小花，她肚脐下端，纹只微噘的小嘴，耻骨部位悉心修剪过的浓黑阴毛呈等腰三角形，其向上的尖角，几乎插进了红唇之中。所有这一切在吸引人时，都充满暧昧的导向意味。她身上出现的唯一变化，是始终闭拢的眼睛开始了眨动，一下，两下，让叶放在她的眼波中飘飘摇摇。叶放有点心猿意马。当然，很快，叶放就看明白了，青花双眼的下意识眨动，不为快活地示好或轻佻地调情，更不为职业性地勾引诱惑，应该说，都不含交流沟通的普通动机；它之所以会忽闪出脉脉的情愫，只因闭得太久，一旦睁开，那层娇嫩的视网膜必须持续地、逐渐地、半推半就地接受光线所带来的刺激。是客观因素而非主观因素，为它赋予了挑逗的性质。她眼睛终于适应了光线的明亮，也注意到了叶放对她的注视：友好、怜惜、痴迷、爱恋。她羞涩地蹙起了眉头，回瞪叶放，似乎在半是撒娇半是恼怒地请求叶放，别那么直勾勾地端详她了，即使那目光里有友好怜惜，有痴迷爱恋。叶放尊重了她的意愿，闭上眼睛。不过叶放相信，青花拒绝他目光的爱抚，并非因为身体的赤裸，而是因为身体的呆板生硬。不光青花这种美丽的女人，任何人，哪怕丑陋的人，也不愿把呆板生硬展示给别人。呆板生硬比丑陋还丑陋。

公交车的又一次启动，惊醒了叶放。他揉揉眼睛，把两条原本叉开的大腿并拢起来，平垫上公文包，再铺上正面朝上的"B"片，看。尽管，他知道，在未来的工作流程中，他更多使用的应该是"A"片。在目光完全交给"B"片之前，他没忘记，先警惕地对周围扫视一眼，意识到他的扫视过于做作，过于假模假式，他才收回目光低下头去。

这两张照片，他正看的"B"片和公文包里的"A"片，此前他已两度看过。第一次看时距离较远，根本没看清它们的内容。当时，头儿在大伙发言之前，为会议定调子，说完地铁爆炸案，又说完运钞车抢劫案，捎带着提到氰化物谋杀案时，把这两张照片晃了一下。也就是个小姐吧,这种事,多了……这天早上的碰头会,需要大家议论讨论辩论争论的是三个案子,但不用头儿明说,他的意思也人人明白,虽然地铁案和运钞车案都没死人,可社会影响面大,有上面督办,所以必须全力侦破;而青花,极有可能是个妓女——大部分人,是大部分中国人,不知出于怎样的心理动机,喜欢以"小姐"代指"妓女"——或许连家人都懒得关心她的死活,领导对她的重视度自然更低。叶放第二次看到它们,距离倒近,但看得仔细的主要是"A"片,对展示年轻女人裸体的"B"片,由于身旁还有个不裸体的年轻女人,他就违心地,采取了一种漠视的态度,同样没看清。

当时,他第二次看它们时,他身旁那个不裸体的年轻女人就是小许。当时是在办公大楼十一层小许的办公室里——那间不大的屋子,是小许的办公室,也是他的新办公室,还是他和小许之外其他三人办公的地方。当时他找到1105室,敲门的右手有些发抖。办公室的门宽宽地敞着,他又是它的主人之一,可他还是通过门板,把也许并不多余的礼貌和肯定多余的卑微传递给了门里的人。门里基本没人,这他从敞着门的门口已经看到,他的另三个同屋去向不明,只有小许刚打完电话——他知道打电话的女同屋就是小许,是几秒钟后。

你好,请问——他一下卡壳了,头儿没告诉他小许叫许什么。作为新人,怎么能小这个小那个地称呼老人呢?我找许……

我是小许。刚才会议室里唯一的女人,那个坐在头儿的右手边抽烟的年轻女人,在一张窄小的写字台后面向他招手。我等你呢。

等我?

是呀，不用头儿来电话通知，我一看你主动请战，就想到了。

为什么呀？许——姐——

因为——你新来的呀。

小许脸上，又现出刚才离开会议室时，那种敌意与歉疚混杂的表情。叶放不理解她何以对他怀有敌意，但想得明白她何以歉疚。

两小时前，叶放一踏进十八楼的会议室里，正是小许的玩笑，让他遭遇了在这个新集体里的第一轮尴尬。也许，头儿派活分工时不考虑他，与那个玩笑就有关系：作为新手，若过早地介入复杂的工作，很可能成事不足败事有余。当时，会还没开始，先来的人正东拉西扯。叶放进屋，问清了哪个是头儿向头儿报到，并在众人的审视之下，坐进那把靠窗的黑面软皮扶手椅里。然后会议就开始了，头儿刚提两句案子，又忽然打住，看他一眼，说：先说件别的事儿哈。这小伙子呢，他用黑糊糊的嘴往叶放这里呶了一呶，是上边给咱派来的新人……可他话没落地，坐他身旁的小许就接了过去：是新来的？噢，新来的，那咱得呱叽呱叽。众人皆笑，多是小许那种怪怪的笑法，然后齐齐撞击指根。没错，不是鼓掌，只是撞击手指的根部，即两手分别五指大张，互相交错着，连连将此手的手指倾斜着插入彼手的指缝，其结果是，虽名为拍手，但左右两掌并不合拢，只通过两手手指的一次次交叉，让指根碰撞出沉闷的钝声。那种声响空洞而龌龊。叶放脸红得像墙上的锦旗。墙上挂着很多锦旗，基本红色，也有黄色。叶放的脸色像红锦旗。他知道，他们这是拿他开心，他们演绎的，是一个他恰好听说过的著名的段子：新来的。叶放不想把这事放在心上，不想把一次粗鲁的调侃理解为恶意的戏弄。可没忍住，他这天的第一波委屈还是涌了出来，随后，他在心里强烈地反感他们抽烟，其实是一种移情的替代——对他们的人，即使在心里，他也不敢表现出反感。那个"新来的"的段子是这样说的：有家精神病院，为迎接领导视察，事先做了充分准备，除了张灯结彩拉横额拟口号，还重点训练精神病人怎么秩序井然地列队鼓掌。精神病人鼓掌时，喜欢十指交叉着碰撞指根，医生就呵斥他们说，精神病才这么鼓掌！欢迎领导，应该学领导的鼓掌方法。医生做着示范说，领导一般都强调团结，鼓掌也要象征五湖四海，这样——左手在下五指并拢，表示五湖，右手在上以四指下拍，表示四海。精神病人反复训练，医生在旁严加监督，及时进行表扬与批评。能做到五湖四海的，医生就说到底是老病号，学得真快；做不到五湖四海的，医生就骂怎么那么笨，新来的呀！话说领导视察那天，列队欢迎的精神病人双手飞动，个个都鼓出了五湖四海掌。领导面朝队列非常高兴，也鼓掌向精神病人回以致敬。可大家发现，这领导鼓的，不是象征团结的五湖四海掌，而是十指交叉碰撞指根的精神病掌。精神病人的队列一下乱了，他们像医生训斥他们时那样，严厉地对领导提出批评：嗨，笨蛋，你新来的呀！

我爱开玩笑，你不怪我吧？小许的歉疚，是真诚的，但不知为什么，叶放还是能听出一种不那么顺溜的弦外之音。

怎么会呢许姐。

是这之后，小许拿出了两张分别标为"A""B"的青花照片，以及几张没订在一起，模模糊糊的案卷复印纸，像魔术师请观众对他的道具验明正身那样，有点戏谑地、轻慢地、不屑地，把它们扔到叶放面前。

011

喏，这份是你的，你先熟悉一下——刚才头儿来电话交代了，我们的第一步工作，是把省政府周边三公里内的夜总会洗头屋练歌房娱乐中心都摸一遍，登记近期失踪的小姐。但今天不行了，今天地铁案那边还需要我。我们明天吧。

好的，可是——叶放没看小许眼睛。不看，就可以忽略敌意只记住歉疚。他看案卷纸和青花。青花面部轮廓清晰流畅，男孩子式的半寸短发几乎立着，一双大大的眼睛直视镜头，明亮，专注，喜悦，有种顽皮的坦诚与稚气的坚定。这类眼睛，不大容易生成敌意，因而也不必酿制歉疚。能确定吗，她是妓女？

妓女？恶心。看她那德性，不是小姐能是什么。

哦，小……姐……叶放嗫嚅着，在心里给小许提了个问题：如果有人喊你小姐，是否意味着，你在他（她）眼里是个妓女？为了不让心里的问题滑到嘴边，他把注意力都交给了照片。他对"B"片一带而过，目光主要放"A"片上。"A"片是青花活着时拍的标准照的放大扫描版，颗粒有点粗糙，层次略微含混，看它时应该像看油画，适当地与之拉开距离。"B"片清楚，是原版照，基本裸体的青花已经死去，仰躺在她被发现的那片绿草地上，一双眼睛安详地闭着。

怎么，还有她以前的照片？手捧"A"片，叶放光顾惊喜了，没注意小许脸上的尴尬。

啊……对呀……有哈……小许张口结舌，仿佛叶放不经意的顺嘴一问，涉及的答案比较下流，或太过艰深。她意旨不明地瞪一眼青花。青花没理她，让她显得有点没趣。也许，她更想瞪叶放。这个——她不情愿地，挺无奈地，从抽屉里又拿出张彩色照片，是张一寸大的标准人头像。除了身上的睡裙,这是她的另一样东西,你看——小许伸手,指向"B"片睡裙上的一个部位,这里有个小兜,它在兜里。

直到这时,叶放才正式看一眼"B"片。但也仅仅一眼,还特别草率,不仅没看清青花裸露着的乳房肚腹阴毛大腿以及纹身,连睡裙上那个小兜也没看清。他去接小许手里那张青花"A"片的原始版本。小许可能不想给他,伸出的手臂只象征客套。可叶放处于兴奋之中,忽略了那条手臂的本意,甚至,对小许脸上可能已显现出的敌意也忽略了。他抓过那张规格偏小的、内容有限的、但因拍得清晰而栩栩如生的一寸彩色标准照的动作干净利落,像擒拿格斗时,对顺手牵羊招式的简单应用。那照片贴在块硬卡片上,又与硬卡片一道,被透明的塑料压模卡镶嵌起来。它的左边和上端,都被齐整地剪了下去,右边和下端没受过剪裁,还保留着卡片延展出来的边缘部分,约两毫米。小许再次半伸出手,既像无意识地随便做个动作,又像企图夺回照片。叶放对手里的照片过于专注,几乎忘了身旁的小许,他翻转照片时挪一下身子,只为站得更舒服些。但恰好,他躲过了小许伸来的手。果然,照片背面也有内容。照片是贴在硬卡片上,硬卡片自然也陪着照片受到了剪裁,但同样陪着照片留下来的,还有其他东西,它们是印在硬卡片背面的几行只剩半截的黑体小字:

4. 学员全部考试合
5. 违反上述规定者
6. 本校禁止一切吃

者建议拨打举报

Email：LNJ

网站：htt

有这几行半截话作为分析的参照，不难想象，这张卡片完好无损时，比居民身份证只大一点，并且，它应该是张学员证——是青花参加某所学校的学习时，别在胸前的学员胸卡。

嗨，有这半个学员证，就更容易设定查找范围了：妓院加学校……

行了行了。"妓院"这个字眼的出现，为小许名正言顺地表示不满提供了理由，她意思明确地索要照片。叶放仍想把原版的青花留在手里，照片虽小，但比"A"片细致多了，最主要的是，面对照片背面那几行半截话，他对青花曾经或者仍然在那里学习的某类学校能有所想象。他不敢违逆小许。他不舍地把青花交还小许，同时关闭了自己的想象。喜欢上啦？小许嘻嘻一笑缓和气氛。毕竟，她已如愿收回了照片。唔，我要是男的也能迷她，她的确有魅力，可惜是小姐。

没……不是，我是觉得，她像个熟人，可像谁一时又说不太好。

像谁？小许看青花，是哈，是有点像谁。她思索着抬头看一眼叶放，然后低头重看青花。我知道了，小许神秘地笑，像你自己。

叶放也笑，说我有那么帅吗？又说好，以后我就以她为标准整一下容。小许已开始整理手包，顺嘴道，那你得先做变性手术——但话未说完，脸上的歉意又出现了，连说玩笑。叶放摆手，神色间没有丝毫不快,说不用变性,变性就没特点了;你不知道现在时髦"伪娘"吗?我要真漂亮成她这样子……小许停下手上的事情,直视叶放,像刚化完妆,认真地对镜挑剔自己。唔,对对,真的哈,啥时候你好好捣饬一把,"伪娘"一回,让老杜给你拍组照片挂到网上,保准能成网络红人——喏,这就老杜拍的。小许点一下青花的"B"片。他有本事把死人拍活。叶放重看青花,接不上话。能把死人拍活的老杜,会把活人拍得怎么样呢?小许已做好出门的准备,但仍沉浸在玩笑营造的融洽气氛中,一边举行告别仪式般环视办公室,一边继续关切地说,今天我不行没时间了,明天吧,上班后我先带你去后勤领桌椅和门钥匙,然后咱俩再下去走访。叶放赶忙表示感谢,同时也收拾好自己那份青花照片以及案卷复印件。小许的话也许没别的意思,但他还是应该想到:这1105室虽然也属于他,可当他没有这里的门钥匙,这里也没他的办公桌椅时,他在这里就是客人。客人不合适留在主人离去的房间。

三

在省政府站,叶放下车。森严的省政府门前冷冷清清,与周边的热热闹闹反差强烈,好像行人的脚下都装有仪器,探得出越过哪条线等于进入雷区。除了上访者,没人企图越过雷区。上访者也只能徒劳地企图。叶放好奇地观察雷区。他不看那几个僵立的站岗军人,他们除了冷漠没别的内容;他看那几个星散开的、伫立或徘徊的、好像无聊闲汉却能让冷漠闪烁出威严的年轻男子,判断他们是便衣警察还是便衣军人。结果，好奇让他踩空了马路牙子，而一打趔趄，距他较近的几个闲汉，立刻投来威严的目光，让他感觉，那目光是引线，随时能引爆他的地雷。他忘了，此时他就是便衣警察。他低头看路，逃窜般地绕向省政府的南墙外侧，运河北岸。运河北岸不属于雷区，属于甬路、草坪、杨树、柳树、凉亭、假山、灌木丛和长木凳，属于赏心以及悦目。叶放放慢脚步，重新调动起观察的兴趣，用目光与周围交流。

周围的一切不同往昔，也以冷漠慑人，明显拒绝与叶放沟通，仿佛本应赏心悦目的它们，与省政府门前区域那些僵立或者活动着的他们没有区别。它们意欲回避罪恶吗？想否认就在一天之前，它们刚刚目睹过死亡，并与谋杀者合谋藏匿过一缕冤魂？叶放决计戳穿它们。他没理由害怕它们，它们不是人，没有能力引爆地雷。叶放执着地寻寻觅觅。只多费了一点点气力，他就找到了那株柳树，还有那丛灌木和那片草坪。草木葳蕤，树影婆娑，青花至少躺了五个小时的那个地方，不见些许一个席地而卧者留下的痕迹。叶放有些沮丧。好在他刚刚走过的逶迤来路能提醒他，回头检索自己的行走，不留痕迹实属正常。柳树下，灌木旁，草坪上，并非作案的第一现场，现场勘察与法医鉴定得出的应该是正确判断：凶手用氰化物毒死青花后，立刻借助某种运输工具，将青花载到运河桥北侧的人行道上，再背着她或抱着她或抬着她，走甬路绕凉亭过假山，把她抛到一棵倾斜的老柳树下，由一丛灌木具体地对她实施遮掩。前一天上午，八点四十，一对晚起的晨练夫妇打完太极拳，回家时经过这个地方。丈夫忽然泛起尿意，就边跳过灌木丛，边把裤子里用以解除尿意的东西掏了出来。但转瞬间，他的尿意和他掏出的东西，又同时被吓了回去。前者回哪了说不太好，后者回归了他的裤裆。即使躺他面前的不是死人，仅仅是个裸体姑娘，他也不能不感到害怕。他是个六十岁的壮年男子，刚从省政府一个实权颇大的处长位置上退休回家，虽然性能力不逊往昔，但办事能力已大不如前，他不敢再轻易接纳女人——况且，此时他妻子就在身后。二十分钟后，接到报案的头儿带着小许、老杜等人赶了过来，法医认为，青花死于五小时前。九点前推五个小时，是四点，而眼下这季节，四点半一过天就亮了。可以肯定，毒死青花后，凶手都未及抽一支烟，便火速赶到了抛尸现场，因为天一透亮，省政府南侧运河北岸的花园绿地，会成为晨练者的狂欢天堂，到了那时，携一具尸体由运河桥头往花园绿地的纵深地带走一分半钟，不被人注意是不可能的。可以想见，谋杀的第一现场距此不远，而抛尸时间，必然是在四点半前。头儿和小许、老杜他们，已调过这一路段这一时段的监视探头，经反复研究，没能发现任何线索，所有进入监视探头的机动车、人力车、自行车、行人，都不可疑。

　　抛尸现场作为谋杀者的同谋，不泄露与青花有关的任何信息，现在叶放把它抓在手里，只等于抓着一块融化的冰。叶放再度沮丧起来，也像昨天那个报案者一样，突然地，体内泛起了一阵尿意。有人站到了他的身后。他收回尿意，咽口唾沫，用平静的表情替代沮丧。

　　是蔡处长吧？

　　他这么问时并没回头，只是尽量把思索秀做得标准。他希望留给来人的印象是老成持重的。身后的来人脚步轻盈，无声无息，照理说，用耳朵叶放听不到他。来人认可完自己的身份，果然就提出了这个问题,并请叶警官一定回答。

感觉。叶放自信地回答,然后潇洒地转身与蔡处长握手,并拉着蔡处长,坐到几米外的长木凳上。

你从那姑娘躺着的地方,看到了我投到那里的影子。蔡处长比叶放自信,老到的微笑从容而狡黠。

嘿嘿,您老——蔡处长的从容与狡黠,一下子就震住了叶放,他的气势迅即萎缩——您老这感觉能力,像我的同行。叶放的声音近于讨好。这一上午,他唯一的一次强势表演,于一瞬间就瓦解了。看来呀,麻烦您老又来趟这里还真有必要,您老的敏锐、犀利,对我的调查太重要了。

受到恭维的蔡处长没假装谦虚。别客气小叶同志,打击敌人维护稳定,这是我作为一个党员的责任,能帮助你我很高兴。但是,蔡处长的声音忽然放低,像与叶放做秘密交易。你的调查,是为公呢还是为私?

你,你这什么意思?人民警察当然一切为公。

哦,没什么,在配合你调查之前,我得知道,我服务的对象,究竟是组织还是个人。蔡处长没因引逗得叶放发急而失去镇定,反倒对他能激得叶放发急而感到开心。他故意放慢解释的语速,专心体会右手手掌在自己休闲短裤下白嫩大腿上的抚摸式滑动。他的举止有些猥亵。因为我知道,他说,按你们规矩,做这种走访调查得两人一组,绝不允许单独行动……

噢,你看蔡处长——叶放的气势,被蔡处长彻底压了下去,他拘谨地模仿着蔡处长,也放低声音,但不是蔡处长那种低沉有力,而是低声下气。怨我没解释清楚,我吧,是新来队里的,我的搭档今天有事,我就先……想笨鸟先飞。不好意思蔡处长,如果以后我们还麻烦您,咱俩今天见面的事儿,嘿嘿,还望您别提。

哈,一旦规定演变为教条,必然抑制人的创造能力。蔡处长信口感慨一句,没对叶放做明确答复。叶放有些尴尬。蔡处长扭头,从侧面欣赏他的尴尬,直到他有点承受不住,才放过他,才从他手里拿过青花的"A"片,转而欣赏青花。青花笑靥明媚,看不出尴尬,蔡处长对她的欣赏就很短暂。但不论欣赏叶放还是青花,蔡处长的眼神都飘忽不定,好像他镇定的只是外表,而心思比叶放还纠结凌乱。你俩——真的不是兄妹或姐弟?好好我相信你。可我真觉得,你俩也不知哪特别相像……他边说边把青花的"A"片还给叶放,让视线移向青花曾躺过的地方。希望你也能理解我,我是一个老同志了,一辈子只服务于党和国家,当然,还有人民,我不想搅进个人的是非恩怨。

叶放松口气。您放心,虽然我这有点像个人行为,但为的,也是党和国家,还有人民,我与死者,没任何关系……是这样蔡处长,我看了昨天您报案后,我的同事做的笔录,我觉得,对死者的情况,您知道的要比您说的更多……

唔,你怎么看出来的?蔡处长的态度,不是否定叶放的判断,而是对他的判断发生了兴趣。

感觉,真是感觉……

蔡处长停止了对自己白嫩大腿的自慰式抚摸,改为轻轻拍打。嗯,你这小伙子行,感觉的确灵敏,是个好警察的料。他顿一下,扭头看左边右边和后边,然后重新放小音量。不瞒你说,我确实认为她是小赵。他抬起拍打大腿的那只右手去拍打青花。这时青花在叶放手里，他拍打青花时，肥软的手掌触到了叶放，叶放如同被电了一下，躲闪的动作有点唐突。哦，我也可能认得不准，毕竟我只见过她两面，如果你们不再找我，我也不想胡乱猜测。但你这小伙子啊叶警官，有能力注意到我话中的那点蛛丝马迹，让我佩服。那我就，作为一次私人性质的谈话，说说我的猜测？

您说您说，我一定保密。叶放从公文包里掏出纸笔。但有些内容，我还是简单记一下好吧？他征求蔡处长意见时，表情客观，像个诚实的中介人为陌生人与自己的亲友牵线搭桥，但事实是，他的手在公文包里掏纸笔前，已做过一个并不诚实的隐蔽动作，打开了事先准备好的录音笔开关。

其实，我不知道她姓不姓赵，我称她小赵，是因为老赵，她是老赵情人。老赵是我同事，前些年给我当过副手，后来和我平级也当处长——是另一个没我这处实权大的处的处长，可这一年，操，他比我强了，混上厅局级巡视员了。哦，我说这个，你会认为挺无聊吗？

也许有这成分蔡处长，叶放斟酌着字句说，但我理解。

唔？

第一，不论您说什么，肯定都与我们的主题有关，那就不该孤立狭隘地去领会您的意思；第二，每个人，在日常生活中，都可能受委屈被伤害，而不论一个人境界多高，借个由子对那委屈和伤害抱怨几句，也没什么不正常的；第三，您现在离开领导干部岗位了，面对的又是个与您的工作生活都没关系的陌生年轻人……

啥也不说了小叶兄弟！蔡处长使劲晃晃脑袋，仿佛是为强化或削弱声音的哽咽。老赵是个伪君子。当初提他当处长，我没少美言，我们关系一直挺好。一年前，那个厅局级巡视员名额腾出来时，上边打算在我俩间二选一，他主动说，那名额给我，毕竟我大他五岁，能早退休，等我退了，那空缺自然还是他的。可他白天话音未落，晚上就抢先去做手脚——妈的，也怨我，我要是早看穿他的阴谋诡计，也做些工作，他未必是我的对手。唉，现在说啥也都晚啦。当时能决定我俩命运的人，我就不说是谁了，就 H 吧，你要熟悉我们大院里那些实权人物，猜得出他。蔡处长叹口气，不无感伤地，用目光剥离眼前的一片苍翠，仿佛想透过密枝浓叶叠搭的屏障，看到树后那个曾属于他的，但现在只能作为他记忆中一个压迫点而存在的庞大院落。他看不到它，至少看不清它，虽然，它最贴近他的那个边缘，距他不足二十步远。H 是个优秀领导，能力强本事大，蔡处长很快又回过神来，但他有个致命的弱点：好色。当然了，单单好色也很正常，不正常的是，他好色的特点是不嫖，不搞没主女人，只喜欢在某个男人知情的情况下，搞那男人的老婆或情人。这么搞女人难度很大，最窝囊的男人，也不愿明确地知道自己的女人被人搞了。哦，对 H 这心理，你太年轻可能不理解，但我理解，一个自身优秀又权力欲超强的人，通过搞有主女人，能享受到一种既确认自我又打败他人的乐趣。他搞女人为了性欲，更为权欲。再说那天。白天与老赵推心置腹后，我挺高兴，晚上就和几个兄弟去欢乐谷了——你知道那？去那玩的，都有档次。洗完澡按完摩吃喝完毕，打算去包房玩麻将时，我忽然在走廊上发现了小赵。她拿瓶红酒，穿身浴衣，头发湿漉漉的，和一个拎只大餐盒的服务生往 VIP 区走。欢乐谷的 VIP 区我也去过，是几个能看黄色光盘能洗鸳鸯浴的高级套房，缺点是没有单独的餐厅，若客人想吃喝了，又不想来大餐厅，就需要有人过去送餐。我当时很想跟老赵通话，想知道他带小赵来欢乐谷享受VIP待遇谁给买单，也想知道，如果老赵没来，带小赵来的，是她其他男朋友吗？我还矛盾呢，若知道了小赵还有男人，是否告诉老赵。我没想过小赵有没有丈夫，我一直以为她二十左右。你们法医说她二十六七是吧？但当时急着玩麻将，也不想无事生非，我就没跟老赵通话。可那晚上，我手气臭得像摸了大粪，让那几个想主动输我的企业家朋友，根本找不到输钱机会。我知道我为什么闹心。第二天，我假装顺道，去老赵办公室跟他聊天，说我昨晚输惨了，问他玩没——我当然没提在哪玩的。他说玩什么呀，昨晚在办公室加班，写完材料都半夜了。我明白了这里边有事，就更闹心，回办公室，给个公安的朋友去了电话，说想查查前一天晚上欢乐谷的监控记录。朋友有事，是又过两天陪我去的。先看到的情形让我发懵，傍晚的时候，小赵是自己去的VIP区308房，而四十三分钟后又进那屋的，居然是H。我急忙沿小赵的行走路线调其他探头的监控记录。随着她退回走廊，退回电梯，退回她曾停留一下的一楼大厅总服务台，然后退出大门，退到停车场，最终退进了一辆黑奥迪里。不用清楚地看到车牌，我也能认出那是老赵的车。从老赵的车停到院里停车场，到小赵下车走向欢乐谷大门而老赵开车离开停车场，他们在车上待了十分钟。再往后调监视材料，过了约摸四十分钟，老赵的车又出现了，这回，是H从车里钻了出来。而半夜十二点，把H和小赵一块接走的，还是老赵。我一鼓作气，又随朋友去交通队，查了从我们单位到棋盘山的全部道路监控材料。唉唉，一切就都一目了然了。差十多分五点，老赵的奥迪出了院门，就在前边那个运河桥头，把等在那的小赵接上了车，直奔棋盘山。五点半，H的车出了院门也奔棋盘山，但停在了半路的骨科医院。H的司机从车上捧下一篮子花，陪H进了医院门，之后他转回来自己开车走了。半小时后，老赵的车等在骨科医院门口，接上从医院出来的H，去了棋盘山。也就是这时，就是我把事情的来龙去脉弄清楚这天，他们公示的厅局级巡视员成了老赵。唉，小叶兄弟呀，你说我又敢怎么样呢？我敢张扬老赵和H的肮脏交易吗……

这——小赵，您确定是老赵的情人？不是老赵找的妓女？

这个当然，别说我以前就见过他俩，我还敢说，没人敢拿小姐糊弄H，他要知道别人献给他的不是妻子或者情人，翻脸就能把你整死。

那——依您看，这回是H整死了小赵？

这个不会，我说H能整死人只是比喻。我怀疑，老赵是凶手。

哦？

老赵的老婆，与韩国人做生意，一年有三分之二时间待在首尔。可最近，也是年龄大了跑不动了吧，就把那边的事都交给了外甥，她回家来遥控指挥。你想想，老赵有了老婆看守，是不就得与小赵分手，至少得疏远吧，可小赵有功于他呀。所以，小赵很可能死缠烂打不放手，甚至要求老赵离婚。老赵念大学时读化学系，懂氰化物那类东西，他家又就住这附近，对这运河畔的一景一物一草一木包括监视设备都很熟悉。

是这样……您分析得太好了太谢谢您了蔡处长！那么，如果我不方便直接找老赵询问情况，应该去哪了解小赵呢？

唉，我感到帮不了你的，对不住你的，也就在这，我实在猜不出这小赵是干什么的，无力为你提供一条与她接近的路径。

没关系蔡处长，我的收获已经很大了。我还想知道的是，您是怎么知道老赵与小赵是情人的？您说您曾见过她两次。

对呀，两次，欢乐谷是第二次。第一次是在第二次的前两三个月，五一前后嘛。有天晚上，八九点钟，我和老婆在家乐福选完东西排队结账时，我老婆捅我说，你看，老赵。我就看到了，在购物区外边的过道上，小赵挎着老赵的胳膊，老赵推着购物车，一起说说笑笑地往通往停车场的出口走，比两口子还两口子。当时我老婆还说呢，都传老赵有情人，没想到还这么年轻。

四

电视是个超级秀场，善于混淆智愚通约真伪，受其影响，尤其受某类与智慧和真理貌似搭边的节目的影响，有些大学，那些把电视台视为智慧的产床真理的摇篮的大学，会组织学生围绕某一命题，比如：婚姻中爱情重要还是财产重要？或者，外语考级利大于弊还是弊大于利？进行斗嘴比赛，也叫诡辩比赛，以非此即彼的逻辑，通过讲歪理搅浑水，来满足一个丧失了精神活力的消费社会简化思想纷争固化价值标准的内在需要。参加这种比赛，要有一种基本能力，即在有限的时间里，不受外界干扰地，充分完成要点陈述，以否定对方成就自己。叶放不善言辞，没参加过这种比赛，但本科四年研究生三年的看客经历，让他对这种基本能力的应用技巧并不陌生。现在，他就想到了它，并经过再三思量，决定在一个非比赛场景里操练它一下，期待获得预期的效果：至少在短时间内掌握主动，以自己的思路挟持对方。

他酝酿好情绪，稳定住手指，按下了手机电话簿上的一个名字。扬声器里的半截流行歌曲尚未播完，就有人对他说"你好哪位"，他立刻就确认下来，这声问候属于小敏。他太熟悉它了。他卡了下壳，干吧嗒两下嘴没发出声来，好像因为确认了对方是小敏而过于激动，又好像他并不希望对方是小敏，然而对方正是小敏让他意外。好在他对各种情况的出现都准备充分。他轻咳一下，恢复了正常，随即飞速报出自己的名字，并询问对方，是否有时间听他说三分钟话，当然他得到了对方惊愕之余下意识中的肯定答复，其实对方若回以否定，他也无暇尊重对方的意见。他相声演员说绕口令式的要点陈述已经像受制于飘飞的风筝的尼龙线绳一样嗖嗖嗖嗖地离开线轴伸向了远天，甚至片刻之后清醒过来的小敏进行反抗，通过反抗干扰他陈述说你怎么了，说你等等，说你好容易挂个电话就不能先说点别的，说你有病呀我撂啦……他也不肯喘一口气，始终坚持着，把陈述的主动权抓在手里：一，他已毕业并在公安系统找到了工作，眼下正参与侦查一桩氰化物谋杀案；二，他记得小敏供职的单位，有个部门专管社会力量办学，他希望，小敏能替他引见一下那个机构的资深工作人员，以了解都有哪类教授专业技能的职业学校，为求学者发放的不是学生证而是学员胸卡，或者，在学生证外也配胸卡；三，他凭借良好的记忆和准确的描述，用形象化语言，将青花那个学员胸卡残片的样子画了出来……至于他的思路是否挟持了小敏，他管不了了。

你真是病得不轻！叶放开始喘息的时候，小敏才有机会说成句的话。我一直认为你是真正的男人。真正的男人咬钢嚼铁，但不冥顽如石。可我看错了你，你跟别的男人没什么区别。是的，我犯的错误非常可耻，我对不起你，我也没指望你原谅我，可你对我表示点起码的理解也不能吗？你小气得让我寒心！你骂完我——骂得那么难听，打完我——从小到大，我爸妈都没打过我呀，就再没一句安抚和宽慰。叶放，即使我该打该骂，可打完骂完，你也该再哄哄我，哪怕表示个假的理解让我好受点呀！你太狠了，不光不理我还换了电话，让我两年了心里没一天舒坦。现在你倒来电话了，可说了三分钟，却没一句正经人话……

这期间，小敏说话期间，叶放一直干扰小敏。但他的干扰顾此失彼，明显不属于针对性进攻，只能算堵窟窿式的被动防御，在小敏胜他好几筹的抗干扰能力面前，他那些以干扰面目出现的解释、表白、声明、检讨，更近于放弃自我的降服与归顺，远远背离了他掌握主动挟持对方的战略意图。小敏抵御他干扰时，没像他抵御她那样，一味用高音量快语速排挤驱逐她的介入，那种做法太拙劣了，还容易自乱阵脚；小敏的陈述从容不迫，棉絮般密实水流般柔韧，以自我沉浸式表达法，将叶放的插话消解于无形。叶放看到了自己的错误：他跑到小敏这里来卖弄斗嘴诡辩的雕虫小技，是搬起石头砸自己脚。小敏是斗嘴诡辩竞技场上的专业选手，不仅在学校大礼堂里，在电视台的演播厅里，也比别人风头强劲。

小敏你别损我了，都是我不好，我错了，我一直想联系你，可学习压力大，我就这回我主要是刚进入情况只想着工作，你别生气我以后……

你呀——唉……

接下来，某种骤然聚拢的强制性力量，不易察觉地控制了叶放，让他成了动物园里一只久困的猛兽，全部的骄傲，都因嗅到了带来食物的管理员的气息而转化为顺从。他只能一步步地、身不由己地，把小敏的思路确定为自己的思路，好像他致电小敏，就为让她指点前行的方向。然后，他就找到了前行的方向。他离开运河边，踅往崇山路，冲汇聚得乱七八糟的车流机械地招手，如同一个刚丢了阵地的背运将军，硬撑着检阅溃败的士兵。去中华路，中山公园正门，花正红娱乐城。他背书一样，干巴巴地把目的地告诉了出租车司机，就像将军把"我们必胜"的远景描绘给士兵时，脑子里却正构思着逃跑的路线和投降的方式。司机困惑地看他一眼，花正红？他没留意司机的困惑，只沉浸在自己的困惑之中。

他背书一样干巴巴地把"花正红"三个字交给司机，并不因为这三个字有什么问题，比如陌生、拗口、难听、淫秽。是他觉得，在他说了他已恋爱，还别扭地使用了"同居"一词后，小敏仍然，甚至更加，坚决地要求去花正红约会，挑战的意味太明显了。他是否应该接受挑战呢？可关键是，他想不好，小敏要挑战什么和向谁挑战。小敏建议午休的时间一块吃饭，这没什么不妥，至于那饭，是吃大连港的海鲜饺子还是青瓦台的韩国烤肉或者花正红的中式自助，并不一定在一抹暧昧的暖意之外，就一定预示着某种确然的灼热。小敏自诉刚做新娘，丈夫是纯种日耳曼人，在外语大学做德语外教，半年后，她将随他去慕尼黑定居。她这样表白，似乎在声明，即使为了自己的婚姻，她也不会影响他恋爱。可挑战，并不一定非针对他人，或指向对某种定型结构的影响与破坏，挑战也允许面对自己，面对自己的观念和意志。当然，如果小敏真想挑战什么，那战役，也要午饭以后才能打响——前提是，饭后他们仍不分手，而是上楼开房。可如果事情真这样发展，就算挑战吗？因故地重游而燃一回旧情，因抚今追昔而温一把鸳梦，只能算对于逝去的美好的特殊纪念，即使以偷情的方式纪念美好有点出格，也没必要大惊小怪。毕竟，他的和她的和他们的第一次性生活，就实现在那里，实现在花正红五楼那个狭小的、简陋的、隔音效果非常糟糕的、散发着浓重的熏蒸气味的519房。并且，此刻的情形与当时也像，事情的走向，并不出于蓄意的谋划，而只源自偶然的助推。当时，作为一对不无理性又偏于保守的穷学生，他们没想径赴巫山，否则他们至少会带上避孕套的。可游玩中山公园让他们又累又饿，奢侈一下，吃一顿花正红的自助餐，再奢侈一下，享受一回花正红的冲浪浴火龙浴桑拿房健身房，继续奢侈一下，包下519住上一宿，再笨拙而熟练地一夜之间五度云雨，一切都是顺势而为。这一切的顺势而为，不可谓不值得记忆与纪念，而把记忆它纪念它的形式视为挑战，好听点说叫神经过敏，难听点讲就是不识好歹了。可是，小敏那种挑战的意向又肯定存在，只不过，它像叶放身上一块隐秘的骚痒，虽然诱着他去挠它蹭它，可它的位置具体在哪，他大脑的中枢神经又拒绝给予明确的指点，这样，叶放挠的蹭的，便是貌似依附于皮肤之上，实则藏匿于想象之中的虚有之痒。

　　虚有之痒意旨不明，加之中华路上一片喧嚣，中山公园门前一团混乱，身陷多重搅扰的叶放便无力把持自己，他用以知觉外部世界的身体器官，只能继续处于休眠状态。这样，他的东张西望就不像寻找既定的目标，倒像无聊之人那种漫无目的的探头探脑——似乎把什么都看到了，其实又什么都没过眼，更没过心。但眼睛和心再睡思昏沉,叶放依然能够发现,眼前的情形与他印象里的样子,基本没有相同之处,至少,花正红那块红彤彤的醒目牌匾,大象的鼻子般招摇在空中,让他像当年一样,一出中山公园正门就被它席卷过去。他疑惑地询问周围的人。他不是询问那些与他一样的偶然过客,而是询问那些长年活动在这一地域的地头蛇钉子户,那些卖雪糕的摆烟摊的掌鞋的修车的……可他们的答复,只能让他更加疑惑:花正红?不知道。没听说。没这地方。这一带没它。这才是挑战,是对他记忆的严正挑战。难道他应该怀疑自己?可怀疑自己毫无道理,他不能像一个与妻子吵架时犯浑的丈夫那样,硬说那个与自己长得一模一样的儿子是妻子的野种。他心里太清楚了,他的记忆没有问题!如果花正红在哪他都记不准了,那岂不表明,他与小敏的爱情故事也虚假不实。他急忙延展记忆,回溯他与小敏所经历的一切。他悬着的心略微放了下来。没有虚假,全都真实,甚至真实得让人难以承受——如果可能,他倒愿意,那故事的尾声能虚假起来,能被代之以虚假的真实。也就是说,他们应该认识,应该恋爱,应该在畅想未来时,把叶放研究生毕业后找到工作的第一个周末——现在说来,就是几天以后——约定为他们领结婚证的良辰吉日,这一段经历,怎么真实都不过分。但自此以后,就可以请虚假登场了,让虚假一点点地改变真实:在那个无所事事的冬日的下午,小敏不该去北方图书城参加那个名为"红诗红词红太阳"的诗词朗诵会,从而遇到那个她读大四时,参加完电视斗嘴诡辩赛后,颁发她"最佳辩手"奖状奖金并抱了她一下的评委会主席;若遇上他了,也不该在几天以后,应约去随他吃那顿西餐,并接受他安排工作的交易性帮助;若接受了他帮助,当发现他领她去他办公室套间的真正动机后，宁可重新失去工作，也不该屈辱地上他的床；若上完一回，至多两回三回，也该迷途知返，而不是越陷越深，甚至更加屈辱地接受这个年长她一倍的男人的条件：当他情人，直至叶放研究生毕业后也替叶放找到工作……如果这样残酷的真实能被其他某种温和的虚假取而代之，那么，即使他们的爱情同样会终结，也绝不会有叶放对小敏的咒骂和殴打，自然也就不大会发生今天这样古怪的事情：在她已成为准德国"老外"和他已与人"同居"之后，他们还要来花正红约会，进而受到花正红以隐匿自身为形式的、动机不明的调侃与嘲弄……调侃？嘲弄？这样的联想一跳出来，倒让叶放变轻松了，自己那煞有介事的"挑战说"，实在有点太夸张呀。他的心态开始平和。他慢慢退向身后的水泥花坛，模仿着真正的无聊之人，从容地、懒散地、没心没肺随遇而安地，屁股一沉坐了下去，静候已然开启的知觉器官的活跃与灵敏。他认为他忽然能想通了，其实，花正红的消逝只是个隐喻，它不该对之茫然无措。

手机在他兜里唱了起来。哈喽——他应了一声，几乎带着顽皮和喜悦，好像此时他已先期坐进了花正红的自助餐厅，面前堆着佳肴美味。

嗨，老公，说话方便不？这一上午过得咋样？

竟不是小敏。是娜娜。叶放的电话险些没滑落，他身子一蹿站了起来。手机一叫他顺手就接了，没注意来电显示。他赶紧回忆刚才说"哈喽"时，他的腔调、口吻、声音、语气，与惯常和娜娜通话时有无区别。好像有，又好像没有。

啊挺好，就是忙。他们挺器重我，都给我派活了，现在我正自己在外边查案子呢。

你独立工作啦？太牛了！马叔叔够意思。

是呀，一定让你爸好好谢他。

他应该的，没有我爸就没他今天。你现在在哪，要不我去找你吃饭，庆祝一下你第一天上班。

不行太忙了，一会儿还得跟同事碰头呢。你也别总屁股长草，别为不值得的事儿旷工溜号。我马上找个小店吃碗面就行。

那好吧，晚上再庆祝。你晚上能正点下班不？去饭店还是叫外卖？

怎么都行。但我这边实在太忙，说不上几点才能回去。这样吧，五点左右，我回不回去都给你发信——唔，好的，也吻你！

娜娜那边撂了电话，叶放的手还悬在耳畔，似乎与娜娜还没说够，又似乎，刚才不足两分钟的通话，在他的感觉中延续了两年，而连续举了两年手机，他的胳膊已成化石。"没有我爸就没他今天"，娜娜的这句话，在他脑子里反复播放。这时，他的手机又叫起来。亲爱的娜娜，他计划张嘴就这么表白，为纪念今天这个重要的日子，我多晚回去都会买瓶红酒。他希望做表白时能声音哽咽，能热泪盈眶，我一定要连敬你三杯，因为你是我的恩人……

对不起叶放你等急了吧，我这边……

电话里的声音是小敏的！叶放又懵了，刚才的话，是否溜出了他喉咙呢？

不急不急，没关系小敏。我这边也临时有事，没出发呢，正想给你——

哦，这样就好。我刚才去问管社会力量办学的人，按你说的学

031

员卡的样子向他们打听,就耽误了一会儿,结果,领导顺手抓了我差,我还正难心呢,想告诉你我晚点儿过去。既然你也有事,那咱也就别那么匆忙,改天吧。周五通话好吗?看看周六周日哪天有空,当然了,地点还是花正红……

哦哦哦好好好不说了小敏我得撂了得马上……

嗨,我还没告诉你学员卡的事儿呀。

哦对,说吧小敏,它有可能是什么学校的?月嫂培训班的还是美容美发学习班的还是公务员国考速成班的……

他们认为,百分之九十以上,是家比较正规的大驾校的。

五

如今是个开车的时代,也是上网的时代健身的时代,也是炒股的时代购房的时代,还是打麻将洗桑拿唱卡拉OK发手机段子的时代,还是一夜情与婚外恋的时代。所有这个时代里流行的事情,除了开车,只要你愿意,都可以随其所愿地参与其中,基本没有准入门槛,有的话,那门槛也低得形同虚设,一翘脚就迈得过去。唯有开车,其准入门槛高及膝盖,需要抬腿才能跨越。这个门槛以学校名之,叫机动车驾驶员培训学校。既然是门槛,自然能截流利益好处,为了这些利益好处,各地就成立了许多驾校,为时代的潮流推波助澜。比如叶放所生活的省城,随便一数驾校的招牌,就能盘点出来七八十家。当然了,那种够规模上档次的、有资格主持考试并颁发驾照的,即有办法有能力截流更大的利益好处的培训机构,则没那么多，大约只有七八家左右。对此，小敏的统计不会出入太大，叶放信任她的精细认真：那七八家大驾校，有一家在城郊西边的马三家子地区，有一家在城郊东边的八棵树地区，再有一家在……还有一家在……可是，七八十家范围太宽，七八家的范围也不算窄，叶放仍感到无从下手。他一边通过那些驾校名称及所处地域在脑子里铺展城市地图，一边拿出"A""B"两张青花的照片，交替着以呶嘴、皱眉、瞪眼、吐舌头的方式向她抱怨，商量什么似的反复追问：你呀，到底在哪学的车呢？

　　叶放摩挲着两张青花，体会着相纸那种皮肤般的滑腻与润泽，信步来到一个距他最近的公交站点。站牌是新换的，比之老站牌花哨醒目，上面标注的，是五条往来于五个不同方向的公交线路，全部站名加在一块，有一百多个，像蜿蜒长蛇身上的一节节斑纹。忽然，一连串各自独立又彼此衔接的刺耳声响传了过来：吱嘎咣当咔嚓！一辆仿佛刚离开战场的破烂面包车停在了路边，距站在马路牙子上的叶放只半米远。叶放吓一跳，闪身挪步时，险些撞上一个半裸的姑娘——那姑娘下穿包臀短裤上穿露脐背心。是辆客源不足的小型公汽，在以炫耀车技的方式引人注意。这是一种粗鄙的自我展示方式，像个小伙子为获得爱情，去他喜欢的姑娘面前自虐自残。小公汽上没什么人，把几个晕头转向的乘客卸下来后就更没人了，这让女售票员非常着急，她也自虐自残，她让卖力的喊叫声变为利刃，拉锯般切割自己的嗓子：走啦快啦和谐号啦，阶梯价格分远近啦，随时停靠为人民啦……没人上车，也没人搭茬。叶放身边等车的人，都是经验老到的油条乘客。女售票员心有不甘，从车窗里探出臃肿的上身，向油条们展览衣领下抖抖颤颤的半截乳房：去哪去哪呀？嗨姐妹兄弟，哎大姨大叔……叶放不好意思看眼前的乳房，就扭脸，看身边那些女售票员的姐妹兄弟大姨大叔。他们是些残疾的亲戚，耳朵都背，听不到女售票员在问什么。叶放听力没问题，也算女售票员亲戚名单里的一员，就不好也无动于衷。他晃晃手里的青花，带点歉意地，代表其他姐妹兄弟和大姨大叔，对女售票员做出了回应：我去，马三家子……他把他的吞吞吐吐，送给了车窗里小木牌上的"大红旗"三个字。

叶放回应女售票员，含有两重意思，一是礼节性地敷衍女售票员那种粗暴的热情，再一个，也是对其他等车人那种用人朝前不用人朝后的势利眼做法的小小抗议。小公汽不是黑车，有合法的营运资格，为缓解大公交的运输压力，为方便乘客就近上下，还被有关领导赋予过随便停车的特殊权利，因此，诞生之初，作为新生事物，它一度与某种类型的铁路客车一道，共享"和谐号"这样一个时髦的名字。但长期以来，在领导眼里民众眼里，甚至在它的经营者自己眼里，它又总有黑车性质。每逢两会召开，或国检大员来验收文明城市，或国家首脑及高级外宾来视察访问，有关领导就禁止它上路，把它视为妓院、赌场、小商小贩的流动摊床。它是一种怪异的存在。怪异即意味着允许不守规矩不受束缚，发育得畸形天经地义：它常常临时改道随意甩站，把蛮横卸客与超员装载当家常便饭，又因为实行阶梯票价制不能刷 IC 卡，司乘人员与乘客间为多坐了一站地还是少开了半里路，总要展开漫长的争吵，甚至武力纠纷。所以，一般白天，在有公交线路覆盖的地方，油条乘客不搭理它，只视它为后娘的孩子。但大公交收车早，小公汽运行时间灵活，晚上过了七八点钟，如果你还在路上奔波，就必须把小公汽当成嫡出的金枝玉叶。有时候,小公汽因为车体小装人少不想过分超载,乘客为了栖身其间,都恨不得称司机售票员为爷爷奶奶。叶放相信,他身边这些女售票员的姐妹兄弟大姨大叔,虽然现在爷爷般傲慢,可到了晚上,一脸贱相地当孙子的,十人里能有七八九个。叶放不愿意在有求于人时当孙子,也不想在不需要人时就当爷爷,并且是个耳聋的爷爷。

叶放只当礼貌的乘客。可想不到的是,他顺手掷出礼貌只为仓促应战,礼貌却歪打正着地击中了目标——前提是,他仍不放弃对于驾校的重点查访:随着小公汽缓缓启动,他将知道,如果乘大公交去马三家子,他最远只能到达马三家子地区的"小红旗"一带,而"小红旗"距"大红旗",也就是总路线驾校的所在地,至少还有两公里路。你才多花四块钱耶!女售票员咂着嘴叫,不知是感叹叶放占了便宜,还是感叹自己亏了。刚才叶放告诉女售票员去马三家子,也不能说全是敷衍。从公交站牌的某条线路上,他的确看到了"马三家子"这几个字,而这几个字,也的确让他心动了一下。他只止于心动。是否要去马三家子,或八棵树,或其他有大驾校落户的地方他没想好。这与坐大公交还是小公汽并无关系。只要小公汽与大公交同样把乘客定位为货物而不是人,它们有可能给乘客身心带来的危害就没有区别。这就好比,虽然他对二手烟无比讨厌,却不会真与它势不两立,在一个整体空气质量已基本毒化的生存环境里,抵抗二手烟只能是姿态,而不可以确定为行为准则。所以,刚才,他用"马三家子"敷衍女售票员的唯一理由,是他意识到,他再自行其是地进行青花的身源查访恐怕不合适了,他更该做的,是尽快把青花"A"片引出的线索方向汇报给小许,即使小许否决了他，仍盯住妓院不理睬驾校，他也得尊重小许意见。可女售票员不干，她不尊重小许意见。叶放这边刚含含糊糊地吐出"马三家子"这几个字，女售票员那边的热情就燃烧了起来：那来吧兄弟！上呀！咱的车横穿马三家子……见叶放还犹豫，她肥胖的身子一缩一转，灵巧地从车上移了下来，贴住叶放如同摔跤：牵，拉，扯，推。若此时小许在他们身边，也唯有上车这一个选择。叶放只能放弃选择，也是接受选择。小敏和公交站牌共同帮他确定的目标之一，与小公汽上的"大红旗"，居然会是同一个地方。这很像三个互不相识的人分别帮你介绍对象，带来的竟是同一个姑娘，这时候，你还不同意娶她都有违天意。

总路线驾校地处农村，但驾校的院内一点不农村，倒像城里的大型超市，教车的学车的以及车，充斥了偌大院子的每一个角落。许多学车者胸前都别着学员卡，但一搭眼叶放就看出来了——不，是感觉出来的——青花的学员卡，与它们没有共同的出处。白跑了一趟漫漫的长路。不远处有幢办公小楼，二层，叶放心有不甘地朝它走去。与门口的保安交涉之后，一个被称为主任的中年妇女接待了他。他向她出示证件，并请她看青花的"A"片，又询问她，是否知道，其他驾校的学员证都什么样，如果学员证的其他部位被剪下去，只保留照片，属于个案还是普遍行为，有什么意义。中年妇女起初简慢，打量叶放时挑剔而警觉，随之神色间稍见异常，异常之后柔和温婉，直至热心起来。她的变化，似乎发生在她审视青花与打量叶放的过程之中。她不光自己殷勤地应对叶放，还喊来几个工作人员为叶放答疑，使叶放的问题得以迅速解决：没人觉得青花眼熟——这叶放心里有数；剪学员证上的照片，则是所有驾校的通行做法，没特别目的，只为尊重学员，因为学员结束学习后，他们的证件不该流散社会，而应回收销毁，可一并销毁照片不够礼貌，便要剪下来，还学员——这与叶放的猜测也出入不大，只是此前，叶放低估了驾校的文明程度，以为剪照片只是某些自我保护意识较强，或怀有某种迷信心理的学员的个人行为；至于叶放描述的青花学员证的残部特征，则没人据此能判断出，它该属于哪个驾校：喊，你说半天，我们也没觉出它与我们的学员证有什么区别——不过，叶放还是想明白了，所有驾校的学员证，都是互相模仿的产物，它们间的差异，除了校名，只表现为方正一点或扁长一点，做工细致一点或材料粗劣一点。

几个工作人员离去以后，叶放也想告辞，可中年妇女拉他一下，悄悄递他一个眼色。眼色是交流信息的一种方式，但只方便交流隐晦的信息，对于一对缺少默契的人来说，隐晦容易制造误解。事后证明，叶放就误解了中年妇女。这时的叶放，对寻找青花已失去信心，对这趟路途迢迢的马三家子之行也有点后悔。他决定从明天起，什么都听小许的，彻底卸掉自己自行添加的工作压力。他的卸压工作即刻开始，其标志是，他首次以男人打量女人的眼光，快速但全面地，再次打量中年妇女——此前她在他眼里是单纯的人，尽管他也看到了她那种犹存的风韵多具魅力。有些中年妇女喜欢帅哥，这叶放知道，就像他知道，有些小伙子喜欢年长女性。此刻中年妇女的身子正转向别处，转向一个瘦小枯干的、长得一点都不帅的年长男子，与他几乎脸贴脸地嘀咕什么，也就是说，她正面的狐媚，正由一个猥琐的年长男子咀嚼品咂。叶放对那人陡生妒意。但他没权利提出抗议或展开竞争，他只能捡剩般的，退而求其次地，

037

咀嚼品咂中年妇女背面的妖娆。中年妇女的背部线条十分漂亮，其性感与优雅，被拓展得恰到好处。她紧窄的天蓝色职业装短裙下面，两条丰腴的大腿紧凑挺拔，膝弯处深凹的肉窝圆润精致，其中左腿的肉窝窝里，更有一枚圆溜溜的、红艳艳的、约略突出于皮肤的豆粒大的痦子，玛瑙般闪烁着剔透的光芒。叶放竟有了生理反应。头一次，他如此仔细地从后面观赏一个女人。以往看女人，他也像大部分男人一样，看的只是是否漂亮，而漂亮，多取决于脸蛋如何，那是可辨识的、区别于他人的、独属个体的具象标志；可现在他惊讶地发现，也许从后面看的、取消了特点的、模糊了个性的抽象的女人，才更值得男人观赏，并通过观赏而想入非非……具体的女人规范思维，抽象的女人才放飞想象。

唔——中年妇女转回身来，呻吟般地低唤一声，用神秘的、近于鬼祟的目光招呼叶放。这时，那个与她说话的猥琐男子已匆匆走了。

唔？叶放的生理反应有所回落，一重新面对中年妇女的眼风鼻廓唇形发式，他觉得他所面对的，其实是陷阱、色诱、美人计这些危险的概念。

中年妇女的办公地点就在这屋，但她的意思，是往门外招呼叶放。她太明目张胆了。叶放不解，感觉中似乎被某种恐惧电了一下，但那恐惧传递给他的，却是刺激的信号和快慰的讯息。他懵懂地跟上中年妇女，脚步机械地往二楼爬。通往二楼的楼梯陡峭细窄，好像窝着团炎热的气旋，有几秒钟，叶放的思维停滞下来，一门心思想摸摸中年妇女屁股下边，在他眼前至少曲张过二十次的左膝弯处的那个肉窝——是摸肉窝里那枚圆溜溜的、红艳艳的、约略突出于皮肤的豆粒大的痦子。他想不好他何以对一只痦子如此上心。按理说，别的男人——比如那个猥琐男子，这种时候更关注的，大约是如何掐一把前面挣扎在天蓝色短裙里的饱满的屁股。在想象别的男人和自己的区别时，几秒钟的时间就过去了，叶放对面前的痦子与屁股都无所作为。他被引进一间没挂门牌的敞门小屋，屋里也没人，朝向练车场一面的两扇窗子还大大地敞着。这让叶放松了口气，但也有些失望：中年妇女既没关窗更没关门。

叶……警官——中年妇女自顾坐进一把椅子，又示意叶放坐另一把椅子，两把椅子间隔张桌子。我想再看看你的警官证，还有那照片，可以吗？

哦？当然！叶放爽快地应了一声。尽管他觉得中年妇女有些啰唆，但还是掏出青花的"A"片，以及黑皮面的、皮面上印有白警徽的、从外到里都新崭崭的警察证。他没以"警察证"纠正中年妇女的"警官证"。

中年妇女埋头细看，间或偷眼打量叶放和斜视门口。叶放故意忽略中年妇女的疑神疑鬼，扭头看窗外。他恰好看到，窗外那条平坦笔直的新车道上，正有辆训练百米加减档的白色皮卡呼啸而过，并在慌慌张张地刹车之前，莫名其妙地骑上了一侧的马路牙子。

你这假警官证，做得还真像那么回事。中年妇女不正眼看叶放，仿佛很随意地来了一句。她那种对某一事实不容置疑的肯定语气中，夹杂着对自我判断力的得意的肯定。

假证？你什么意思？叶放把脸转了回来，看中年妇女是否在逗他。不是。虽然她向他传递过暧昧的眼色，但他们间没有玩笑的铺垫。叶放现出困惑的神情，就好像，他是一个新手司机，刚把皮卡

039

车开上马路牙子，此时需要琢磨一番，何以什么都按教练的指挥做了，却还是瞪着眼睛打偏了方向。

我什么意思？我还想问你呢，你冒充警察来我们这个遵纪守法的正规驾校有什么企图？中年妇女的声音仍然悦耳，但在叶放听来，与他说话的已是另一个人了，已是一个阴冷的、乖戾的、充满杀气的可怕恶妇，而不再是那个狐媚妖娆的迷人女子。

我冒充警察？你胡说——叶放的脸一下涨红起来，充血的皮肤驱走了困惑。你什么眼神？你好好看看，我这证件是假的吗？我来办案子，你却诋毁我，我告诉你，对自己的话你要负责！

你——中年妇女的声音也抬高了，她的自我肯定，出现了一点小小的动摇。但很快，随着楼梯上走廊里一阵杂沓的脚步声急促地传来，她那动摇了的自我肯定又恢复了，进而以蛮横与泼辣体现出来。负责？小样吧，还跟我来这个，哼。你来撞老娘的枪口也不先去访访，老娘是不是吃干饭的？别说你是个假警察，就是真的，老娘也摆得平你你信不信？哼，我让你领导扒了你警服，你求爷爷告奶奶都找不着门……中年妇女叫喊的同时，四个彪形大汉已闯进屋来——不，是三个彪形大汉，他们敏捷地围在叶放身后，而另一个站到中年妇女身旁欲行保护之责的，形并不彪，汉也不大，他是那个年长的猥琐男子。

叶放的心脏咚咚狂跳，但表面上，他做到了不动声色。他想站起来但没往起站，想抢回警察证和青花照片也没往回抢，他知道，那三个彪形大汉不会允许他乱说乱动。如果他站起来再被按坐下去，如果他抢回的证件照片再被抢走，他会变得更加被动。他不看身后的人，只冷冷地盯牢中年妇女。好，很好，这是你的一亩三分地儿，他说，但你别忘了，你的地盘也是国家的地盘，是法律的地盘。我给你电话你不会相信，你自己查吧，查市公安局的人事部门，或刑侦队，哦，你不上边有人吗？问他们也行，看看我究竟是不是警察。

哈——中年妇女又要咆哮，她身边的猥琐男子拉她一下。她看他，他示意她去门外说话。

大概过了一两分钟，两人一块又回来了。中年妇女气呼呼地站到窗口，面朝窗外，让猥琐男子成了主角。其实呢，你这警察是真是假，与我们总路线没半点关系。猥琐男子在刚才中年妇女坐过的椅子上坐了下来，那种惬意的样子，像坐上了中年妇女肥沃的腰臀。这么说吧，现在办驾校多难你也有数，而我们支得起这么大的一个摊子，能证明什么一目了然。我们的原则呢，是不论黑道白道，来交朋友的一概欢迎，要是来找碴挑刺的嘛……嘿嘿，小兄弟呀，我也不往远扯，也不问你什么来头哪里发财，就请你回去后，给你老板代个好吧，说总路线欢迎他过来做客。猥琐男子瞥一眼距他右侧身体只一尺远的中年妇女紧绷绷的屁股，一探身，把警察证和青花照片推给了叶放，并示意三个彪形大汉退出这屋。

叶放悬在嗓子眼的心落回了胸口。他缓缓起身，慢慢收拾他的东西。委屈让他鼻子发酸。他急忙去想他的职业：他是警察。他觉得，他有必要洒脱地、或强悍地、甚至带有挑衅意味地说点什么。他就张开了嘴。只是，望着中年妇女美不胜收的侧身曲线，他说出的话拘谨软弱，就好像，他是只老鼠，因为抓他的猫只捉弄他没吃掉他，他就应该表示感谢。主……哦任，告诉我好吗，你为什么认为我这警察不是真的？

中年妇女只哼一声，没回头，又是猥琐男子替她说话。猥琐男子先笑一下，然后讥讽地、揶揄地、充满嘲弄意味地反问叶放：小兄弟呀，我想先知道，你拿张自己男扮女装的照片打听自己，是拿错了呢，还是有意找二皮脸？

六

小许的电话，是叶放正想念她时打过来的。

走出总路线宽大的院门，叶放脑子里一片空白，什么都没想，或想的只是，赶紧沿面前这条泥垢处处的新柏油路鼠窜回市区，远远地离开马三家子。路上没车，是没有小公汽或出租车那类客运车辆。叶放快步奔往市区方向，看到一个小公汽站点也没止步。如果暂时逃不出马三家子，也得尽量离总路线远点再歇息候车。他得甩开可能存在于身后的监视的眼睛。他的头一次也没回过。他曾想回头看后边一眼，甚至几眼，但忍住了。他希望不看能忘记羞辱。羞辱不知忘掉了没有，不看的问题却出来了，那就是，不能提早发现呼啸而来的小公汽或出租车，他就不能预先表达乘车的意向，这样，很容易错过来车，延迟返回市区的时间。幸好，空着的出租车或客源不足的小公汽，见到行人会放慢速度，有时还会询问一声。现在，叶放就被一声询问叫停了下来：坐车吗师傅？脑子空白的叶放唔了一声，拉开身旁轿车的后门就坐了进去，是坐进去后，说完去怒江广场的紫荆花园后，他才意识到这是辆黑车。车的颜色的确是黑的，但它的"黑"，更黑在没有营运资格上。它不是出租车。黑车之"黑"占据了叶放脑子里的空白之"白"，他的思维被重新点燃。他立刻想到,这车很可能是中年妇女猥琐男人派出来的。他后悔说了他居住的地方——怒江广场的紫荆花园,而没说他工作的地方——中山广场的市公安局。但一想到他工作的地方,他也就镇定和从容了:他是警察。他轻蔑地看一眼前边的司机,很想给他个反手锁喉,然后告诉他,不论你们总路线有什么背景,老子都忘不了你们的羞辱,我一定要让你们为狂妄和无知付出代价。叶放想象着他带人大闹总路线时,那个阴阳怪气的猥琐男人的唯唯诺诺,那个性感撩人的中年妇女的哭哭啼啼,不觉嘿嘿地笑出声来。黑车司机通过后视镜看他一眼,叶放一愣,戛然止住了开心的笑。他认为司机看他是提醒他,他这个连自己办公室的同事都没认全的新警察,暂时还没有资格公报私仇。就是这时,他想到了小许,想到了小许指挥那些大老爷们用指根鼓掌开他的玩笑,他认为,小许的警察资历虽然也浅,但肯定已经有了自己的势力,若想利用职务之便去打击敌人保护自己,对她来说易如反掌。他渴望成为小许的朋友。小许的电话,就是这时打进来的,她让他一会六点半钟,到省政府南墙外运河北岸发现青花尸体的地方,陪各级领导现场办案。

好像上边有什么大领导对这个小姐挺关注的,小许神秘地说,头儿都立了军令状了,要不惜人力财力,把它当成大要案破。小许的声音喜滋滋的,好像占了挺大的便宜。

太好了许姐!叶放也喜,回应小许时调门很高,既以此委婉地表达他与小许同进共退的亲近意向,又是想让司机听听,他是个有资格办案的真正的警察。领导一重视,这案子就算破一半了。

叶放看一下时间,刚刚四点,如果让司机直接把他送到省政府南墙外的北运河畔,太早了点。他也想对司机说,改道去中山广场

043

的市公安局,单位让我临时加班。可他又觉得,那样反倒显得假了,表演痕迹太重,连刚才小许那个电话,真实性都会受到连带的质疑。他索性任司机把车开到紫荆花园的东门口外,大大方方地付了车钱,还当着司机面,把出入院门的电子门卡预备出来。这回他跟以前的唯一区别,是没让车直接开进院里,停他家楼下。司机对他住的地方或电子门卡都没兴趣,只谨慎地收好价格还算公道的车费,说声再见就一溜烟跑了。望着那辆黑轿车屁股上斑斑点点的乡村的泥浆,叶放多少有些失望。

上楼回家,松松地躺进暄软的沙发,叶放先仰脸望天儿,然后看青花的两张照片。下午的青花和上午的青花,似乎有点不太一样,可哪不一样又说不好。叶放很茫然。娜娜的短信发过来时,他从迷迷瞪瞪中被惊醒过来,一时忘了自己身处何方:正点回来吗老公?想吃什么?叶放赶紧按回复键:我晚上加班可能太晚你不用等我……正在这时,房门开了,娜娜哼着歌走了进来。

耶老公,你回来啦,真讨厌,让人惦记也不告诉我一声。

我,回来眯一会得赶紧走呢,加班,没准通宵,正想发信告诉你呢。今天饭你自己吃吧,我刚吃半个面包。说话时,叶放把刚给娜娜写的回复又删除了。

娜娜边走向叶放边噘嘴撒娇。工作第一天就这么忙,我都心疼了。叶放敷衍地搂她一下,夸张地看表。这时娜娜正把手包放上茶几,手包边缘,压住了青花照片的一角。你把标准照放那么大干吗?真自恋——娜娜轻咬叶放的耳垂,但立刻她又想明白了,便自己答,你们也得在便民公告栏里贴大照片。

唔?叶放愣一下,避开娜娜的嘴低头看青花。此时青花的两张照片,"A"片压在"B"片的上面。对,便民公告。他没解释,那照片上的人并不是他,更不是男人。

叶放匆匆往门口走,娜娜叫他。你开车去吧,她把拴着一只小铃铛的车钥匙举了起来。不用,叶放边系鞋带边说,万一我今晚不能回来,就耽误明天你上班了。娜娜哦一声,又说,那我送你,就也挤到门口穿鞋。时间来得及,我坐公交没几站地。叶放站直了身子。他看到,娜娜的脸色阴沉下来。老公,娜娜像做错事的孩子一样怯怯地说,你是不觉得,你自己没车挺没面子?可是,我妈早说要送你一辆,你坚决不要呀。叶放苦笑,摆手。瞎说瞎说,不是这么回事,我不用你送是觉得——哎呀好吧你送我,但你不能留在那里……

在运河桥头,叶放一下车,娜娜的红丰田就调头走了。没人看到叶放坐什么交通工具来的现场,尽管,现场已经挤满了人,除了头儿小许以及脖子上挂两架相机的老杜等同事,还有几个叶放不认识的人,都领导模样,但有一个他不认识的领导,算作认识也不是不行。很明显,这人一手托着两家:他是领导,但和头儿以及小许老杜又属于一伙,可与头儿以及小许老杜等人比,他又更有资格与另几个领导平起平坐。他像其他人一样,也看一眼迟到的叶放。马叔叔好,叶放想这么叫他一声,如果他和蔼地问,哦,小叶呀,你怎么能认出我呢?叶放不知道把娜娜的爸爸顺势牵出是否合适:我岳父——说"岳父"时,一定不能羞羞答答——在电视上给我指认过你。但言辞和表情都不必准备,所有看他的人,不光马叔叔,包括头儿和小许老杜,都没跟他寒暄的意思,连用眼睛寒暄的意思都看不出来。他们看一眼突然插入他们中的他,只是一种机械的反

045

应，像看一只恰巧飞过眼前的苍蝇蚊子。如果蚊蝇未近前纠缠，没人一定与之斤斤计较。叶放自己计较自己。这会的时间，是六点十七，按说他早到了十三分钟。可他再笨也能看得出来，其他人，起码十七分钟前就到齐了。他想努力复原记忆，小许通知他现场办案的时间，是六点还是六点半呢？

他没工夫复原记忆，得参与到与头儿和小许和老杜以及其他同事，为马叔叔及其他领导复原现场的工作之中。

一天之前，头儿和小许还有老杜，都目睹过现场，复原现场时，他们只需凭借记忆，就知道该挪动哪块石头，或者折断哪根树枝。叶放不行，虽然白天他偷偷来过现场，但那个现场没有青花。没青花的现场算不上现场。为把工作做得精细，他拿出公文包里青花的"B"片，变换着角度认真地看。比照着照片复原现场，肯定比比照着记忆做现场复原更可靠些。这张照片，他不知看过多少遍了，即使不将它展开在眼前，它也充满了他的心里。可现在他不敢信任心里的东西，只信任照片。老杜拍的照片太逼真了：构图、光线、色彩、角度，它们能让现场那些麻木的树木、青草、泥土和石块，随时重获质感与温度；比较之下，叶放心里的东西则过于委曲，比较含糊，难以度量，仿佛是一段朦胧的痴迷，又仿佛是几分隐秘的诱惑，还仿佛是莫测的恐惧与晦涩的哀伤。

很快，现场复原工作就结束了，一群人围着一块清冷的草坪，都不知所措。小许老杜几个人偷偷地看头儿，头儿明目张胆地看马叔叔，马叔叔脸上带笑但眼含焦虑地看那几个领导，那几个领导试探猜疑又讨好地，看他们中一个显而易见的最大的领导。最大的领导心事重重，但好像为了掩饰什么，他故意把投向面前草坪的目光,调理得和黄昏的天气一般宁静安详。可叶放发现,在大领导的目光深处,那目光聚合与发源的地方,既不宁静也不安详,而是聚合与发源着一些本来只在他心里涌动的东西:痴迷、诱惑、恐惧、哀伤。叶放深受震惊与感动。他下意识地往前靠去,很想兄弟般的,知己般的,与大领导做一个尽在不言中的理解的拥抱。但此时此刻人多眼杂,叶放不想给大领导带去不必要的麻烦。他把视线转移开去,转向照片再转向草坪,专心打量既相同又不同的两个现场。两个现场相同点多,不同之点只有一处:照片上有具裸体的尸首,而眼前的草坪,连个着装的活人都不存在。叶放把手里的东西放长椅上,顺着刚才往前靠拢的步子继续前挪,只是,他与大领导擦身而过时没拥抱他,而是仍往前走,想象着青花的神态表情和动作举止,像个下半夜才溜回集体宿舍的学生那样,悄无声息地开门进屋,爬上铺位,躺在了青花曾躺过的地方。

他没看众人。但最初,他能感受到众人的骚乱。不是大骚乱,只是小躁动,并且只持续短短的一瞬。很快,就有人开始了正常的移动,也有人开始了正常的拍照,还有人在正常地嘀咕,更有人在正常地说话。移动拍照嘀咕的人,都小心翼翼,尽量避免影响他人,只有说话的人,敢大大咧咧,与在办公室大礼堂发言讲话没什么区别,还随随便便地闯进现场,对着叶放指指点点。

……哦,这回好了,有实物标本就好理解了。正常说话的是马叔叔。您看,这就是尸斑,它形成于血液坠积,和血斑不是同一回事。马叔叔主要对大领导说话。血斑可以出现在身体的任何部位,由打压而成,而尸斑,只能分布在尸体底下未受压迫的位置。马叔叔不满足于站着指点,有时还蹲下,轻一下重一下地触碰叶放。有一次，叶放被他抓到痒痒肉了，差点团起四肢笑出声音。当然没团也没笑。倒不是他抗瘙痒的能力多么强大，而是他像青花一样，不论多么别扭的造型，都被肌体的呆板生硬所固化了。尽管他清楚，呆板生硬比丑陋还丑陋，他也只能任自己丑陋。至于这具尸体为什么尸斑颜色格外鲜明，马叔叔说，一是他/她的肤色偏浅，比较白皙，再一个呢，就是氰化物中毒者因体内氧利用不足，血液中，就含有较多的氧合血红蛋白，很容易通过皮肤渗出鲜艳的红色，这对于年轻的女孩子来说，几乎可以称之为美丽……

在马叔叔介绍情况的过程中，其他领导都听得入神，但眼睛却瞄着最大的领导，见大领导连连点头，还念念有词地说是美丽是美丽，他们才点头，也说是美丽是美丽。但他们没像大领导那样走到叶放身边，回转身去面对众人。他们都是大领导需要面对的众人。

……只要功夫深，铁杵磨成针，只要工作细，死案也喘气，只要靠群众……大领导开始做现场办案的最后总结。总结意味着结束。叶放感到遗憾。他不是遗憾大领导这么快就结束了现场办案，是遗憾从大领导的声音里，他没听到刚才他眼睛里所表达出来的那些内容。大领导使用的腔调和词语，能毫不客气地过滤掉所有关乎痴迷、诱惑、恐惧、哀伤的情绪。难道他已不是刚才因目光而被叶放视为兄弟知己的那个人了？叶放看不到他的眼睛。别人站在大领导正面，仍能看到他有怎样的目光，叶放不行。叶放躺着，能看到的，只是横亘在他脑袋上的，大领导那叉开的粗腿与下坠的屁股，以及大领导裤裆后边的那条裤缝，怎样沿着他的左屁股蛋，斜向爬上他左侧的后腰。这太滑稽了！叶放再次差点笑场。没有裁缝会特意生产后裤缝偏斜的拧巴裤子。这种情况，只能是大领导系裤子时匆忙所致，也许，在此之前，他刚刚因尿急屎急去过厕所，或刚刚仓促地溜下舒适的睡榻。叶放心中犯起难来，如果他提醒大领导把未系利索的裤子整理一下，是能讨来好呢，还是会引发恼羞的忌恨？

身　份

一、飞机场——电话——家

　　机场大厅宽敞简明，只有行李槽是个赘生物：它隆出地面，突出墙体，呈半椭圆形，如同伸出口腔的一截舌头。那些等待领取随机托运行李的人，此时正围着这条舌头摩摩擦擦，像舌廓上不停分泌的涎水唾沫。谁都希望尽早抓抢到自己的行李。其实，行李传送带还没把行李驮过来呢。

　　于非愚也想挤到前边，挤到紧贴行李槽边沿的那一地带，以便自己的行李一转过来，就能唾手而得。可他脚步慢了半拍，没能挤进圈子核心。他倒也没被其他人甩在圈外。比他脚慢的大有人在，他只等于，被圈里的人和圈外的人夹在了中间，成了三明治里那片夹馅肉饼。这样，行李传送带把行李转出来时，他距传送带和行李就仍然有着一段距离，那距离虽短，但足以限制他唾手可得地拿到行李——除非他也拿身旁那几个已经拿到了自己行李的人的行李。

他不能那么干，也没想那么干。受到人们重重包围的行李传送带柔韧舒展，缓走慢行，如同水流漾过草地；可透过它的拘谨表象，又不难看出，它骨子里边暴露出来的，完全是传输机械那种不近人情的固执和刻板，这使得它，更与一张摊满皮骨筋肉的血淋淋的手术台相近相似。是关于手术台的联想，让于非愚不再有兴趣看别人扑在传送带上东抓西抢：既然暂时靠不上前去，那他就抽紧身体，往圈外退。他的退却不合时宜，受到后几圈人的阻挠抵抗，他只能一边退却一边解释："自己的行李嘛，早晚是自己的，没必要急着拎到手里。"没人理睬他的解释。他们甚至都没注意他说些什么。他们对他要挤出圈外所实施的阻挠，也许只是本能反应，或者，他们把他当成了一个已经拿到自己行李的人。尚未拿到行李的人对已经拿到行李的人，嫉妒甚至仇视，也是本能反应。

没拿到行李的于非愚，和几个拿到行李的人一起，挤出了人圈。所不同的是，拿到行李的人立刻向机场大厅出入口走，而于非愚，则带着几许焦虑，走向了大厅中央廊柱旁那间小巧别致的天蓝色活动房屋。

来到那个天蓝色活动房屋窗口前，于非愚先在脸上挤出些笑容，讨好地看里边那个也是天蓝色的、并且真正活动着的民航小姐。"先生有事吗？"身穿天蓝色民航制服的民航小姐正手脚灵活地整理一堆文件报表，见于非愚在窗子外边冲她讪笑，就关上身后的铁柜柜门，按住那堆画有表格的打印纸，礼貌地迎住于非愚的目光。她的五官相当漂亮，在漂亮的五官上也挂着微笑。当然于非愚能辨得出来，那微笑，仅仅是一种职业标签，在那微笑后边藏匿着的，是一种拒人于千里之外的麻木和厌倦。于非愚不免畏怯起来。

一个女人，尤其年轻漂亮的女人，若只有职业味而没有人情味，会格外可怕。但此时再想抽身退去，也不大可能了。

"你好小姐，我有点急事儿得麻烦你一下，"于非愚说，"我想借用你的外线电话，说两分钟就行。"当然，他能猜到一般这时候民航小姐会找怎样的借口加以拒绝，他就硬充老练地摆出一副行家的架势先发制人。"你别否认你这里有外线电话，那个，"他伸出一根手指，往民航小姐身前桌子上被活动房屋窗台遮住的某个部位指点了两下，"那个奶白色的是内线的，那个红色的或灰色的，就是外线的。"于非愚颇为得意地看到，民航小姐一脸尴尬，标签似的笑容随之凝固，继而消失，似乎正准备缴械投降，献出电话，一部红色的或灰色的外线电话。可眨眼之间，民航小姐又笑了，让于非愚一时觉得，刚才他从她脸上看到的尴尬，没准只是他幻觉的产物。这一回，民航小姐脸上的笑与刚才的笑不太一样：嘴角上翘，秀目乜斜，充满嘲讽；似乎，她一共掌握着若干种笑法，根据不同的需要，她能轻易更换，能流畅自然地把一种笑过渡为另一种笑。"你错了，"民航小姐从某个于非愚看不到的地方托起一部奶白色电话机，"我们这部外线电话，不是红的也不是灰的。"这么一来，轮到于非愚尴尬了，也不会笑了。"嘿嘿，你看你你看你，"停了一小会，于非愚开始低三下四，像个软磨硬泡的孩子或嬉皮笑脸的恋人。"是这样的，我知道那边有IC电话，那边那个服务台也有卖磁卡的；可我有手机呀。"于非愚把自己的手机掏出来，朝民航小姐脸前伸去；民航小姐动作夸张地躲了一下。其实他们相距不近，她不躲，于非愚的手也够不到她脸上。可她躲了。于非愚赶紧把手缩了回来。"我现在只是手机没电了，才想借你电话用用，否则，我买个磁卡,却只为往家挂个两分钟的市内电话,就再没用了,也是浪费……"这时候,行李槽那边有人喊:"这谁的包还要不要呀!"

于非愚急忙向行李槽跑去。

行李槽周围没什么人了,传送带已止步停转,这使得传送带更显荒敝萧条,也更像刚被洗净血污的手术台了。于非愚站在手术台旁,一眼就看到了自己的行李,那只草绿色大号防雨帆布旅行包;但他无法把它拿到手里。不是距离问题,而是——他很容易就看明白了,他的旅行包,被传送带和行李槽之间的几根金属支架卡住了,如果他使劲拽,很有可能使旅行包的帆布面料受到损坏,那样的话,传送带也就真成手术台了,而他的包,则成了一个被开膛破肚的伤员病号。于非愚环顾四周,想问问身边的机场工作人员,为什么会出现这种问题,尤其是,这问题应该如何解决。可周围的人,都是旅客,不是机场工作人员,连刚才喊"这谁的包"的人也是旅客。

于非愚有些气愤又有些无奈,他只能又回到那个天蓝色活动房屋的窗口前。这一回,他没对窗口里天蓝色的民航小姐硬挤笑容,开口说话时,多了几分理直气壮。"小姐,你们行李传送带怎么会有这么大纰漏,把我包夹住了。"民航小姐没明白于非愚在说什么,但她能感到,一定是她,或她的机场,有什么毛病被面前的旅客抓住了把柄。她请于非愚把话重说一遍。待她明白了她和她的机场确实是责任方时,立刻挂了桌上的内线电话,然后请于非愚等几分钟,说行李工马上会来解决问题。民航小姐说话时,脸上现出的是又一种样式的笑,带一点谦卑,含几许歉疚。于非愚敏感地抓住了这点,并利用了它,他再次表达了想借用电话的意思。民航小姐犹豫一下，看看周围。"好吧，"她说，然后又补充说，"我主要是怕她们看见不高兴。"于非愚知道，她说的她们，是那些卖IC磁卡的年轻姑娘。

在民航小姐的示意下，于非愚把头探进天蓝色活动房屋窗口里，报出了一个电话号码：88501513。发声送气时，他挤紧喉头，一字一顿，像电影里对暗号密码的间谍特工，唯恐出现差错惹来祸事。在那个也是奶白色的外线电话上，民航小姐把于非愚报出的数字按了一遍，也一字一顿，小心翼翼，显然是受了于非愚传染。可完成按键，听了片刻，她脸上挂出一丝茫然。她说："你再说一遍。"于非愚就把那电话号码又重复了一遍，民航小姐也把那串数字又按了一遍。按完，听完，她把话筒放回了机座。于非愚期待地望着民航小姐。民航小姐面无表情，没有呼应于非愚的眼神，但她把桌上的电话机捧在手里，端向了于非愚。"你自己挂吧。"于非愚大为感动，一时手忙脚乱，这个漂亮姑娘不仅有种好事做到底的热情与耐心，还肯给他当话机座架。于非愚把要挂的电话号码按了出来，随即，盖戳一样将话筒受话器一端卡死在耳廓上。耳边划过一声振铃长音，一个呆板的录音女声响了起来："对不起，您拨的号码是空号……"

电话机重新回到了桌上那个隐蔽的角落。这一回，轮到民航小姐看于非愚了。于非愚没勇气看民航小姐，他只看电话，看隐蔽在桌子角落里的、其实他无法具体看到的奶白色外线电话。"真荒谬，我家的电话号码居然是空号。"他抬起头，尽量坦然地呼应民航小姐的目光，可这时候，民航小姐的目光已挪到桌子的报表上了。"可能电话坏了。"他自我解嘲地嘿嘿笑着，只是那声音非常空洞。

但笑一笑也的确有用，笑过之后，他发现自己平静了下来，甚至最早促使他过来借电话的那几许焦虑，也没有了。

这时，从行李槽那边过来一个小伙子，把他的草绿色旅行包送了过来。"你的包呀？"他叫，"它把我们传送带卡住了。"于非愚接过包，都没看看他的包是否有破损，就模仿着电话里的录音女声说："对不起对不起。"然后又对活动房屋里天蓝色的民航小姐说："谢谢谢谢。"这就等于，他也接受了那个送还他行李的小伙子的说法：传送带上金属支架挂住他的包，不是传送带的毛病，而是他包的过错。

于非愚是坐民航大巴离开机场回市内的。民航大巴没出租车快，但可以省五六十元的交通费。本来，于非愚也想坐出租车回家，把时间往前赶，好快一点解除心中的焦虑或把那焦虑指向一个固定的事件。但他们单位员工出差，市内交通费和伙食补贴费根据出差城市的规模大小与消费水平，实行包干制，也就是说，这趟出差，除去坐火车乘飞机住酒店他可以实报实销，其他的，他花的每一分钱都等于是他自己的钱。为了提前个二三十分钟到家就多花五六十块钱，这并不是明智的选择。由于民航大巴开得迟，走得慢，给于非愚整理旅行包提供了机会，在查看带给妻儿的礼物时，他发现，他旅行包上的一条背带折了，是被机场行李传送带的金属支架生生绞断的。

在民航大巴的市内停车点，于非愚下车了，经过片刻的迟疑犹豫，他又上了一辆出租车。如果他手里不提个大包，或者说，他的包没有断一根背带，还能背着走，他本来不必再打出租，走个十几分钟也就到家了。可现在，他旅行包的背带断了一根，这意味着，身旁这个偌大的行李,他不能背着走而只能提着走抱着走扛着走。这太不得劲也太不雅观。没办法,路程很短他也得打车,也得花去一份完整的起车费。可出租车开到他家所在的小区门口,距他家楼下还有百十来米呢,就停下了。于非愚要求司机开进院里。他虚虚地拎一下他的大旅行包,意思是,这东西挺沉的;他没说出来的意思则是,那份起车的费用他要尽可能地多用一些。司机看到了他拎包的动作,想必也看破了他的心思,所以脸上理解的表情中还掺了点讥讽,但他还是说,你下吧,进不去了。于非愚说,"开什么玩笑,这小区从来都像个集市,哪能不让进呢。"司机说,"不是这意思。这小区,能让机动车调头的道全铺草坪砌月亮门了,你总不能让我一直开进去再一直倒回来吧。"于非愚说,"我不用你往最里边开,开到计划生育的雕像那就行,绕雕像就调头了。"司机说,"雕像那也不行,这些天,这小区全重新规划了。"于非愚继续分辩,"我知道最近在规划小区,可我家就住这,从我家南窗口都能看到计划生育雕像,你听我的没错。"司机不耐烦了,"你怎么这么磨叽呀!你家住这你也至少半个月没回来了吧?要不咱打赌,咱一块去雕像那看看,赌一百块钱怎么样?"于非愚自信打赌他准能赢钱,但他认为那太无聊了:再和司机争执下去无聊,赌钱就更无聊了。他付钱下车,并索要了收据。他要收据没有用处,出租车开走后,他又把收据撕碎扔了。

于非愚站在他下车的地方,分别以拎、抱、扛三种姿势,试验最省力的包裹携带法。三种姿势都不实用,但也只能使用它们,此时此刻携带包裹,除了这三种方法别无选择。于非愚就交替变换着三种姿势,吃力地朝他家住的十九号楼走。确如司机所说,新规划完全改变了小区旧貌，若出租车真开进来，再倒回去是它唯一的出路。于非愚庆幸没和司机打赌，打的话，输一百块钱的肯定是他。他又自责刚才不该那么小肚鸡肠，不该刁难司机索要收据。按理说，乘车也好购物也罢，索要收据天经地义，但问题是，刚才他动机比较狭隘，是想给司机添个小麻烦，并没考虑国家的税收利益。于非愚不好意思地摇了摇头，不再想出租司机而转脸去看周围环境。

在这小区里，原来所有的空地都堆着垃圾杂物，而现在，放眼望去，到处是绿草坪月亮门花池子。在于非愚家那栋十九号楼的一侧，坐落计划生育雕像的那个小广场也有了变化，一圈一人高的铁栅栏拔地而起，不仅可以限制机动车辆通行，也把那一家三口的水泥雕像圈了起来。那被铁栅栏圈起来的一家三口，经过粉刷已焕然一新，鲜嫩得如同出锅的馒头，而且，那个妈妈被人剜掉的一只乳房又长了出来，那个女儿被人敲掉后搭在那个爸爸裤裆处的一只手，也被挪回原位接好了断茬。一切都像雕像刚被立起来时那样，"计划生育　利国利民"，八个大字也红得耀眼。

对于周遭景物的观察，使疲累没那么快地出现在于非愚身上，他的精力被分散了；待他感到力气没了，走不动了，想歇歇了，他也爬上了他家居住的五楼。453，这是他家门楣上小铁牌标明的号码，他家住的是四单元五楼三号。

于非愚一站到453室门前，在感觉上就是已经到家了。他长舒口气。他没立即敲门，而是像个捉迷藏的孩子那样，故意延长对家中某种未知情况的想象猜测，直到气喘匀了，汗散尽了，才抬手敲门。可敲门声响起的那一霎时，他心中的焦虑又萌动起来——要不要再用力一点，大声一点？幸好，很快，无须他第二次用力地大声地敲击门板，他就听到了屋里的声音。"有人敲门，"他听到妻子在大声说，"于非愚，过来开门，我腾不出手。"于非愚轻轻舒了口气，焦虑之感一扫而光，妻子在家。于非愚喜欢听妻子叫他的名字，很柔和悦耳的女中音，发声时，能把吐出来的每个单音都拉长抻开，三个单音一组合完，好像就形成了一个首尾相接此起彼伏的音节的圆圈，美妙极了。"任杰——"于非愚想张口呼应妻子的声音。是的，妻子姓任名字叫杰，读出来，也很好听。"任……"可于非愚话未出口，又止住了，他忽然感到不大对头。

这时面前的房门无声地开了，一个身穿睡衣睡裤手里拿张报纸的男人出现在门口。"找谁呀？"他的声调友善热情，边说话边打量于非愚。但很快，他的友善热情里就掺进了惊讶，他一定也发现什么地方不对头了。"你——"于非愚的惊讶自然更掩饰不住，他知道什么地方不对头了。好在这次出差，他已经被训练成了一个屡经意外之人，应付不对头的意外的能力，也就大大地强于面前的男人。"请问，这是——于非愚家吗？"于非愚抬头看门楣上的小铁牌：453，没错。"没错，"门里的男人被于非愚的镇定感染了，同时，为了表示他没什么可惊讶的，就也显得从容起来，这使得他的镇定又悄悄地超过了于非愚。"我就是于非愚，有什么话进来说吧。"这么一来，于非愚——门外的于非愚，应付意外的能力再强，也很难继续沉着下去了。"你，你也是……"门外的于非愚看看门里自称于非愚的男人又看看自己，喊了起来。但门里于非愚的坦然和亲切都很真实，又反过来感染了他，他便放低声音，盯住对方眼睛用强调的口吻说："我也叫于非愚。""你也叫于非愚？"这回是门里的于非愚叫了起来,只是他的叫声中除了惊讶还有惊喜,"干勾于,是非的非,愚蠢的愚?真太巧了!我的名,你是电话簿上看的还是派出所查的?来……""不是,我不是为名字来的,我……""怎么了于非愚?"任杰的声音从卫生间传出,紧接着,她人也出来了,水淋淋的双手端在胸前。门里的于非愚说:"这位同志……"门外的于非愚说:"任杰是我……"

任杰愣住了。她看看门里的于非愚又看看门外的于非愚,脸涨得通红。"你怎么知道我名字的?"她问门外的于非愚。门里的于非愚抢着替门外的于非愚解释:"他大概是对我这个与他同名的人产生了兴趣,所以对咱家的情况就都了解了……哎,你知道我们家还有一口人吗?"他兴趣盎然地把脸又转向门外的于非愚,好像在出一道脑筋急转弯的小考题。"于公,我儿子嘛。"门外的于非愚答。但他的这一答让门里的于非愚不高兴了,他一下子变成了一个玩游戏玩急眼了的小孩子。"说什么呢你?于公是我儿子。"门里的于非愚说。门外的于非愚说,"你搞错了,那是我儿子。""你儿子?我儿子!""我儿子!不是你儿子!""于公是我儿子!""于公是我儿子!"

门里门外两个于非愚吵了起来。在他们争吵的间隙里,楼上楼下都传出开门的声音,而同一楼层的451室和452室,若有人在家,估计也一定正扒着门镜偷窥和贴着门板偷听呢。"别吵了!"任杰严厉地冲门里的于非愚喝了一声,结果,两个于非愚同时习惯性地垂下眼睑,错后半步,好像连个头都同时缩回去一截。"任杰,"过一小会,门外的于非愚先打破了沉默,咽两口唾沫后,用耳语般的声音说,"任杰,我不是对也叫于非愚的同名人有兴趣,我了解你家情况是因为你家就是我家……""对不起,"任杰挤开门里的于非愚,对门外的于非愚说话,"重名重姓的人多了,犯不着攀亲认故的。来让让,我得关门——"门外的于非愚张口结舌,不知所以地看任杰的脸,好像她是一个他不认识的女人。他当然认识她,不论她脸色多么难看,多么冷若冰霜,他也认识她;倒是他,尽管他脸上的表情一如既往,谦卑、怯懦、忠顺,还是惯常遇事时,那种盼望她发表意见等待她臧否决断的表情,但她已经不认识他了。

"你还有别的事吗?"任杰问。"没……有了……"于非愚答,门外的于非愚答。

二、面包饮料——临时床铺

于非愚靠在圈围计划生育雕像的铁栅栏上,仰头看五楼。由于角度太小,他视线没法走进他家的窗户,他能观察到的,只是他家阳台里的部分情形。刚才他见到的那个于非愚,这会正高举双臂,往横贯阳台的晾衣绳上挂衣服,在他身体一侧,胸肋一带,则不断有一条光裸的手臂在伸出缩回地给他递送湿衣服。显然,那条裸臂属于任杰。于非愚努力回忆那条光裸的手臂,以前在他胸肋间伸出缩回时的具体样子。可他回忆不起来。他的回忆七零八落,像湿衣服上滴下的水珠。

于非愚扛起他的草绿色防雨帆布旅行包,几步一回头地往小区大门口走。他的脚步比进来时沉。在小区大门口,一辆出租车迎着他拐进来大半个车身,挤得他只能放下包躲车。出租车司机冲他探出头来:"走不走?"于非愚已经被出租车挤得无路退避,就对司机的莽撞有些不满;但听司机主动和他说话,为礼貌起见,便没把不满表现出来,只是愣愣地反问:"走?去哪?"司机嘴里嘟嘟囔囔,好像还骂他一句,缩回身子开车走了。

这一幕,似乎被什么人看进了眼里,但这不是于非愚看到的,是他感觉到的。为验证感觉是否准确,于非愚就拧着脖子找,找看他的人。很快找到了,是小区大门口小卖店的主人。那店主人见于非愚发现他看他了,并不回避,而是让脸上立刻现出友好的笑容,并点头致意。这么一来,于非愚倒不知如何是好了。他本来也不知道找到看他的人要怎么样,这会见看他的人对他先有了表示,只能也冲那张时常见到的脸笑了一笑。笑过之后,好像事情还没完,为了赶紧完结什么,他又心神不定地走向小卖店,让那店主人给他拿一个面包一听饮料。小卖店主人是个大他几岁的男人,又白又胖,见于非愚被他引到了身边,格外高兴,殷勤地介绍不同牌子的面包和饮料:"这种两块二,奶油……这种樱桃味,冰镇……"于非愚说:"好呀好呀,什么都行,能填肚子就行。"那店主人问:"没吃午饭?"说着把面包饮料装进食品袋。找钱的时候,又说:"这玩意儿随便垫补垫补还行,当饭吃不抗饿。"于非愚本来没兴致多话,可店主人的热情在牵着他走,他就敷衍道,"我刚下飞机,饿了,可家里没人……""唔——"店主人停止找钱,瞪大了眼睛,"刚才你爱人还来买过洗衣粉呢,说要全天做家务……"于非愚伸出去接钱的手也停了下来,使劲看小卖店主人。"你认识我爱人?""当然了,老邻居嘛——外科大夫对吧?咔——"那店主人"咔"的同时,右手在小窗口里斜着一抹,也真像任杰在手术台上开膛破肚。

"你也认识我?""嘿,当然了。不认识你怎么知道你爱人是你爱人。"于非愚激动得满脸通红:"谢谢谢谢,"他连声说,差点把手伸进小卖店窗口与店主人相握。店主人得意起来,问"为什么谢我?"那种挤眉弄眼的样子,好像他和于非愚正在共享着一个秘密。于非愚倒无话可说了。

于非愚没打算在小卖店窗外吃面包喝饮料,就走向自己的旅行包,琢磨着怎么处理这新添的负担。他把旅行包拉链拉开,把面包饮料塞进去,还顺手拎拎。好在新添的负担没什么分量。他拎包打算往小区外走,可店主人开口叫住了他,那张肥白的大脸硬生生地从小卖店窗口挤了出来。"我说,别走了,回家吧。"他口气里满是关心体恤。"回家?我说了家里没人……"于非愚说得底气不足,就不说了,但也没走。 "我一看你脸色就知道是两口子闹矛盾了……"店主人不笑了,表情严肃语重心长,"一吵架就拍屁股走人,这是负责任的男子汉大丈夫的做法吗?""不是我要走,是她……"于非愚想解释可又不好解释,说出的话来就吭吭哧哧。店主人见他为难,便打断了他,"她让你滚对吗?当哥哥的我大你几岁,这种话听多了;可老娘们那话能认真吗?不能,她们都刀子嘴豆腐心。听我的,回去,占住理儿了也要说对不起。儿子在家没?去英语补习班了吧?那正好,两口子热乎热乎,就啥都没了……"于非愚说,"你理解错了,我们没矛盾没吵架……真是家里没人。"店主人沉下脸来,"兄弟,你蒙得了我?好,告诉我你家电话号码,要有人,通了不要钱怎么样?""别别别。""来吧来吧。""我家电话现在是空号。""你看你,这么编谎多没意思。"于非愚不知该怎么应付这样的局面,只好背出了家里的电话号码。

小卖店主人马上变得喜气洋洋,拿起摆在窗台上的公用电话,一口气把88501513按了出来:"哎,弟妹呀,等一会呀——来,"他把话筒塞给于非愚。于非愚惊讶地张大了嘴巴,如果说在机场得知他家电话号码是空号他已见怪不怪,那现在他家电话这么容易就挂通了,倒让他一时无法接受。他接过话筒,说出的话结结巴巴:"哎,任杰呀,是是我我呀……你看,我是刚才……"对方一句话没说就把电话撂了。于非愚握着话筒,满脸愧疚地看店主人,好像他做了什么亏心的事。店主人也无计可施了,用唉声叹气分担于非愚的愧疚:"还不让回家?还不原谅?"于非愚点点头:"不让回家,不原谅。"然后,他掏出四角钱给店主人。可店主人坚决拒收:"君子一言驷马难追,我说不要就是不要。"两人推让一会,于非愚只好把钱又揣回兜里。"再见了。"于非愚站在小卖店外边,隔着窗口与店主人握手。"多保重。"店主人握住于非愚的手连连晃动,一副依依惜别的样子。

于非愚沿马路无目的前行,不时有出租车靠过来问他去哪。他不知道说什么好,就光摆手,意思是不坐车。但他双手都要用于把持肩头的旅行包,每次摆手,都挺麻烦,得先停下脚步,扭脸朝向出租车方向,同时确保一只手扶包也能平衡,再腾出一只手,冲司机摆。如此一来,害得好几个司机错会了意思,以为他停步扭脸是要上车。可他不是,他只是摆手。

走到运河桥头,于非愚实在走不动了,他止步放下旅行包冲河水发呆。午后的日光泻在河里,把河水映得金光灿灿,金灿灿的河水由于流速缓慢,就给它倒映着的天空与白云,它依傍着的堤坝和草木,都赋予一种慵懒的气质。于非愚无法抵御这种氛围的感染,就拎起地上的大包,也像河水一样,懒洋洋地拐个小弯,沿曲折的石板小路进到桥旁绿地里,在一张没人的长椅上坐了下来。坐下后,愣怔片刻,他意识到自己并非无所事事才来这里,就拉开旅行包,拿出里边的面包饮料。他的确已经又渴又饿,可他没立刻狼吞虎咽,他很斯文地对着面包饮料端详两眼,然后放下它们,起身沿河堤的坡度向河边走去,在温突突的河水里洗了洗手,这才回到长椅上坐稳,埋头吃喝。行走已让他筋疲力尽,吃和喝时,他就一直让咀嚼吞咽与闭目养神同步进行。反正一手面包一手饮料,凭感觉也不至于把它们送鼻子里。后来他吃完了喝完了,可闭目养神养出来的倦意,却让他仍然不想睁眼。他就那么一手捏着食品袋一手捏着空饮料罐,昏昏沉沉地睡了过去。

可下意识里,仿佛受了什么惊吓,他忽然从似睡非醒的状态中睁开了眼睛。他发现,原本缓流在他面前的河水消失不见了,代之轻轻飘动在他视线里的,是一片艳红。他使劲挤挤眼睛,顺着艳红色往上看去。他看到,他面前不知什么时候出现个姑娘,那姑娘的身体,裹在一袭摆幅宽大的纱质红裙里,是那在微风中轻轻飘动的裙裾,遮住了运河里缓流的河水。"请问,先生是在等一个姓张的小姐吗?"红裙姑娘彬彬有礼,饱满的胸脯微微起伏。"哦,哦……我在等,是想去找,一个姓张的先生。"于非愚歉疚地对姑娘耸耸肩,摊摊手,就像一个十足的绅士。可是,他耸肩摊手时,手里的食品袋和饮料罐却不慎脱手,食品袋飘落到草坪上,饮料罐则不仅滑落到草坪上,还沿着河堤的坡度向运河里滚去。起身捡食品袋和饮料罐的于非愚顾此失彼,从长椅旁一直窜到河水边,使他眨眼之间就成了条狗,在追踪主人扔出的骨头,而完全没有了绅士风度。等他把食品袋饮料罐都送进不远处的垃圾筒,再回头时,见那红裙姑娘已朝另一条长椅走了过去,那条长椅上的单身男子,比他像绅士。

于非愚含糊不清地发句什么感慨,就回到长椅旁扛起了旅行包,快步向运河桥头的马路走去。他钻进一辆出租车,准确地道出一个地址,还适时地给司机指点近道。十五分钟后,他来到一处花园式住宅小区,轻车熟路地进楼门洞爬楼梯,按响了一扇防盗门上的音乐门铃。在音乐的背景音里,一个男声在门里问找谁,于非愚紧张的神经马上松弛下来。"就找你,找张先生。"他在门外快活地大叫,"张巍,我是于非愚。"

开门的张巍显得匆匆忙忙,身上只穿条大裤衩子。"你干什么,大包小裹的?"但他这样问了,却没有需要回答的意思,他的意思,只是让于非愚赶紧进屋。他顺带着把地上的大旅行包抓在了手里。张巍魁梧壮实,抓起于非愚的大旅行包,就像刚才于非愚把面包饮料抓在手里;而这时的于非愚,几乎连抓面包饮料的力气都没有了,他随着张巍一走进客厅,就一屁股陷到长沙发里。

"你累啦?先歇会吧。"张巍说罢拐进了书房,"是不见我占线就直接来了,怎么没挂手机。"张巍说话只是说话,并不理睬于非愚的态度反应。看来,他的出现打扰了他。

于非愚感觉到了张巍的简慢,他的疲累一下子没了,坐了片刻,见张巍不再出来理他,他腾地站起来,去拎他的大旅行包。可他几乎拎不起来。"你什么意思?"他冲书房喊,"不欢迎我我走!"但他没走。"别别,马上就下来。"张巍冲出了书房,"你等我十分钟,再有十分钟就能搞定。"张巍转身又回到书房。是这时候,于于非愚才意识到,张巍是上网和女人聊天呢。他知道自己太敏感了。"真无聊。"他的口气缓和起来,随即歪在沙发上睡了过去。

于非愚醒来时,张巍把给他沏好的茶水摆上茶几,自己则坐在沙发对面的椅子上吞云吐雾。"睡醒啦,还长脾气了,是不升官了。"于非愚想笑笑,没笑出来,想喝口水,但嘴唇和杯口一接触就烫了一下,便没喝。"怎么样,总也没动静,好吗?""好什么,混日子呗,"张巍用手里的烟屁股对上另一根烟,"咱俩半年没见了吧?和他妈半年前比,我觉得就是体重又增加了。""一样,一样,"于非愚嘟哝着,不知该怎样把谈话继续下去。"你这干吗,弄个大包,给我送礼?"张巍问。"不是,我想——"于非愚抬腕看看手表,"这两天,我在你这沙发上住怎么样?""你怎么了?"张巍说,"和任杰吵架了?让她打出来了?不会吧,你老婆可不是我老婆。""不会不会,当然不会,"于非愚说,"就是,只是——咳,我他妈的撞上鬼了……"他无法对张巍解释明白,但又必须解释。"张巍,我本来不想找你,我谁也不想找,只想自己解决问题……可这事儿,太蹊跷了,太离奇了。张巍,这事儿说出来不光让人难以置信,还特别丢人……我不能跟别人说,只能找你呀……"

于非愚的解释越来越混乱,东一句西一句不着边际,但归纳整理一下,其大概意思也说明白了:这次出差,他遇到一系列意外事件,先是和家人失去了联系,尔后他家又不属于他了,到现在,他都不敢肯定,自己究竟还是不是自己。他说,他这次出差二十三天,二十三天里,他什么时候往家挂电话都没有人接,而妻子任杰和儿子于公也没给他打过电话。这倒没什么,任杰和于公没事不喜欢主动打电话,另外能证明没什么的是,他把电话打到任杰医院时，虽然每次接电话的都不是任杰，但从别人的话里他听得出来，一切正常：任大夫做手术去了；任医生吃饭去了；任杰给你儿子开家长会去了……显然，不光任杰一切正常，于公也正常。可不正常的是，这期间，他还多次通过电子信箱与任杰联系，却也联系不上，每回发出去的伊妹儿都会被退回；他又给任杰寄过三封信，一封平信一封快信一封特快专递，说了电话的问题，信箱的问题，在后一封信里提及前一封信的问题，让任杰随便以什么方式与他联系一下。可他的信，既没引来任杰的电话、伊妹儿、信，也没被退回酒店。而今天上午，他从飞机场往家挂电话时，他家的电话号码又成了空号……

"空号？问问112，要不我再挂一下。"张巍操起茶几上的无绳电话，"你别着急，电话信箱邮局都可能出毛病。"张巍安慰于非愚。"不用挂，"于非愚制止了张巍，"刚才我挂了，还是我家那号，不是空号，任杰接了。""那就行呗，别愁眉苦脸啦。"张巍又拈起一根烟，但尚未点火就又想到了什么，"可你怎么不回家跑我这来了？"于非愚说，"你倒听我说完呀，你也不听我说……"于非愚的话里都带出了哭腔，"我是直接回家了，可我到家一敲开门，除了任杰在洗衣服，荒唐的是，我也在家——哎呀，不是我，我意思是，我家里吧，还有个于非愚，现在他成任杰丈夫了，成我了，在帮任杰晾衣服呢。你明白我意思吗？现在我家，已经有我了，这么着，我就成了多余的人。可你知道张巍，我是于非愚呀……"张巍探身摸于非愚额头，嘴里发出嘻嘻的笑声，"没热度呀——""我没开玩笑！"于非愚愤怒地喊了起来，"真的张巍，我没骗你，我从来不开玩笑不骗人。"于非愚这回真哭了，眼泪让手一抹，涂花了脸。

067

"……我想在你这住两天,想想回家的办法。我不能硬闯回去,不能跟他们吵闹,我是有教养的人,我得顾及我的面子和任杰的面子。我要通过正常渠道,回自己家,回任杰身旁,让她接受我。"

张巍默默抽完又一支烟,站起来,示意于非愚随他进书房。他一边打开电脑登录上网,一边问任杰的信箱地址。"看看她信箱是不是废了。"张巍通过自己的信箱,写了封伊妹儿发给任杰,问她这个季节去医院住院床位是否紧张,又问于非愚在家呢还是又出差了。

"你说任杰也不接受你?"张巍点击完"发送"问于非愚。"是呀,现在问题就出在她身上,她认为我是冒牌货。"于非愚站在张巍身后,看他关机,两人又一起回到客厅。"那你觉得,她是不是和你闹别扭斗气儿呢?""不会呀,我们又没有——再说怎么着也不能这么个闹法斗法呀。""那个……于非愚,长得像你?""像吧,我也说不好,一般没什么特点的人,是不长得都差不多?""那倒是,可再差不多,任杰也该分得清呀,孪生兄弟她也该分得清呀。""我没兄弟,不孪生的也没有;我只有个堂弟,我叔的儿子……""可既然任杰都分不清了,那你,又有什么办法,证明你家那个于非愚是假的呢?""嗨,这还用证明吗?这不用证明,我是真于非愚,他自然就是假于非愚。""那你,你又有什么办法,证明你是真于非愚呢?""这,这也不用证明呀,他是假于非愚,我自然就是真于非愚了。"

两人一起吃过晚饭,把折叠沙发打开,为于非愚铺了个临时床铺。再上网,他们就看到任杰发来的伊妹儿了。任杰说,于非愚出差刚回来两天,向张巍附言问好;又说现在医院的床位并不紧张,有什么事情她会全力帮忙。

三、机关——医院——学校——老干部活动中心

　　于非愚赶到机关大门口时，上班时间已经过了。机关门口门庭宽大，由于此时无人出入，就显得荒芜空旷，死气沉沉。一个全副武装的军人严阵以待地站在门垛旁，木呆呆地防范着一片空无，他那副煞有介事的滑稽样子，把心事重重的于非愚都逗笑了。

　　但也不能说于非愚完全是被军人的滑稽样子逗笑的，也许，是那个军人笑完，也就是那个挺胸拔腰的军人见终于有人来了，他的威严仪表得以有人欣赏了，一高兴，冲于非愚先笑一下，为礼貌计，于非愚才咧嘴回笑的。否则，军人不笑，于非愚想笑也得忍住，进这个大门笑还是不笑，是有说道的。于非愚进大门一般不笑，是因为他有正规的长期通行证。在这个机关，拥有这种通行证的人进大门时一般不笑，甚至要对站岗的军人显得不屑，只晃晃手里的证就可以长驱直入。另一种临时通行证的持有者，进大门时，才需要挤出笑脸，以讨好军人。但即使那样，即使他们笑，笑得谄媚，按规矩，军人也要把他们的临时通行证拿到手里看上一眼，才放行。只不过，有时他们的笑能软化军人的警惕性，降低军人的责任感，使军人不好意思细看他们的通行证。正规的长期通行证扑克牌大小，彩版，压膜，一面有照片姓名年龄职务具体工作部门，一面有入门需知。而临时通行证，虽然也是扑克牌大小，但黑白版，不压膜，尽管一面也有入门需知，可另一面，却只有标志该证有效

期的起止时间，因此军人对这种证要详细过目，以确认它是否已过期作废。这会，于非愚正边走边把手伸进兜里，欲掏证示证并咧嘴发笑时——不管他先笑还是后笑吧——他发现，那木呆呆的军人正冲他笑呢，还点了点头。那意思已经再明白不过：进去吧，我知道你不是外人。于非愚便没掏证，只矜持地回点点头进了院内。

于非愚表面不动声色，心里却激动得敲起了小鼓，以至于，本来自己在三号楼办公，可进院后，竟一头钻进一号楼里。好像他其实没通行证，混进来了，怕军人变卦，由后边追过来再把他撵走，他得赶紧找地方藏匿。事实上他没想这个，他的激动，只缘于一点，门口的军人认得出他，即使不知道他名字，不知道他具体哪部门的，但知道他在这院里工作。于非愚出一号楼奔三号楼，远远见个人影就使劲看看，希望还有人认得出他。没有了。

进三号楼后，于非愚快而不忙地踏上楼梯，朝办公室走，尽量显得同以往一样。在走廊上，他见到了一两个熟人，是其他部门的熟人，他们有些机械地冲他点一下头就快速离去，让他难以判断，他们那种点头法，是针对熟人的致意呢，还是给予陌生人的礼貌。在这个院子里工作的人，什么都让人无法看透。这时候，于非愚已经站到自己办公室门口，而且下意识地把门推开了。

办公室里，有五六张办公桌，每张办公桌前都坐着人，包括他的办公桌前——那另一个于非愚正坐在那里。他推开办公室门没弄出声音，他进到办公室里也没发出响动，在开门进屋的同时他一直在想，他将采取怎样的方式，才能引起旧日同屋对他的注意，以使自己迅速与他们融为一体。"嗨！"他可以潇洒地打个西洋招呼："我回来了！"他也可以谦逊地打个东洋招呼："同志们辛苦了！"他还可以玩笑地打个领袖招呼……可他什么招呼都没来得及打。他无声无息地一走进屋里，他的同事们就知道他进来了，并且，他们好像听到了什么口令，齐刷刷地把目光都投向他，却又不与他正眼对视，只鬼祟地瞟他身上除了眼睛之外的其他部位，包括那另一个于非愚。于非愚被同事们的目光挡在了门口："你们好——"他尴尬地咕哝一声，还招了招手。按他本意，进屋以后，他要迅速与大伙打成一片，把同事们都争取到他这方来，以孤立那另一个于非愚，所以，他问的好要撇开那另一个于非愚，他招的手也要绕过那另一个于非愚。但这不现实。那另一个于非愚与其他人浑然一体，只有他游离在众人之外，他要冲大伙问好招手，必然会把那另一个于非愚也捎带进来。这很无奈，但没办法。没人与他往来呼应，见他招手听他问好，他们反倒不看他了，都垂下眼皮看自己面前的方寸之地，看报纸或茶杯。于非愚已经不仅仅是尴尬，连阵脚都乱了，可他想不好下一步该做什么。他只能暗怪自己没早点上班，没抢先坐到自己的办公桌前。

幸好，这时，同事中有人站了起来，并开口冲他说了句话。于非愚感激地把目光迎向那人，尽管，那站起来说话的是另一个于非愚。但他开口说话，毕竟让于非愚下一步有事可干了。"同志，请你别再缠着我好不好，你不能影响我工作呀？"办公室里的其他人立刻又抬起头，充满期待地看——这一回，不光看于非愚，也看那另一个于非愚。两个于非愚都红头涨脸，手足无措，可他们都不想服输，硬撑着让四只眼睛交错在一起。于非愚往前挪了两步。"我缠着你影响你？"他大声说，"你真能倒打一耙，怎么倒成了——"他说话时，注意到那另一个于非愚也在挪步上前，他以为他要打架，就攥紧了拳头。虽然他从来没打过架，可这时候，如果打架，他无论如何不能服软。可那另一个于非愚没有打架的意思，连拳头都没攥，他只是突然打断了他。"正好，我们领导来了，"他伸手指向于非愚身后，"有话你和领导说吧，请组织上解决问题。"于非愚应声回过头去，他看到，一个瘦小精干的男人正站在办公室门口盯着他看。"主任——"于非愚委屈地叫了一声，回身去拉主任的手。但主任灵巧地闪了一下，没让他碰手，只是做得并不生硬，还算得体。

　　主任同意与于非愚谈谈，于非愚就一路追着主任的屁股朝主任办公室走，一边走一边嘟嘟囔囔："你怎么了主任你怎么了，怎么你也认不出我了？你该不是开玩笑吧……"主任绷着脸一言不发，尽量与于非愚拉开距离，直到在主任办公室两人坐下，庞大的老板台办公桌把两人分隔到了两个区域，主任才松口气，点了支烟。

　　"你——"主任吐一口烟想开口说话，但明显的，他并不知道该说什么，就把"你"字拖得挺长，像开会时，作为领导，给下属讲话。于非愚已经急不可耐，不等主任把长长的"你"音发完，就抢了主任话头。"主任呀主任，我真是于非愚，你怎么连我也认不出了呢？你不会真的认不出我吧，咱俩可是从念大学起就一个宿舍当同学啦。那时你当班长我当寝室长，有一回咱俩闹矛盾，你说我归你管，我说你归我管，后来咱俩都笑了，因为咱俩都没说错：在教室你管我，在寝室我管你……"于非愚的表白饱含感情，这一方面是为了争取主任对他的信任，另一方面，主任肯定也听得出来，是他意识到他抢他话头是犯了大忌，他要通过忆旧抒情，来消除主任对他的不满。可主任根本不为所动，满与不满都未表现出来，他只是冷静地吹散茶杯口冒出的热气,呷一口水。于非愚随着主任茶杯口热气的消散也冷静下来,再说出话来也有了点条理。"主任,"于非愚站起身,把衣兜里的一只牛皮纸信封掏了出来,口朝下地将里边的东西倒老板台上,可怜巴巴地捕捉主任的目光,想等主任开口。可这回主任不开口了,眼睛也不看他。"主任,我真是于非愚,"这么一来,只能还是于非愚说话,"至少这些东西可以作证。你看,这是我工作证,这是我通行证,这是我身份证,这是我名片,这是我工资卡……我户口本房产证连自行车证也都有,只是在家呢……这是我这趟出门的所有票据,对呀,我要不报了它们,那等于我还欠财会的钱呢。主任,这回出门是你安排的,这时间也是你给我定的,要是那人是于非愚,他就等于提前回来了,就是不听你指挥了。可你知道,于非愚怎么能不严格执行你命令呢……主任呀,你倒说话呀,你不说话我心里发慌……老同学呀,你想想,咱俩私交可一直不错——"

　　说到这,于非愚转身去关办公室门。不想主任忽然开口了:"别关门!"主任的声音低哑但有力,像锤子狠狠砸向钉帽,把于非愚牢牢钉在了门口。"好好好,不关门。"于非愚顺从地从门口又移回沙发,但尽力把脑袋探向老板台对面,以使老板台另一端的主任对他的小声发言也能听清。"主任,我提醒你个细节你就不会怀疑我了,因为这件事情,只有天知地知你知我知。"于非愚几乎是用口形说话,边说还不忘边留意门口,只是动作有些夸张。显然,他希望主任能感动于他的良苦用心——他宁可自己受到误解,也不想让外人知道主任秘密。"你还记得不,去年夏天,我陪你接待部里领导,喝完酒,你和部领导一人找个小姐,我在走廊替你俩站岗,以咳嗽为号……"

　　于非愚说着说着声就大了，还挺投入，就没注意主任正操起老板台上的内线电话。待他意识到主任有事要做息了声时，主任这边已经接通了电话："保卫吗，你谁？是我，"主任用他低哑但有力的声音命令电话另一端的人，"你带两个人到我办公室来，我这儿有个疯子你给我弄走。"于非愚被主任的话说得一愣，扭着脑袋左看右看。前后左右都没有人，就他和主任在这屋里。这时走廊上传来一阵杂沓的脚步声。

　　于非愚被保卫干部推出主任办公室时，匆忙之中，只来得及从老板台上抢回自己的身份证通行证和工资卡；于非愚被保卫干部推出机关大门时，尴尬之际，听到那个刚才冲他微笑点头很可能熟悉他的军人困惑地问："怎么回事？"但他和推他的几个保卫干部都没回答。

　　以于非愚的性格，不是万不得已，不会到医院去找任杰。那是任杰工作的地方，她有她的社会角色，他得照顾对她的影响。所以，中午十一点半，于非愚赶到任杰医院后，只是在大门外给她挂去电话，希望她利用中午时间出来谈谈。谈能谈出什么结果，或者谈什么，事先于非愚并没多想，甚至，往楼上挂电话前，他还隐隐希望找不到任杰呢：任大夫在手术室呢；任医生在病房会诊呢；任杰没在，出去了。所以，也可以说，于非愚来医院门口挂这个电话，与其说是为了证明他的执拗和坚决，倒不如说是为了自我安慰——给自己的怯懦找个台阶。如果任杰接不到电话，他可以这样对自己解释：我是诚心想和她谈谈，要不然怎么能来医院呢，可她不在就没办法了。在于非愚急切渴望解决问题的态度中，又含有一丝逃避心理。他知道这事拖下去不行，但真正面对又勇气不足，尤其是面对任杰。任杰是这一事件中的关键人物，如果任杰仍然不承认他是于非愚，他就彻底没指望了——事实上，他相信，任杰肯定不会承认。是延长期待还是直面结果，这让于非愚身受双重折磨。然而，是那个电话，逼着于非愚做出了强硬选择，逼着他闯进医院去找任杰了。那个电话一挂上去，出乎他意料，接电话的恰好是任杰。电话里，任杰虽然声调平和，却态度冷漠，她说我正忙呢，又说没什么可谈的。一时之间，于非愚就被逼上了绝路，这样，他说给任杰的话，就只能是他预习过的众多台词中，那句最不绅士最无礼貌最死皮赖脸最气急败坏的话："那好吧，我上楼等你，直到你有时间，也有话可谈。"然后于非愚就怒气冲冲地进了医院大门。如果闹得两败俱伤是我不仁，于非愚想，那是因为你任杰连话都不听我说先不义。可这样的想法，虽然颇能平衡心态，却还是让于非愚有些心虚，他觉得自己像个无赖。

但于非愚毕竟不是无赖。走到医院楼的门厅里，他腿软了，就又给任杰打了个电话。他想，得再给任杰一次机会，如果任杰继续强硬，他再无赖，那也算是仁至义尽。事实证明，他的仁至义尽非常正确，因为这回任杰接到电话，有了一些谈问题的态度。"我不是不可以下去见你，光天化日的，见个面怕什么？可我必须重申，我肯定没搞错，我要连谁是自己丈夫都分不清，不成白痴了……我之所以同意和你面谈，一是感觉你的确不像精神病人，可能，只是某种误会使你这样，再一个，是我不愿意把这件荒唐事搞得满城风雨，让别人笑话。可如果你一定要闹起来，我没办法，也只能奉陪……""不能不能，咱俩都是爱面子的人，我怎么能……我只是……"于非愚感动得语无伦次。虽然任杰进一步强调她不会认他，仍让他失望，但同意下来见他了，也足以让他感到温暖和满足，他甚至都忽略了任杰只是为维护面子才缓和了态度，答应见他的。于温暖满足中，他忍不住低声说："小姐姐，你从来都那么懂事……"可任杰正色道："请你注意，你没权利对我这么说话；如果你用轻薄的口吻和我说话，我就不下去了。"于非愚连说好好好好，"那我就用同志式的口吻与你说话。"但任杰仍不满意："你什么意思？""没——"于非愚意识到任杰想到了什么，忙解释，"我不是指同性恋，没说你是男人……""你是女人也不行！""哎呀，你……好吧，那我就用陌生人的口吻公事公办地和你说话，行吗？""就应该这样。"任杰为他们的谈话定下了基调。

没穿白大褂的任杰匆匆而来，目不斜视地直奔医院对过那家古堡式咖啡屋。于非愚站在一群自行车中间，他以为任杰没看到他，赶紧叫："哎任杰——""乱喊什么，我看见你了。"任杰脚步并没停下，径直钻进古堡门里，就像在家和他怄气时，使小性子对他带搭不理。于非愚熟悉她这副样子，看着她的发梢、肩背、腰臀、腿肚子、鞋后跟，恍若真的是和她在家里怄气。他的身体燥热起来。也钻进幽暗的古堡咖啡屋后，于非愚并没先叫咖啡，是没空叫，一坐到任杰对面的高背椅上，他就指着自己说："你看看我任杰，你好好看看，我真是于非愚……我什么地方不对你明说，可你这样……"任杰的目光停在他脸上，刹那间还真就现出些茫然，但很快，她表情中，就没有了让于非愚满意的内容。"好吧，你可以也叫于非愚，"任杰说："我能理解。"于非愚摆着手说："不光是名字问题，我的意思是，我应该是你丈夫，是你丈夫于非愚。"任杰这时非常镇静,"对不起,作为我丈夫的于非愚只能有一个,但不是你。"于非愚说:"为什么不能是我?"任杰说:"因为我已经有丈夫了。"于非愚说:"我就是你丈夫呀。"任杰说:"你不是,"又说,"你干吗要这样胡搅蛮缠……"于非愚说:"嗨嗨,我怎么胡搅蛮缠,我有证据,我有证据能证明我是你丈夫。"任杰说:"笑话,我确认自己丈夫还要证据吗?不过只要你不胡搅蛮缠,我倒可以听你说说。"于非愚长长地吁了口气,"咖啡,"他冲服务生叫,然后小心翼翼地说了起来。当然,说话时,他要时刻注意任杰的表情变化,避免胡搅蛮缠,更避免——毕竟,他说的话闹不好又会被任杰视为轻薄甚至调戏,他便在说的过程中,不时提前声明,他下面将涉及的某个话题绝非轻薄,请任杰能理解原谅。他说,"我说我对你非常了解,是有许多细节能说明问题的,比如你和我——好好,不提我,比如你和于非愚私下在一起时,特别是刚结婚那几年,特别是比较亲热时,我哦他叫你小姐姐,而你叫我哦……叫他小鱼儿。"于非愚看着任杰的脸色,声音很低,像乞求什么,所以任杰没面露不快。于非愚的胆子就大了一点。"这小姐姐,当然是你名字的谐音,可小鱼儿,就既有哦他,姓氏谐音的成分,更是指——男人的……呀……"任杰脸上一片绯红,使劲低头,看杯里咖啡,好在并无发怒迹象。"也是我没办法,只能说这些——我想你肯定还记得,你和哦,和你丈夫,第一次那样,是在你们学校实验楼后边的树林子里。当时你还没毕业呢,你每个周末都去他单位独身宿舍找他玩,因为他不太敢去你家。那天你们看完晚场电影,《红高粱》,他送你回学校……"于非愚的表情有些异样,由于完全沉浸在回忆之中,他忽略了任杰的脸色变化,而这时,任杰的脸色正由

077

红转白。"可那第一次，没成功，后来你们分析原因，觉得跟缺少经验和紧张害怕都有关系……"于非愚羞涩地抬起头来，这才看到，任杰早已满面怒容。"你们男人都这样吗？"任杰开口了，听她声音倒还平和，好像声音和表情并不同步，或声音和表情分属于两人。于非愚忙说，"那不一定，要是条件好点，环境合适，彼此配合，互相协助……"可任杰忽然提高声音，都不管旁边桌上是否有人，"不要脸！你们男人都把隐私往外说吗？给别人当笑话听？"任杰边说边站起来，转身离去。"于非愚你混蛋！"任杰边走嘴里边骂。于非愚跟在后边解释，"我没混，任杰……"可任杰根本不理睬他，"我饶不了你于非愚！""任杰……"于非愚这才如梦方醒，"我，我不是听哦你丈夫讲的……不是，我意思是，咱俩的事儿我没告诉过别人……"

"先生，"追到古堡出口，于非愚被服务生敏捷地拦住了，"你没买单呢。"于非愚怔一下，站住了，回到刚才坐过的方桌前，看账单，但看不明白，只能看明白桌上那两杯咖啡还都一口未动。他先拿起自己那杯，仰脖喝净，想一想，又把任杰那杯也灌了下去，然后才问多少钱。咖啡很纯，是上桌之前现煮出来的，里边有不少渣子沉到了杯底。一般人喝咖啡并不像饮啤酒那样亮底干杯，可于非愚连干了两杯，结果，咖啡流进食道以后，咖啡渣子却剩在了嘴里，乱糟糟的，害得他与服务生说话时口齿不清。

于公是个干干净净的初中学生，不高不矮，不胖不瘦，没什么特点，但只要和于非愚站在一起，外人很容易判断出来，他们是父子。但现在他们站在一起了，于非愚也确实是以爸爸身份出现的，从他们身边经过的学生老师也肯定能猜到，那个叫住于公的男人是于公的爸爸，接于公来了；可于公，却拒绝承认他是他爸爸。"……我不知道，你别跟我说，你跟我爸我妈说去，我不知道，我不能管你叫爸……"于公这么小声嘟囔着，想跑开又怕惹人注意，想解释又说不明白，只能有些委屈更有些惊惧地往后退却，想重新缩回校门里边。他试图尽量若无其事地摆脱这个拦截他的男人。于非愚不忍心难为孩子，没追得太紧。

正好这时，有个中年女教师从学校小门走了出来，一见于公就站住了。从她急走急停的动作中看得出来，她这人挺有责任心的。"于公，怎么还滞留学校？"说话的同时，她也看到于非愚了。这时学校门口已没有别人。"家长来接你了？"于公还没来得及回答，于非愚就抢先说，"对对，我接他来了。"于公小声咕哝句什么，可女教师尖啸的声音盖住了他细小的声音。"他们都是初中生了，学校不主张家长仍然接送；但家长觉得有必要接送，也请留在距校门口五十米以外的地方，这规定你不知道吗？于公，没跟家长说过吗？"于公和于非愚同时说："说过，可他不是……""对不起，我不知道，以前都是妈妈或者姥姥姥爷来接的。""下不为例，"女教师说："赶紧离开校门口吧。"于非愚和于公又同时说："好好谢谢老师走吧于公。""不，我不和他走，他不是我爸……""什么？"女教师本来已抬脚往另一边走了，可由于这回于公说话声音大了一些，她就听见了，也又站住了。"你不是家长？"她看看于非愚又看看于公，"他不是你爸？"于非愚此时无比窘迫，但他从女教师的目光里看到了怀疑，不是对他是否是父亲的怀疑，而是对于公的声明的怀疑。"这孩子，"于非愚把脸上的窘迫化为苦笑，"我和他妈闹点矛盾，他坚决和他妈一个立场。"于公和女教师同时说:"不对,不是矛盾……""你和任大夫闹矛盾了?是你大男子主义吧……"但于公声小女教师声大。"对呀,任杰,你认识她?"于非愚一下兴奋起来,"我是任杰丈夫。""我看出来了,虽然咱们没见过面,可我能看出你是于公爸爸。"女教师脸上有了笑容,她扭头对于公说:"于公,小孩子不能参与家长的矛盾,跟爸爸走吧。听话,跟爸爸走。"于公本来还想申辩,可慑于老师的威严,他只能挪动脚步了。"再见,"于非愚对女教师说:"我们去他姥姥姥爷家。"这后一句话,也是说给于公听的,他要打消儿子的恐惧心理。

这一天,是周三,周三下午于公学校三点放学。每周这天,于公放学后都不直接回家,而是去姥姥姥爷家:要么在姥姥姥爷那里吃完晚饭再回家,要么五点半,按正常放学时间回家。当初这样替于公安排时,考虑的是,一般三点到五点半这段时间家里没大人,怕于公把邻居孩子招到家里,而于非愚和任杰都不喜欢家里来外人。这些情况,于非愚很清楚,甚至这条规矩,就是当初他制定的。这样,他和于公同行一会,就把每周三下午这种特殊安排的缘由说了。是于非愚说完这件事后,于公的紧张开始缓解的。"你说得对,"于公主动说,"你是挺像我爸。"于非愚身上热了一下,他想搂搂于公,可没伸手,他又想说我本来就是你爸,可也没这么说,只淡淡一笑。"你是大孩子了,我相信你有判断能力。"然后他又含蓄地引导于公,"你那个老师,她没见过我,却认为我就是你爸,你觉得这能说明什么?这说明,我们只能是父子,不是父子不能这么像。而现在,你也说我挺像你爸,你知道这又能说明什么?我们是亲人,你这么说,你所说的我像你爸,就不仅仅是外观模样上'像'的问题了，而是一种精神气质上的东西，我，和你爸爸，一样。那么精神气质是什么呢？那就又深一层了，就不只是模样啦眼神啦语气啦那些东西了，而是你对我多年来形成的某种感觉。那种只可意会不可言传的感觉，是外人不可能产生的，又是说不明道不白的。也就是说，即使咱俩外形上差异很大，但内质上，你仍然能看出来我具有的东西是属于你爸爸的。你说对不对？"两人就这样边走边说，好几次说得哈哈大笑，好像重新又父子了；只是，于公仍然拒绝叫于非愚爸爸。

"这样说吧于公，我不是你爸也没关系，可你怎么能看出我不是你爸呢？""你，你没穿短袖衬衫。""没穿短袖衬衫？难道我穿短袖衬衫你就认我了？""那还得看什么色的。""哦，我明白了，你妈教你这么辨别真爸爸假爸爸……如果我穿了短袖衬衫，而且颜色和你的，那个爸爸一样，穿的裤子鞋子袜子，还有别的一切你能看到的东西，都一样，那你还能分得清我俩吗？""我不知道……""你看，你不认我是你爸，并不是你觉得我不是你爸，仅仅因为你妈告诉你怎么穿着打扮的是，你才认为是，你认的只是穿着打扮呀……""对呀，是我妈告诉我的，可我能不听我妈的吗？即使你和我爸长得很像，我自己分不清你们，可我妈只有一个呀，我分得清谁是我妈呀，我听我妈的有什么不对吗？"

于非愚还真叫于公问住了。想了想，他说："于公，我摸你一下行吗？轻轻地，就一下，摸摸你脸。"但于公只犹豫半秒钟，就躲开一步，拒绝了他。"不行。"

两人走进部队干休所大门时，门卫室的人只抻长脖子看看他们，什么也没说。看门人肯定认识于公，因为这里他常来常往；可他也没拦于非愚，是看他也面熟呢，还是因为他和于公走在一起，这于非愚想不好。于非愚悄悄对于公说："我是自己进来的，没用你和门卫打招呼，你不用怕姥姥姥爷埋怨你。"

于公的姥姥姥爷，任杰的爸爸妈妈，于非愚的，岳父岳母吧——于非愚仍然要把他们称作岳父岳母——他们的生活非常规律，不同的时段有不同的安排，一般下午，都在老干部活动中心游艺玩乐。由于对他们的时间表了如指掌，此时，没用于公指点，于非愚就径直去了位于干休所大院一隅的老干部活动中心，而没去岳父岳母家爬楼梯。

老干部活动中心是一排回廊式木结构红漆平房，掩映在一小片并不高大的绿树之中，坐落在一畦畦环护周遭的花草之内。以前于非愚没来过这里，只知道大体方位，现在他在花池草坪间绕了半天，抬头看时，发现他其实是站到了平房身后的窗户底下。而这时，于公没来给他引路，只远远地站在柏油路那边。于非愚没敢张嘴喊，只是冲于公招手让他过来。于公那边没有反应，不知是没看到他招手还是不想理他。于非愚感到失望，不过有了前边儿子不认他为父亲的大失望后，现在这点小失望已经算不了什么。他顺着墙根扒窗户，看平房里边。他先看到的是一间乒乓球室，只有空球案子没人打球，接着看到的是一间大棋牌室，零零星星有两桌玩麻将的，并不热闹倒冷冷清清。他一眼就看到了岳父的身影，但没有岳母，屋里的八个人里没有女的。他不能叫岳父。他有点怕岳父。他继续往前走。再下一间屋子，又是一间乒乓球室，这间乒乓球室里龙腾虎跃，打球的裁判的等着接拍的热热闹闹；而再往前，则是又一间大棋牌室,像刚才那间乒乓球室一样,这里的人也一堆一伙热热闹闹:打麻将打扑克的,下象棋下围棋的,扎堆聊天交流舞步秧歌步的……男人挺多女人也不少。在这里,只一眼,于非愚就看到了与人聊天的岳母。

忽然,于非愚觉得有人拉他衣角,一扭头,看到于公不知什么时候来他身边了。他挺激动,刚想开口,却见于公将右手食指竖在唇上嘘了一声,像个经验丰富的地下工作者。于公悄声说:"你要非找他们不可,也别找我姥爷,我姥爷脾气不好容易发火;你和我姥说吧,她是全家最好说话的。"于非愚闻听鼻子一酸,眼泪几乎淌了下来。他想说谢谢,可嗓子发紧,出不了声,只能热泪盈眶地点了点头。他克制住了拥抱于公或者摸于公面颊的欲望。接着,于公也意识到了,于非愚来老干部活动中心后墙外扒窗户,并不是特意想这么干,而是因为不认识路;他就引他往前边绕。于非愚随于公往前边绕时,能说出话了,他问于公为什么姥姥姥爷没在一个屋玩。"姥爷是离休的,姥姥是退休的,"于公内行地解释道,"姥爷可以去姥姥那边,可姥姥不可以来姥爷这边,这是条例规定。"于非愚明白为什么岳父这边冷冷清清岳母那边热热闹闹了,离休的人少退休的人多。于公继续说,"离休这边有地毯,退休那边没地毯,离休这边有勤务员倒水,退休那边没勤务员倒水,离休这边每人配一副乒乓球拍,退休那边得自己预备乒乓球拍,离休这边有沙发,退休那边是椅子……"于公话没说完,顿住了。声音顿住了,人也顿住了。于非愚这时也看到了,他俩已经绕到平房门口,而平房门口刚出来的一个人,正看他们,也愣怔怔的。是岳母。

"姥。"于公说。"妈。"于非愚说。门口的老太太有些不知所措,甚至有些惊慌,她下意识地冲于公招手。"来于公,来,姥刚想去院门口接你呢。"于公看出了姥姥什么意思,似乎,她把他拉到自己身边,他就安全了,而此前在于非愚身边他面临危险。于公瞄一眼于非愚,不好意思把他甩开,他知道他不会给他带来伤害。这一切于非愚也看明白了,他冲于公笑笑。"去姥姥身边吧。"他说,同时,在于公脑袋上拍了一下,把他推向姥姥那边。这一下午,这是于非愚第四次动念头和于公有点肌肤之亲,前三次他没能做到,这次做到了。但做到了,他却高兴不起来,因为这很像趁火打劫。他说:"于公,再见。"他又说:"妈,再见。"说着他移步回身往柏油路那边走。可走几步,他又心有不甘地停下来,回头看平房门口的一老一小。"妈,你为什么觉得我不是于非愚?"岳母咕哝一句什么他没听清,只看到老太太做了个奇怪的手势,像抹眼泪,像招呼他过去,还像撵他赶紧走开。他正不知如何是好,听于公说:"我姥说,于非愚的头发没你的长。"于非愚愣一下,苦笑笑,转身走了。

四、私生子——网恋女——宠物猪

于非愚有一套张巍家的门钥匙。张巍给他钥匙时说,你踏踏实实住着,跟在家一样。这话似乎没错,有了钥匙出入自由,的确更容易有家的感觉。可对于非愚来说,这套钥匙倒成了计时牌,叮当一响,就是提醒他已经在别人家住多久了。

当初于非愚并不想要钥匙。住到人家已经够麻烦了,再据有一套人家的钥匙,闹不好,在有些事情上都要担嫌疑。可于非愚又不好拒绝。张巍豪爽慷慨，却也粗中有细，他把门钥匙给于非愚一套，并不仅仅是给了于非愚行动的方便，更是把信任的姿态和友谊的象征交给了他，如果他的内心活动暴露出来，那就是玷污信任亵渎友谊了。他只能把钥匙收下。但与此同时，他也决定，既然一时无法恢复自己的本来面目，那就赶紧租间房子，搬出去住。现在的问题是，他身上钱已不多，而房子这东西，若图便宜，去郊区租，活动起来太不方便；若想方便，地点好些，昂贵的价格他又承担不起。

可有些时候，解决有些问题，又容易得让人难以置信。

这天于非愚在一家房产信息站门前看公告时，有个戴眼镜的老太太悄悄问他租不租房，得到肯定的答复后，老太太先主动拿出自己的证件给他看：退休教师证房屋产权证身份证，意思是请于非愚信任她。于非愚没理由不信任她，但对她的神秘兮兮感到好奇，越好奇他越想尽快看透事情的根柢，在这一点上，他和别人没有两样。他表示他信任她，并立刻把自己的身份证通行证也掏出来，给老太太看，让老太太也信任他。这样，关于房子两人还未着一辞，却先通过各自的证件接受了对方。他们离开房产信息站，并肩坐在马路边的金属长椅上，像一道散步走累了要歇一歇的母子，或多年不见偶然重逢的师生。"我观察你半天了，越看你越是个唯物主义者。"他们彼此有了称呼后——他叫她夏老师，她叫他小于——夏老师这样对于非愚说。"唯物主义者……"于非愚被这个熟悉却又生硬的评价搞得有点害臊，"我，我是党员，大学毕业前就入了，但从来没有党证；不是丢了，是组织上没发过。"夏老师点点头，意思是他知道党员都不发党证，然后解释说，她之所以出租房子，是因为她儿子定居国外了，她一个人不需要两套房子。于非愚表示理解，说他之所以要租房子，是因为和妻子分居了。这之后，他们才说到房子。那是一套理想的房子，地点、大小、楼层、朝向、设施，均无可挑剔。于非愚说："夏老师你不必说了，我肯定租不起。"夏老师说："你不能想当然呀，我的租金只要——"夏老师出的房价远低于市价，甚至比在郊区租同等标准的房子都便宜。于非愚很惊讶。夏老师猜到了于非愚惊讶什么，直截了当地说："你怀疑我精神不正常？不是那么回事。我那屋死过人，自杀的，一些唯心主义者忌讳，我只能降低房价。怎么，你这共产党员也忌讳？你要不在乎我领你看看去，在乎就算了。"于非愚不知该怎么回答，但那低廉的房租太诱人了。

看房路上，夏老师说，她之所以把房价定得过低，还把屋里死过人的情况讲在前头，是因为她不愿意再为几个小钱惹麻烦了。她实事求是地说，在于非愚之前，她租房时没实事求是，结果就有坏心肠的邻居向租房者告密，挑拨租房者以这房子不吉利为由，找她吵架，要求退租或把租金大幅度压低。夏老师说，严酷的事实教育了她，如果把丑话说在前边，虽然收入少了，但能避免其他麻烦。夏老师说话通情达理，还没见到房子，于非愚就决定租了。接下来，他们来到出租房，夏老师感情复杂地讲了那个叫陶陶的姑娘自杀的故事。

夏老师说，陶陶住进来时已经怀孕，可她一点没看出来，她只觉得这女孩深居简出是个本分姑娘：出门是去个美术班听课，在家就是画画看书。陶陶一次就交齐了一年的房租，夏老师又不是个多事的人，所以，虽然她住的地方距出租房不远，可她并不来打扰陶陶，有事她们电话联系。是半年多后，有一天，有个邻居偶然见到夏老师，告诉她那出租房里有婴儿的哭声，夏老师急忙赶过去看，才发现陶陶当妈妈了，她儿子已出生两个月了，屋里还多了个月嫂照顾那娘俩。陶陶向夏老师表示歉意。夏老师看出了这事蹊跷，可还是说没什么，没什么可道歉的。也是，陶陶不可以生孩子吗？生孩子就损害了夏老师的利益吗？从这时到陶陶自杀，就不足一个月了。在那二十多天的时间里，夏老师去看过陶陶三次，每次都给新生儿带点什么。陶陶明显的需要帮助，可她更明显的不希望夏老师经常造访，这样，就到了她自杀的前一天。那天夏老师又去看陶陶，能感到陶陶已经撑不住了，她就和陶陶商量：我是再陪你一会呢，还是立刻就走？陶陶的笑容比哭还难看，她说夏老师，你要有空就陪我一会吧，我还真想对你诉诉委屈。

　　陶陶说，夏老师我对不起你，以前我说了许多假话，可你对我这么好，我觉得你现在是我最亲近的人，我就把什么都说给你吧。其实我没结婚，这孩子的爸爸是个有家的人，而且，是个有身份有地位的人。他和我好快两年了，从开始就说要离婚，要娶我，我都相信。后来我就怀孕了。他知道我怀孕后，让我打胎，说他暂时离不了婚。我说没关系，有了孩子我先自己养，什么时候他离了再让孩子认爸爸。可他不干，逼我打胎。夏老师我可能太幼稚了，我不该固执，我应该听他的。可我没听。我偷偷跑到你们市来，生了这孩子。这期间我也非常犹豫，但时间拖得越久我越舍不得打，当然我也指望孩子能给他造成点压力，促使他早些离婚。可生完孩子，我告诉他，把我在哪也说给他了，他却连话都不听我说完，也没说要来看看我或者打发秘书来看看我，只是问我要多少钱。我觉得他口气不对，我说我手头还有点钱。他说不是这意思，他说，如果以后他不承认这孩子是他的，我没准要和他纠缠不休，可他没闲心被我和孩子牵着走；为了快刀斩乱麻，索性用钱解决，这样一次结账也就一了百了了。我惊呆了，我说以后我就是你妻子了，你怎么这么说话。他说我离不了婚，现在离不了以后也离不了，我只能给你钱，我不会再见你包括那所谓我的孩子……我知道这是我固执的代价，他这样绝情也是我把他逼的。和他通过几回话，我就不找他了，我想我得当机立断把孩子送人，不然感情越来越深，我又无力独自抚养，再拖下去，我和孩子就全毁了。这段时间，我联系了两个愿意收养孩子的人家，可都因为这孩子证明不全没法办手续，我问他们，人贩子偷的孩子都能卖出去，为什么我的孩子白送人还没人敢要。人家说人贩子的孩子大多卖到农村，没证明也没关系，但卖给城里人，是一定要有假证明的。我恍然大悟，就从图书馆复印出《收养法》反复研究，又从街上抄了几个办假证的电话打给那些人，按他们留的账号寄钱。这么一来，我的各种证明比《收养法》要求的还要齐全。

　　前几天，我终于又联系到一户让我满意的人家，至少是介绍人介绍的情况让我满意，因为这是规矩，我的孩子具体去谁家我不该知道。可前天和昨天，街道干部和派出所警察连来了两回，他们说他们抓到个办假证的，那人手里有我的地址，他们让我交待问题。我说我办假证不为害人，只是要把孩子送出去，请你们理解。可他们非要知道具体怎么回事。我不能说呀，我只说我是被强奸怀的孕，不知道谁是孩子爸爸。他们不信，一定要搞清，就收走了我的所有证件和给孩子办的各种假证明，还说我不坦白就不让月嫂再帮我了，还说要找你，让你收回房子，说不能让我在你们市污染社会风气，破坏精神文明……

陶陶讲得声泪俱下，夏老师听得泪眼模糊。陶陶讲完，夏老师冲动地说，你不走陶陶，你就住这，月嫂走了我照顾你，我明天过来把你的租金全退给你，这房子算我借你的，你是我学生、亲戚……

可第二天，夏老师还没出门，街道干部就给她打去电话，说陶陶上吊了。她赶到出租房时，见陶陶的尸体已被抬出屋子。原来，这天陶陶请月嫂再来一次，替她带孩子去医院做个简单检查，而她把留给孩子的钱物打个小包，放在桌上，又给月嫂写份遗嘱，说她不坚持孩子一定给城里人了，只要不是人贩子，送谁都行，然后，她梳洗打扮一番，自己给110打个电话请他们来处理她后事，虚掩上门，挂在暖气管子上就吊死了。

"孩子呢？"于非愚问。"不知道。"夏老师说。

这之后，虽然他们仍需要在感伤的气氛中再流连一会，但他们都不再提及陶陶和孩子；毕竟，谈论陶陶之死不是他们坐到一起的目的，他们坐到一起是为了商量房屋租赁的事。"除了咱俩同意，租房还需要什么手续，什么证明，我得办齐了，省得街道或警察也来找我。"于非愚首先想到了这个问题。

有时从外边回来，回张巍家，于非愚已经把钥匙插进锁孔了，才能记起张巍给他钥匙时提的要求：不论什么时候，开门前都先打个电话。于非愚非常理解张巍。张巍离婚后虽然没固定恋人，可身边却女人不断，也正因为他身边女人不断，他的所有时间才都可能是性爱时间，同时，也可能是受到贸然出现的第三者冲击打扰的尴尬时间。好在每次第三者于非愚回来时，即使钥匙都插进锁孔了，也能记起来打个电话,所以,尴尬的场面就没出现过。

这天于非愚又忘打电话了。他拎着从菜市场买的东西,兴冲冲地往楼上走,在缓步台处,有个年轻妇女从楼上下来,也兴冲冲的,几乎撞到他食品袋上。这么一来,倒给他提了一个醒。他忙止步,掏手机,挂张巍家的座机电话。按完号码,他刚把手机贴上耳朵,却见张巍正三步并作两步地从楼上下来,也是一副兴冲冲的样子。"你,去哪呀——"于非愚晃晃手机,意思是我正在给你挂电话呢。张巍领情地点了点头,说不去哪,送朋友。可说话时,他表情居然有些羞涩,当然更多的还是得意。于非愚便上楼进屋了。进屋一看,他就明白了,张巍送的朋友不是别人,肯定是那年轻妇女,而那年轻妇女,又肯定是从张巍的床上刚刚下来。当然了,准确地说,这些并不是于非愚看明白的,而是闻明白的,是屋里那股浓稠的肉欲气味让他闻明白的。肉欲气味像美食一样诱人。于非愚忍了两忍没忍住,贪婪地吸了口室内的空气,可吸完,他感到自己有些下作,急忙又把它们吐了出去。

张巍很快就回来了,见于非愚在厨房做饭,他便站在了厨房门口。"你把人家撵走多不好,我在外边多待会没事儿。"于非愚有点心虚地主动开口了。他这样说,表面上是为自己回来得太早表示歉意,其实质,是掩盖他刚才以深呼吸的方式对张巍肉欲生活的参与介入,尽管,他的参与和介入无人知情。"不是,"张巍说,"她急着去幼儿园接孩子。"隔一会,他又说,"有家的女人就这点好,不缠你——不过,这女人真好,我倒愿意她能缠我。"于非愚说,"那是时间短,还没腻呢。""倒也是,"张巍笑,"是短了点。"于非愚问,"多长时间了?""今天上午在办公室上网……"突然,张巍不笑了,"坏了,她约我明天出去,我没法在家等电话了。"于非愚想一想,下一天是周末,张巍应该休息。"约好一块出去还等电话?""不是,不是她的。"张巍说,"还有个网友,约好明天九点和我通话,往家里打。""还有一个?"于非愚说,"让她挂手机呗。""她不知道我手机——"张巍连连摇头,"嗨——"他满脸的焦急与遗憾。可接下来,他给于非愚解释怎么回事时,口气中又满是卖弄。

这天上午,张巍在办公室上网聊天,同时聊上了刚才来过的女人和另一个叫"语过添情33"的女人,用张巍的话说,这一上午特顺,他和这两个女人都可以网上谈情说爱了。因为先和刚才来过的女人定好了约会,张巍怕"语过添情33"得到他手机号码后随手就打,影响了这边,给她的便是家里电话,并约好第二天上午九点联系。粗中有细的张巍想的是,如果"语过添情33"下午就把电话打到家里,他不接她也不知道他在没在家;可如果她的电话打进他手机,不接的话,就会让两边的女人都起疑心。

张巍陈述这前因后果时,抽丝剥茧不厌其烦,好像一个家庭主妇给另一个家庭主妇介绍香酥鸡的制作方法或红烧肉的烹饪程序,他的焦急是香酥鸡没烤脆的焦急,他的遗憾是红烧肉太油腻的遗憾。于非愚不禁同情起张巍来,"那,重约个时间通话呗。"张巍说,"她没给我留电话呀——""你也——"于非愚忽然灵机一动,"这样吧,明天她来电话时,我说你临时出去了,我替你和她再约个时间……""哎,哎哎,对呀对呀,你在家呀……"张巍盯住于非愚,一下子也有了主意,"我看,这样吧,明天呢,你就是我,是张巍,怎么样?"张巍兴奋得大呼小叫,满脸的沮丧一扫而光。"我说哥们,你可记住了,明天只要你发挥得好,你的性欲问题就有着落了，任杰不帮你解决你也不在乎了……"原来，张巍想到了个狸猫换太子的调包计，顺势将"语过添情33"转让给了于非愚。

张巍要把"语过添情33"转让给于非愚，还真就不是即兴的主意。自从于非愚搬来借宿，他一直可怜于非愚有家不能归有妻不能用，多次建议他去网上碰碰"一夜情"的运气，他说这既不违法又不麻烦，比嫖妓和找情人都好。于非愚以在聊天室里无话可说为由，拒绝了他。可张巍为人古道热肠，说这样吧，哪天有合适的我给你介绍。于非愚却还是拒绝，说我可不想和你共用一个女人。张巍说我不介绍和我好过的，于非愚则说，你认识的女人还有没上过你床的？我信不着你。这么一来，把个为朋友两肋插刀的张巍急得团团打转。但这回，的确是个天赐良机，一个渴望红杏出墙的女人，将主动与于非愚建立联系，而这女人虽然是张巍引来的，却又绝对与张巍无染。"这机会你再放弃，那我只能说你阳痿早泄性无能了，我只能说我理解任杰为什么不要你了。"边吃饭张巍边这样说。

于非愚是被张巍最后的话深深刺疼的。在此之前，他们每次说到于非愚的性问题，于非愚都有一百个理由等在那里：爱情婚姻的理由；党纪国法的理由；一时之欢与长久之痛的理由；无爱之性与人畜之别的理由……可这回，张巍话一出口，他立刻无言以对了。张巍便乘胜发起攻击，耐心地复述他与"语过添情33"聊天的具体内容，并不时停止复述插入旁白，说什么说明了什么，什么意味着什么，好像老师给学生讲题，或者导演为演员说戏。后来，张巍讲完聊天内容，见于非愚没有反感的表示，又教他明天该怎么接"语过添情33"的电话，怎么表白自己，若见面，怎么打情骂俏并最终将她带到床上……"反正明天我一天不回来,这张床就随你用了。"张巍顺手拿出半盒水果香型避孕套,扔茶几上,"当然了,如果人家根本不挂电话,或挂完电话没兴趣来……"张巍把话说完,低头吃饭时,于非愚好像漫不经心似地问了一句:"那她,'语过添情33',真名叫什么呀?"

"语过添情33"真名赵依妍,这是第二天通电话时于非愚才知道的,前一天,张巍也不知道她的真名。在网上,一般都是男人留电话,留信箱地址,留姓名,把自己置于女人的选择之下,使女人拥有躲在暗处抛绣球的权利。这也正常,若女人在明处男人在暗处,女人容易受到骚扰。尽管男人受女人骚扰的个案并非没有,但更多的则是相反的例子。赵依妍从暗处走到明处,把电话打给于非愚——打给已易名张巍的于非愚,是第二天上午九点五十,看来,为是否行使选择的权利,她犹豫了五十分钟。"你好,张巍吧?还记得'语过添情33'吗?""啊你好你好,我是张巍。哪能不记得呢,昨天我们那么投缘……"

是很投缘,他们在电话里又聊了三十五分钟,都坦率承认,经过比网上更为直接的声音交流,彼此对对方都挺满意,并且也有共同语言,应该见见。他们就见了。十二点整,赵依妍如约出现在约会地点。人没于非愚想象的顺眼,可与人家的自我介绍比,也没离大谱;想想自己名字都假的,于非愚也就没了挑剔。"咱们吃肥牛好吗?"他一边郑重地与她握手,一边这样征求她意见。对于非愚,赵依妍似乎比较满意,走路时,与他谈笑风生,靠得很近,好像他们早就是恋人,其间有一次说起什么,她还掐一下他的左肋,说你们男人真坏。但她拒绝去饭店吃饭。"不去了吧,闹哄哄的,也给你这候补单身汉省俩钱儿。"她说得实在，一点不做作，"我买汉堡了，简单对付一口吧；与吃饭比，我更喜欢听你说话。"于非愚对此大为感动。他为他此前的想法感到羞愧。此前他想，这女人如此热情主动，除了要来吃他一顿改改馋，没准上床还收费呢。他情不自禁地在赵依妍肩头搂了一下。赵依妍说："先别轻举妄动呀，我还没说我有感觉呢。"于非愚说："可我一见你就有了感觉。"赵依妍说："你们男人呀，是个女人就行，我们女人可不这样。"

进到张巍家，赵依妍坐沙发于非愚坐椅子。这是赵依妍要求的，于非愚想坐沙发被她推开了。但吃完汉堡，喝了点水，继续说话时，赵依妍的戒备就解除了。她没要求于非愚坐到她身边，但她主动提起了昨天的网上聊天："你和昨天判若两人。"于非愚问什么意思。"哼，什么意思？"赵依妍说："昨天你多黄呀，说得人家都要钻地缝了，我就想，这家伙准是情场老手，可得警惕点；可今天，从通电话到现在，你腼腆的像个中学生。人呀，真奇怪……"于非愚脸红了，忽然问："那我不中学生了，吻你一下行吗？"赵依妍撇撇嘴说："都进了你这虎狼窝了，你能让我站着出去我就谢谢你了。"于非愚笨拙地绕过茶几，抱住赵依妍，吻了起来。赵依妍显然喜欢这样，她的回吻比于非愚热烈。吻了一会，于非愚想象着若是张巍此时该怎样，就试探着说："去那屋床上吧？"见赵依妍没有反对的意思，他一高兴，一激动，竟把赵依妍横抱起来，向卧室挪去。赵依妍也挺高兴，也挺激动，她贴着于非愚的耳朵喃喃不止，叨念他名字——是叨念张巍的名字："噢，张巍，哦，张巍，唔，张巍……"这时他们已经挪到了卧室门口，于非愚用耳朵蹭着赵依妍的面颊，同时说："赵依妍，有个情况我得说明一下，我叫于非愚,不叫张巍。"本来赵依妍用双手搂着他脖子呢,听他这样说,就腾出一只手来拍他的脸,"哼,不诚实,怪不得昨天我问好几遍你才说叫张巍,现编的。"如果于非愚就这么将错就错,也没什么,可把赵依妍往床上放时,他又补充说:"但昨天和你聊天的人确实叫张巍,他没撒谎。"结果,赵依妍一把把他推开,跳到了地上。

于非愚接下来的解释都入情入理。他分居了,住张巍这里,想在网上交个朋友,但不好意思,张巍体谅他,就把赵依妍推荐给他了。不过这一插曲,不应该成为他俩相处的障碍,虽然昨天在网上聊天的不是他于非愚,但今天电话里和这一中午能让赵依妍感觉良好的,则始终是他于非愚;甚至可以进一步设想,如果今天和她赵依妍在一起的真是张巍,没准她的感觉还没这么好呢。可赵依妍始终一脸的委屈,不论于非愚的解释多合情合理,她仍坚持要走,她说我是奔张巍来的,可你不是张巍,甚至于非愚泄露了张巍的秘密,说他是和另一个网友约会去了,赵依妍也不肯放弃张巍而把交往对象改为于非愚。"我可不是不专一的人。"赵依妍强调。于非愚后悔也来不及了,一次等于都进行了一大半的男欢女爱,让他的诚实给报废了。送走赵依妍,于非愚虽然不想打扰张巍,可既觉得荒谬又觉得窝囊,还是给张巍挂去了电话。简单汇报了整个事件的大体经过后,他困惑地问张巍:"这女人,她是想和人做爱还是和名字?"张巍在电话里大笑不止。

于非愚给张巍打电话,是把赵依妍送出小区后,坐在小区里的花池子边上打的。花池子附近有不少人,都在遛狗逗鸟闲聊天。本来于非愚不愿往人多的地方凑,可他的性欲让赵依妍逗了起来,他浑身上下全不得劲,他需要在热闹地方调适自己。

于非愚置身在热闹之中,可脑子里根本没有周围。他一闭眼,就能看到两个女人飘来闪去,一个任杰,一个赵依妍,但他又具体看不出她们飘什么闪什么。是在他一门心思与她们周旋时,忽然觉得裆下有异,好像被任杰或赵依妍抓了一把。他吓一跳,浑身一激凌睁开了眼睛。只见他两腿间,裤裆里,不知什么时候偎进头小猪,此时,那小猪正拱他裤子里的生殖器呢——它用力拱时,他睾丸都有一点隐隐作痛。于非愚腾地跳了起来,把猪也吓一跳,它笨拙地朝后边退开两步,用阴森森的小眼睛瞪于非愚。那猪不大,可又不是猪崽,它身披绣花红兜肚,颈挂镀金铜铃铛,通体皮毛银白,唯有四爪黝黑,除了撅着的鼻子嘴上挂点涎水鼻涕,看上去倒也干净利索,煞是可爱——当然,于非愚对它没半点爱意。于非愚知道这就是宠物猪了。以前光听说有把猪当宠物养的,没见过,如今倒是长了见识。这时那猪已原谅了于非愚刚才的唐突起跳,小而圆的眼睛又柔和起来,它重新回到于非愚脚下,熟练地后爪一撑人立起来,继续用前爪和圆鼓鼓的鼻子嘴够于非愚裆部;不过由于个矮腿短,它够不着那里,便急得呼噜呼噜使劲喘气。于非愚赶忙又躲,可那猪立刻扑上来又够,如此几番,锲而不舍,好像于非愚裤裆里藏着美味佳肴,而猪饿了,急于吃它。于非愚不觉又急又气,飞起一脚,向猪踢去,把猪踢得吱吱惨叫。

"嗨你干什么你,在老娘头上动土呀!"于非愚趁猪未及反扑想迅速离开,可一声比猪的吱吱声更为尖利的人的喊叫喝住了他。"你别走,看把我肥肥踢坏了我饶不了你。"于非愚扭头一看,见一个不一定比那宠物猪重上多少的瘦小女人冲了上来,手里还抱一只一巴掌长短的嶙峋瘦狗,也算宠物吧,披挂得也是花里胡哨。瘦小女人先蹲下来亲吻抚爱她的肥肥,然后侧仰起头冲于非愚咆哮,还指挥身边几个老头老太太拦住于非愚,说别让他跑了。从那瘦小女人的穿着打扮看,是个有钱人,但说身边那些老头老太太是她保镖,又不大像。那些平均年龄大她约二十岁的老年人似乎对她言听计从,可他们明显缺少保镖的基本素质。那些老头老太太们,一个接过瘦小女人手里的宠物狗,说把美美给我,两个蹲下肥硕的身体替瘦小女人百般拍哄受惊的宠物猪肥肥,说肥肥别怕你妈给你做主,而其他人,则将于非愚团团围住,陪同重新站起来的瘦小女人向于非愚发难:"你什么来头你这么大胆,你知道肥肥值多少钱你敢踢它……""你知道杨老板不你这么狂,肥肥美美的妈可是杨老板夫人……""你怎么这么残忍,你知道虐待动物犯法不……""不和他废话,去医院体检……"

于非愚哪里见过这样的阵势,立刻傻了,一连声管那大不了他几岁的瘦小女人叫大姨:"大姨大姨,你听我解释,我没惹它,是它拱我……"瘦小女人说:"别找理由,你踢疼肥肥了,疼在肥肥身上,就是疼在我的心上。"那些老头老太太也说:"对,疼在肥肥身上,就是疼在肥肥妈心上,也是疼在我们心上。"于非愚说:"对不起对不起,可,可你养宠物,也该把它拴手里吧,这有规定……""哼,规定,你还知道规定,你是不是这小区的?"一个老头说。"对,是有规定,可那规定是,全小区只有杨家的宠物不用拴。"一个老太太说。"你要真明白规定还好了。你看看肥肥美美身上的牌,那是可以不拴的牌,是哪都能去的牌。"又一个老太太补充。"这种牌,全市才发九十九个,好多副市级的领导家还摊不上呢。"又一个老头补充……听着众人的粗声细嗓,于非愚连辩白的勇气都没有了,只会说对不起。"我说对不起了大姨,我对不起肥肥对不起你对不起各位大爷大娘叔叔婶子……"

这样,僵持一会,瘦小女人不那么蛮横了,主要是肥肥早没事了。这会它挺老实,睁着亮亮的猪眼逐个看人,一副憨厚友善又通情达理的样子,虽然对一切都茫然无知,似乎又难以掩饰心中的焦灼,只是,它好像意识不到这场纠纷是它引发的。瘦小女人突然问,"你干什么的?""我?"于非愚不明白她什么意思,谨慎地答,"机关,公务员。"瘦小女人点了点头,挺满意的样子,好像于非愚的回答证明了她的明察秋毫。"虽然你行为粗鲁,可我看得出你不是坏人。"她说着扫一眼周围的老头老太太。那些老保镖们赶紧点头,对她的眼光表示赞赏。"你身上带证件了吗?""证件……"于非愚更加警惕起来,"没有……呀……"于非愚想不好这个傲慢的女人要怎么样。"没有……呀……"瘦小女人学于非愚一句,嘻嘻一笑,"你不诚实吧?我为你好。我肥肥不是低贱畜牲,它有名有姓有血统有级别,你踢它,去哪打官司都是你吃不了兜着走。"众人都称是是,于非愚也说是是。"可让你赔钱呢,不是我说大话,你一年薪水不一定够;要让你带它看病呢,它的医生这两天去外地巡诊了,别的大夫我又信不着。我想这样,既然你不是盲流民工那一类人,也有根有蔓的,我就把你什么证件留一个礼拜。一个礼拜后你来找我,没事当然一切都好,要有事呢,只能再说了。"众老头老太太都为瘦小女人的深明大义啧啧点头,推搡着于非愚让他说谢谢。于非愚只能谢了,并且把手伸进兜里,错开身份证,错开工资卡,把进出机关的通行证拿了出来。

"我叫于非愚，"于非愚一字一顿地对瘦小女人说，"全机关就我一个叫这名的。"他说得底气十足，好像他这人一向行不更名坐不改姓。"我记住你叫于非愚了，"瘦小女人指点着通行证说，"我信任你一回，不打电话核实了，但愿这东西不是你捡的。"

五、回家——回家——回家

坐两小时火车，再坐一小时汽车，继续坐十五分钟摩托车，于非愚就到家了，到了那个他十九岁前和爸妈姐妹共同生活的农村的家。

农村这个家，与于非愚生活的城里距离不远，但于非愚很少回来。这二十年来，他平均两年回来一趟，平均每次回来住两到三天。倒不是他和爸妈的关系有什么不好，不，他和早已出嫁的姐妹关系也没不好，他和他们的关系谈不上好，却也谈不上不好。他偶尔会想他们惦记他们，但大多数时间基本上不想他们不惦记他们，他们若有困难，没有他一想一惦记就能解决的。每次回家，和他们同处一室，他都像个清白的犯罪嫌疑人和调查自己的警察待在一起，不论人家客客气气地问话还是察言观色地打量，他都不得劲，但不情愿接受又无法拒绝。他觉得这是一种互相折磨。所以，他尽量少回家。但爸妈家日子过得差强人意，又不能说与他没有关系。以前他家挺孤，全村就他家和他叔家这两户姓于，两家又分别只有一个男孩，就挨村里人欺负。是后来，大学毕业工作了，县长县委书记听说他们管辖的地盘上竟有个在他那单位工作的人，某年春节，就专程下村给他爸妈拜年，送过来不少鸡鸭鱼肉。顿时全村乃至全乡都轰动了，从此再没人敢欺负他家包括他叔家，连嫁到外村的姐妹都扬眉吐气了。其实他不认识给他家送鸡鸭鱼肉的县长和书记，他们也没找过他办事，但后来那两人分别得到提升，人们却盛传是于非愚帮的忙。以后乡里村里就把给他爸妈家提供各种好处作为习惯延续了下来，并以此作为向县里表功的一项政绩；而多年来，只要县里有头头得到升迁，人们就会把功劳归于于非愚，若哪个头头倒霉了，人们则说：不定做了多大的孽呢，连于老大的儿子都保不住他。

以前于非愚回家，都先给爸妈打个电话，通知一声他要回去，也是让他们把出嫁的姐妹都叫回来，一块见见。可这回，他没打电话，他想通过突然袭击的办法检验一下，爸妈是不是能认出他。

下了出租摩托，于非愚走进他家低矮的院门时，首先看到的是他家的看门老狗。那狗居然还认识他，见他进院，稍微一愣，就摇头摆尾地来蹭他舔他。于非愚平常不喜欢狗，鸡鸭驴马花鸟鱼虫都不喜欢，可这时他放下给爸妈带的东西蹲下身子，和那老狗贴了贴脸。"谁呀？"和狗贴脸时，于非愚听到了他妈的声音，忙抬头，见他妈双手端个盛猪食或鸡食的大盆，正从屋里出来。"哟，飞龙回来啦？哎——"他妈扭头冲屋里喊，是那种努力压低声音，但又掩饰不住兴奋的喊法，"飞龙回来了。"于非愚松开狗站起身，看着他妈说不出话。这时屋里传出他爸的声音，与他妈腔调不同但情绪一致，也是努力把声音压低，但满腔的兴奋没法掩饰："来来飞龙，快进屋。大白天的着急来啥……"随着话音，于非愚看到，他爸的脸侧歪着从窗口探了出来。显然，此前他爸正躺在炕上，而他大白天的躺在炕上，说明他又犯了腰病。他每年都要犯几回腰病。于非愚鼻子酸了一下，快步往前走几步，来到门口的他妈和窗口的他爸之间，看看她又看看他。他爸他妈还在热情洋溢地说着什么，可于非愚什么也听不清楚，过好一会，他才问："你俩，真的都觉得我是于飞龙？"

于飞龙是他叔的儿子，小他四岁，前几年在乡办企业当工人，有天喝完酒把个女工给强奸了。人家告了他，幸好县里乡里都有人通风报信，他才免了牢狱之灾。这几年，他一直在山西挖煤，虽然累点，可也挣了些钱，曾经偷偷回来过几回。于非愚对于飞龙干出强奸这样的坏事非常反感，但又知道，他不在家这么多年，他爸他妈全指着于飞龙照顾了，这也是他爸妈从来不麻烦他的重要原因。

此时，于非愚话一出口，他爸他妈便像忽然被按了消音器的电视机一样，虽然画面还在活动，却没声了。他妈迅速退回屋里，他爸的脸也从窗口隐了回去，不过于非愚透过窗户可以看到，他爸他妈在炕沿嘀嘀咕咕。然后，他爸下炕，来到门口，弯着腰撑根棍，赔着笑脸冲他说话；而他妈，为掺扶丈夫也弯了腰，只有半张脸露了出来，赔着半张笑脸替丈夫帮腔。他爸说："大侄子，哦大兄弟，你看你有啥事，你看我们老于家都是本分人，没啥钱财，我那儿子在城里，其实也不是啥大官，要不你进屋坐坐……"而他妈说的是："是呢，对呀，唔的，嘿嘿……"老两口齐齐弯在于非愚面前，像在深深地作揖鞠躬。

于非愚返身走到看门狗身旁，拎起地上的一大包东西，送到门口。于非愚往门口走时，他爸他妈想保持镇定，可身不由己，还是拱着屁股缩回了门里，只是幅度较小。于非愚把东西放好后退几步,他们才又团着身子往前蹭蹭,蹭出了门外。"那我不打扰你们了,就问一句话吧。""哪里话呢,什么?""看你说的,什么?"他爸他妈一齐说,声调表情都诚惶诚恐。"你们说,我究竟哪不像你们儿子,哪不像于非愚?"他爸他妈无言以对,张口结舌地互相看着。他爸说:"这这大兄弟呀,哦像是没啥不像的,可那啥吧,我们吧,我们只有一个儿呀……"他妈说:"是呀是呀,于非愚他只有一个……再说我们哪配给你,给您……"于非愚转身往院外走去,眼里的泪水流了出来。看门狗一副依依不舍的样子,过来送他,好像要和他再亲近亲近。可他没领情,没搭理它。

晚上张巍下班回来,有个男人也贴在他身后顺了进来。那人肩上背个女式皮包,看上去很滑稽。他和于非愚一照面,就麻利地把手中的香烟递上来一根。"不会不会。"于非愚拒绝。可他拼命往于非愚手里塞:"抽吧抽吧。"张巍把他推开了,"人家不会你就别让。"又对于非愚说:"这小子,跑家门口堵我来了。"于非愚猜到了来人的意图——张巍的工作,使他在许多失业人员眼里成了需要香火供奉的佛。于非愚看一眼那个比他和张巍小不了几岁的"小子",说你们聊,我得出去一趟。可张巍把他拉住了。"他马上走,"他这话自然是变相下给那"小子"的限时逐客令,"你去那屋上网吧,不影响我们。"

于非愚在书房上网看新闻时,没太听清张巍和那"小子"说些什么。是觉得新闻没什么意思,想下网时,才听到客厅里传来那"小子"的哭声,其间夹着张巍不耐烦的喝斥:"你这是干什么这是干什么!我很同情你,理解你,也为你汇报了,争取了。可凡事都有政策规矩呀,你的情况不符合条件,你求到总理头上也没用。再说了,我也不是总理,我就是普通工作人员,我没权力修改规章制度……"那"小子"哭声越来越大,惹得张巍声音也越来越高。"你别在我这号丧似的,有话办公室说去!再说了,你还要什么保障,你他妈买得起好烟好酒还缺钱!""不是不是,"这回于非愚终于听到那"小子"说话了,"我这只是意思意思,我自己饭都吃不上了……""放屁,"张巍说:"你吃不上饭还意思我,谁信哪。"那"小子"说:"真的张处长,张大哥,张老板——我知道你是先进工作者模范党员,我特别敬重你能全心全意为人民服务能三个代表四项基本原则,我这是一片情意送先进,一片爱心献模范……"不光张巍笑起来,屋里的于非愚也笑了。于非愚凑到书房门口往厅里看,透过门缝,看到那"小子"的女式皮包瘪了,茶几上放了一瓶酒一条烟。"你他妈真是有病,知道我先进模范还扯这个。告诉你呀,就冲你有钱买这玩意,政府坚决不保障你。""这这这是我借钱买的。""能借着钱就说明你能还起钱,你还是有钱。""没有没有你说说我怎么能有!""你没有偿还能力还有人敢借你钱?那你就借着活吧。"张巍连推带搡地把那"小子"赶了出去。

张巍从门外回来时,于非愚在打量烟酒。"真的吗?""他妈的,我哪知道,"张巍也过来端详,"但愿是假的,让他少破费几个。""喝,你这先进模范倒不白当,还有良心了,"于非愚去厨房做饭,"要假的别给你喝出毛病抽出毛病。"张巍在厅里说:"真的假的我也不能收。"于非愚说:"还来劲了,你不想收不让他带走。"张巍说:"你真是在你们那大衙门口里待傻了,怪不得你从来和先进模范没有缘分。这东西,明个我得交给党委,让他们备案记录。""操,"于非愚感叹了一句,隔一会问,"怎么回事儿呀?""他?嗨,要保障金呗。"张巍把烟酒装进个黑兜子里,"厂子黄了,两口子都失业没收入了,还有个孩子。""这种情况也不管?""照理说管,只要厂子和街道证明他没生活来源就得管他两年。可这小子倒霉,我们刚建立了抽查制度,让他赶上了,我们调查发现,他们三口是和他爸妈住在一起,他爸妈有退休金。""你意思是,都四十来岁了靠爸妈养活也算有生活来源?""那倒不是,主要是他们户口不独立。""那怎么才算户口独立?""很简单,把户口从他爸妈那迁走。""迁哪去?""迁他自己的住处去呀。""他自己有房子?""没有。""那往哪迁?""买个房子不就迁走了。""你这是放屁!"于非愚从厨房冲出来,红头涨脸地冲张巍喊,"他要能买起房子,他他妈还用上你这来找保障?""哎哎,你至于这么激动吗?""我激动?你看这人多可怜呀。""哎呀,比他可怜的多去了,你还——唔,兔死狐悲,觉得你也没地方开资了,和他一样了……""对,我就比他还可怜,我他妈其实还不如他呢!他还有爹妈,有老婆孩子,有户口有住处,我呢,我有什么?除了我这一百多斤的皮骨肉,我什么都没了!"

这一晚上,张巍在书房上网聊天,于非愚在客厅看电视连续剧里反腐。

第二天是休息日,吃过早饭,于非愚对张巍说对不起。张巍摆手,意思是没什么。以前每天,早饭的时候,于非愚都会把他这一天的计划叨咕叨咕。于非愚为找回自己的身份总有许多计划,尽管那计划总要流产,可他总有。但现在没了。他陷在沙发里,垂头丧气地压手指头,嘎叭嘎叭之声不绝于耳。张巍意识到于非愚这天没计划了,就也没问什么,只是坐沙发对面的椅子里,从高处看于非愚。于非愚抬头时他假装看别处，漫不经心，心不在焉，可于非愚低头时他便仔细端详，且目光炯炯，入木三分。于非愚没注意到张巍的目光，压完手指头，嘟嘟囔囔地说："我算黔驴技穷了。你脑子灵活办法多，觉得我该怎么办？""唉，"张巍叹口气，眼神柔软起来，"这个，我也想不出什么好主意。要我看呢——你别不高兴呀——我觉得，你也许得找找自身原因，反省一下自己，为什么大家异口同声地都不认你。""你看你这话说的，这事儿你让我怎么反省，怎么找原因？"于非愚倒没不高兴，只是觉得张巍的话文不对题；其实，他忽略了张巍话里的潜台词，恰恰是张巍想表达的题旨文意。"你分析分析，假设我是冒充于非愚，目的何在呢，我要骗什么？要冒充我也应该冒充个中央领导的儿子或海外的富翁华侨吧，要骗我也得选一家值得骗的吧，可我家，哦，任杰家，就普普通通一个家庭……""我倒不是说你有意欺骗冒充，也许，真是你搞错了……""怎么，你也怀疑我张巍？""我？我不，我无所谓，你又没冒充我。""你怎么说话呢！"这回于非愚不高兴了。"就是吗，我真不介意你是不是于非愚。""可我介意呀！行了行了，那我去医院。张巍，我Ａ型血，这你以前知道吧，我去化验，一化验就一清二楚了。""不行吧，Ａ型血的人多了去了，于非愚，哦，我是说那个于非愚，也有可能是Ａ型血。""那我就，鉴定指纹，据说全世界没有一对指纹重复的人。""也没用。你又没犯过罪，任何部门也不可能有你的指纹记录，没记录，你鉴定了也没法证明你的指纹就是于非愚的指纹……""可我就是于非愚呀！""行，你可以是于非愚，可现在的问题是你证明不了你是于非愚。""这他妈的，我怎么这么窝窝囊囊地就不是于非愚了呢……""也并不是说你不是于非愚了，你可以还叫于非愚；像我这名，重名率更高，加上音同字不同的，估计全市有几百上千个……""嗨，你别乱掺乎了，我的重名和你的重名能一样吗！"

但这之后，经过与张巍的一番质疑反质疑，于非愚还是为打发这天找到了事做，他要再度回家一趟——回那个有任杰于公和另一个于非愚的家，他要请任杰同意他和于公做亲子鉴定。为此他需要张巍陪同。张巍有些不情愿，不过最后只能同意。

张巍拿起电话，把一长串数字按了出来。张巍按键时，于非愚紧张得闭上了眼睛。电话很快通了，一个男声叫了声喂："喂，谁呀？"电话的扩音效果好得过分，于非愚也能听到对方说话。张巍犹豫一下，说："我是张巍。"对方的声音立刻热情起来，"是你呀，挺长时间没动静了，那天听任杰说你打听住院的事儿。怎么样，谁病了？"张巍看于非愚一眼，怯怯地问："你是——"对方说："嘿，我于非愚呀，你不找我？挂错了？"张巍忙说是找你是找你你在哪呢，对方说在家。张巍又问任杰在不在，对方答在。"你找任杰？"对方反问，张巍忙说："都找都找，我现在就去看看你们。"

放下电话，张巍让于非愚把手机给他。他先看于非愚的手机是否开机，开机；然后他用于非愚的手机往他手机里打了个电话，但他没接，只看他手机上的来电显示。于非愚问他在干什么。"你没注意吗，"张巍说，"刚才我是打的手机，打的你这个手机号；你没关机，可你手机不响，倒是人家那边接了。"于非愚打量着自己的手机，满脸狐疑。张巍又问："这些天你接过电话吗？""没有，"于非愚说，"可它能往外打呀。"于非愚想了想又说，"我得找移动公司讲理去，有这么干的吗！"当然，由于有了此前的约会，于非愚没先去移动公司,而是和张巍一起出门上了出租车。

二十分钟后,两人走进新规划过的住宅小区,绕过计划生育的雕像,来到十九号楼前,进四单元,上五楼,敲开了三号室的门。闻声来开门的是任杰,她刚要和张巍打招呼,一眼看到了跟在张巍身后的于非愚,她的表情僵硬起来。"任杰,"张巍尴尬地笑着,"进屋说话好吗?"他看一眼身后的于非愚,"让他也进去。"任杰没有挪动身体。这时另一个于非愚从屋里走了出来,"张巍来了吧——"随即他也看到了张巍身后的于非愚,他也站住不动了。冷场片刻,他对任杰说,"任杰,让他们进来吧,别让邻居看笑话。"

于非愚随其他三人往客厅走,不失时机地左顾右盼:看了眼厨房,看了眼书房,看了眼有双人床的大卧室,又看了眼有单人床的小卧室,最后在客厅沙发上坐了下来,看客厅的花盆电视空调以及各种工艺品小摆设。于非愚左顾右盼的动作不特别明显,眼睛只是有限度地忙活。四个人都一言不发,屋里的气氛紧张压抑。"张巍,"倒是于非愚先憋不住了,"这房间的格局,一点都没变,全是以前我布置的。""胡说八道。"任杰说。"莫名其妙。"另一个于非愚说。于非愚脸上挂出了哭相,"任杰,你听张巍说,他能证明我是于非愚。"于非愚说着推张巍一下,"你说话呀,你证明呀。"张巍本能地躲了一下。"是这么回事,他,他让我证明,"张巍看看任杰和另一个于非愚,任杰和另一个于非愚也在看他,"证明他是于非愚⋯⋯"张巍低头点了支烟,狠抽两口,又抬头把两个于非愚看了一遍,看完,讨好似的对任杰说,"他们俩,长得还真就挺像哈⋯⋯"任杰扭脸去看别处,不理张巍。另一个于非愚说,"张巍你神经出毛病啦?"张巍不好意思地咧咧嘴,使劲抽烟,然后对于非愚说，"我敢说，如果你俩都去和于公做亲子鉴定，包括回乡下和爸妈做亲子鉴定，仍然分不出谁是谁来……""不可能——"于非愚喊。"你混蛋张巍！"任杰叫。"张巍你怎么能想出这种馊主意呢？"那另一个于非愚痛心疾首，"行呀张巍，我是个没什么朋友的人，这么多年就咱俩不错，可现在我碰上这么件恶心人的事儿，你不说帮我还来笑话我，你太过分了……"这时张巍脸上怎么使劲也挤不出笑了，他掐灭烟头，站了起来。"我说过我来了也没用，你非让我来。"他这话是冲于非愚说的，可他没看于非愚。他谁也没看。他边说边甩手往门外走。于非愚在他身后喊，"哎哎张巍，你别走呀，你走了我怎么办呀？"任杰和另一个于非愚这时也都站了起来，面对着唯一还坐着的于非愚。"你也走。"任杰说。"对，你也走。"另一个于非愚也说。于非愚就也站了起来，也走了。走到门口，他回头问，"于公呢？"没人回答他。他被推出去，门在他身后怦地关上了。

于非愚追上张巍时，张巍已出了小区大门。小区门口的食杂店主人看见于非愚，特意从窗口探头和他打招呼，可他只冲那店主人点点头，就和张巍站到了一起。张巍说对不起。于非愚理解地点点头。但担心他的理解表现得不够充分，让张巍误以为他不理解他，就又伸手搂张巍肩膀。"没关系，"他说，"我知道在这事上你帮不了我。""我的意思是，"张巍甩开于非愚搂他的手，迎向一辆朝他们开来的出租车，"我快结婚了……这几天，我得收拾收拾房子。"于非愚呆住了，由于无法看到张巍的脸，他只能怔怔地看张巍的后背。但张巍的后背也没在他视野里过久停留，一弯一晃，就隐进了出租车里。

六、得而又失的工作——失而复得的名字

住进夏老师的出租房后，于非愚不再为恢复他于非愚的身份做任何努力，当然了，也是他不知道还怎么努力。每天，他做的事情只有两件：白天出门找工作，晚上躺床上与陶陶说话——现在，吊死在这间屋子里的陶陶姑娘留下的鬼魂，是他唯一的朋友。这期间，他去过一次张巍家。他特意选一个张巍应该在家的时间，站在张巍家门口，通过电话请张巍把他忘在他家的两件衣服送出来。他谢绝了张巍让他进屋的邀请。在这次会面中，张巍两次称呼他名字，而这两次称呼，竟引发了他对自己的全盘否定。一次在电话里，一听他声音，张巍说于非愚吗；一次是交接完衣服，张巍说你别怪我于非愚。这两次张巍叫完于非愚，于非愚都不等张巍把话说完，就提出了抗议。第一次他说："别叫我于非愚，我不是于非愚，你说哎我就知道是说我了。"第二次他说："我没怪你。我说了叫我哎就行，我不叫于非愚，也不叫别的名字，我没名字。"那天回家后，他从张巍给他的衣服里翻出个信封，上边有张巍写的"送于非愚"四个字，里边装了两千元钱。他捏着那信封问陶陶："我是不应该打个电话告诉张巍，这两千块钱算我借的。"然后他又替陶陶回答："不理他，他没写名字你打电话还行，那说明是给你的；现在他这是给于非愚的，与你无关。"

有名字的人找工作都困难，没名字就更困难了，因为每次与人交谈，首先涉及的就是名字问题："怎么称呼呀？""随便，你愿怎

么称呼就怎么称呼吧。"于非愚本打算就这么倔强下去，可不行，这样的回答在用人单位看来，这应聘者不是犯了精神病就是气不顺了来找碴打架。虽然看上去，于非愚既不像来打架的也不像精神病人，可谈话也只能至此为止。所以，于非愚倔了两回就犟不下去了。找到一份工作，得到一份收入，这比张扬个性重要得多，尤其是，他于非愚从来都不是个有个性的人。他就只能还说自己叫于非愚，并主动出示身份证——这是他身上唯一还能证明他有资格生活在人群中的东西。可即使这样，他仍然无法找到工作。多年里，他除了通过抄袭领导讲话上级文件和报纸社论写公文材料，别无所长，而所有的用人单位，最过剩的就是他这种人。承揽广告，媒体策划，商务管理，图书编辑……他首先找的是这类他觉得可以胜任也有兴趣做的工作，但谈一谈或试一试，人家就说他不行，他自己也掂量得出他确实不行。清洗汽车，扛包送货，门童保安，浴室搓澡……他随后就对什么工作都没挑拣了，见有招聘的帖子就闻风而去，还再三强调，虽然他大学毕业后坐了多年机关，年龄也稍大，可他毕竟是农家子弟，能吃苦耐劳又身体结实，但同样，只要谈一谈或试一试，人家就说他不行，他自己也掂量得出他确实不行。

没有工作，光有身份证证明他有资格生活在人群中，活下去的实际问题仍无法解决。他便不断降低自己的择业标准和工资标准，有几次和陶陶对话时，他甚至征求陶陶意见，像捡垃圾或者当乞丐这样的工作，他是不是也可以做。他已经了解过了，捡垃圾或者当乞丐，也不是厚起脸皮就能做的。捡垃圾的有垃圾王，当乞丐的有乞丐头，没有他们同意接纳，那就像没得到工商税务的许可批文就流动叫卖的小商小贩一样，必然成为人人喊打的过街老鼠。好在工夫不负苦心人,有一天,他去一家英语补习学校应聘教务管理人员时,却阴差阳错地得到了一份网吧夜间看车人的工作。

那是一家新开张的大型网吧,有五百台电脑,叫极限体验网络超市。那天,于非愚循着帖子去那家英语补习学校应聘,可才说三句话校长就说他不行。于非愚说你怎么这样草率就认为我不行,校长说他不草率,其实不用说话他就判断得出一个人什么行什么不行。于非愚赌气地问,那你说我干什么行?校长说,我认为行的你不一定干。于非愚说,你说,我什么都干。校长说,看自行车,干吗?于非愚说,干。他以为校长是戏弄他,可校长笑了,你以为我开玩笑吗?说罢校长把他领出英语补习学校,来到了马路对面新开张的"极限体验",原来,校长也是这家网吧的老板。于是,一份夜间看车人的工作就属于于非愚了。在学校校长兼网吧老板面前,于非愚显得很无奈,好像他是因为不肯食言才接了这活。可走出昏暗的网吧,站在和风暖日里望着"极限体验网络超市"的大字牌匾,他的眼睛都湿润了。网络时代,他想,他和他身处的这个时代头一次有了切肤的关系。

是的,网络时代,于非愚得以找到工作,完全是因为网络时代这个大背景。现在,上网是城市人生活中的重要内容,顺应时势的网吧在城市已遍地开花。网吧都是通宵营业,网吧里的顾客基本是青年少年,而没有收入或收入微薄的青年少年,主要交通工具便是自行车,这样,每到夜晚,所有网吧的门外都能排出自行车的长龙。但同样的,在城市,丢自行车也是人们生活中的重要内容,如果某人因自行车失窃去派出所报案,人们就有权利像轻蔑偷车贼那样瞧不起他。网吧多自然竞争激烈,除了进行技术竞争,服务竞争也是重要环节,如此一来,一家网吧是否能替消费者妥善看管好自行车,也成了衡量服务质量的一个标尺。

夜间看车工作是一项简单工作,白天睡觉夜里上班,上班时,不论刮风下雨,只需拎把椅子坐在"极限体验"的高台阶上,俯瞰台阶下面那一大排自行车,注意别让小偷钻了空子也就行了。做这项工作,于非愚的工具只是一只大书包和书包里成双成对的数百枚小铁牌。有人存车,他拿出一对铁牌,给车主一枚,他拴车上一枚;有人取车,他对一下车主手上铁牌与车上铁牌的号码,认定吻合了,即可收回铁牌,为人车放行。替车主看车是免费的,不用麻麻烦烦地收钱找钱算账,这能让于非愚感到这项工作毫无压力。

但也不是一点压力没有,只是,那压力不是工作带给他的,而是,就算马路对面的英语补习学校带来的吧。照理说,国家提倡素质教育,不赞成学生在业余时间参加各种补习班死抠书本,同时,国家又反对淫秽色情,也不允许未成年人进入网吧;可现在,青少年学生出入最多的地方,恰恰是形式各异的补习学校和名目不同的大小网吧,似乎中国青少年从小就分化成了两大群体,一拨立志成为网络游戏与网上聊天的高手,另一拨则掠夺式地学习各种知识。在后一拨里,学习的主攻方向又是英语,都期望着有朝一日能走出国门,去混欧洲美洲大洋洲那些说英语的国家的户口。由此,他就想到了于公,而想到于公,压力也就随之而来了。于公更喜欢的去处也是网吧,可他和任杰,一直努力往各种补习学校,主要是英语补习学校驱赶于公。以前,他一直认为于公英语已经学得挺好,偶尔去网吧玩玩也没什么。可现在望着马路对面英语补习学校里那些于公潜在的竞争对手在拼命苦读,他没法不替于公感到压力巨大。

他想，一旦他有了回家的资格，有了给于公继续当爸的资格，他一定要成倍地加大力度督促和帮助于公提高英语水平；而现在，他能身体力行的，则是拿出更大的热情当个模范看车人，以优质的服务吸引更多于公的同龄人来网吧消耗智慧时间和精力，为于公击败竞争对手做些旁翼的策应工作，以确保将来于公能从同龄人中脱颖而出，顺利成为美英澳加爱新新等国的合法公民，至少弄个绿卡可以永久居住。

肯定与这样的压力有关，有一天，精细谨慎的于非愚想全球化时想溜号了，心思飞到美国英国澳大利亚加拿大爱尔兰新西兰新加坡后，没收回来，结果，等那个和于公年龄不相上下的男孩子泪流满面地让他赔车时，他才意识到，他连看自行车的工作都无法做好。他脸上的冷汗淌了下来，淌得比男孩子的眼泪还多。

这是一个寒意阵阵的深秋之夜，是于非愚找到工作的两个半月以后。按照网吧方面对消费者的承诺，学校校长兼网吧老板给了丢车男孩有限的补偿，那男孩也就放过于非愚了。可学校校长兼网吧老板没放过于非愚，依据工作合同，于非愚得交出一个月的工资作为罚款。于非愚不想把以前挣到的工资再还回去，他就表示，这个月算他白干好了，发薪的时候不必再给他。可学校校长兼网吧老板不干，他一定让他立刻交罚款，否则下半个月就不用他了。于非愚再三解释，说前两个月的工资已无剩余，都交了房租买了冬衣，如果这个月不能开资，到月底他都得借钱吃饭。他请学校校长兼网吧老板理解他的难处："这是换季的季节呀。"可温文尔雅的学校校长兼网吧老板脸子一撂，说我理解你谁理解我呀，坚持让他赶紧认罚。于非愚平常有理都常常吃亏，现在没理，只能又急又气地自己窝火，结果，早上一回到出租房里，就发起烧来，头疼咳嗽浑身无力。到了下午，他估计自己上不了班了，就给学校校长兼网吧老板打电话请假，说了自己的情况，请他找人替他一夜。可学校校长兼网吧老板说，不是替你一夜，是永远替你，等你病好了过来一趟，用罚款换回你的身份证咱就两清了。于非愚这才记起来，他身份证还押在学校校长兼网吧老板手里呢。想到自己的最后一份证件也已失去，于非愚的绝望超过了疾病对他的打击。

在家里，也就是在夏老师的出租房里，于非愚与高烧搏斗了两天两夜，治好他病的，是有限的药和一盆盆滚烫浓稠的酸辣鸡蛋汤以及漫长的睡眠。退烧以后，他身上舒服了，但体质还很虚弱，一碗稀粥都无力一气喝完。他只能烂泥一样瘫在床上，任思绪带他东游西逛。

其实思绪没能力引他走得更远，他反复琢磨的还是那一件事：如何才能再找份工作。没有身份证他就无法找到新工作，而找不到新工作他就交不上罚款，交不上罚款他自然赎不回身份证，可没有身份证……这是一个看不到出口的怪圈，于非愚陷在这个怪圈里不知如何脱身。尽管，他也知道，只要他一出现在用人单位，说我是谁，用人单位就能知道他是谁；但这个是谁却很难作数，一般来讲，用人单位只相信那些白纸黑字的证件对是谁还是不是谁的说明，不相信一个人空口白牙地对自己是不是谁的确认判定。所以，当务之急还是身份证，假身份证也行。想到可以办个假证，于非愚揪着的心松开了一点，甚至还有了些豁然开朗的感觉。这段时间，于非愚这个倒霉的名字已经让他心力交瘁，伤心欲绝，人不人鬼不鬼地受尽了屈辱，他实在没必要非死皮赖脸地夺回于非愚的名分不可，名字不过代号而已，叫什么其实并不重要，即使叫莎士比亚或拿破仑或马克思，不也就是吃饭睡觉做事情挣钱然后死掉吗；而办假身份证，他恰好可以顺带着将"于非愚"这三个字带给他的晦气一扫而光，他可以自由地选择张巍任元于公赵依妍陶陶夏老师杨老板或随便什么名字作为自己的名字……是这时，想到自己也可以叫别人的名字，叫陶陶的名字，于非愚的思绪停滞了下来。想到他将像陶陶为她的孩子购买假证件那样去购买假身份证，想到他不仅要办假身份证还要使用假身份证，他的身体开始发抖，好像疾病又回来了。别说现在一文不名，已经没钱办假证件，即使有钱，办了假证，他有胆量使用它吗？他的心又揪成了一团。

于非愚无助地睁开眼睛，四处寻找，似乎在找陶陶，希望她帮他拿拿主意。但他看不到陶陶，只能看到暖气管子。屋里的四面墙壁，有两面伸延着暖气管子，一面墙上是一横一竖两根，另一面墙上只有一根横的。陶陶是吊死在暖气管子上的，那她显然利用的是两根横管中的一根，可她利用的是哪一根呢，是那根长点的还是短点的？于非愚有些遗憾，怪自己住进来时没问问夏老师，陶陶死在哪个部位。可他又没理由特意打电话问这件事，这让他心里异常烦躁。烦躁中，他硬撑着钻出被窝，在一根横管下边比一比，然后下地，踩上椅子，又去另一根横管下边比一比。但比较之后仍难确定。比较的结果只是，两根依墙横悬的暖气管子，都适宜上吊，当然了，前提是要有一根结实的绳子。于是于非愚又怪起自己来，陶陶用什么绳子上吊的呢，他也忘问夏老师了。

于非愚重又躺回床上，从不同的角度摸自己脖子。摸着摸着，他忽然想到，女人上吊可能好办一些，她们没喉结，把个绳圈随便套脖子上也就行了；可男人上吊，特别是那些喉结较大的男人，应该把绳子卡在喉结上边还是下边呢，这还真就是个问题。也许把绳子勒在喉结下边更科学些，比较容易一勒即死；而勒在喉结上边，那就如同把绳子挂在下颏上，可能也疼，甚至能磨破颏骨两侧的薄皮，但不会死人，若被人抢救下来，容易被讥为死心不诚，是做秀、整事儿。不过直接把绳圈套喉结下边也不一定稳妥，谁能保证喉结肯定会卡住绳子，而绳子不会在受力过程中自行滑脱到喉结上边呢？上吊是与地心引力做斗争呀。于非愚并没想好是否应该步陶陶后尘，也在暖气管子上吊死自己；但他是一个大喉结男人，他估计肯定有些大喉结男人会把自己的死亡方式选择为上吊，所以，他替其他打算上吊的大喉结男人为难犯愁，也是惺惺相惜的人之常情。这之后，于非愚摸着自己的大喉结睡着以后，电话响了。不是桌上的座机电话，是他外衣兜里的手机电话，丁零零响了。

　　于非愚猛地坐了起来，那电话铃声，好像把他病后的虚弱也赶跑了。他把手伸进外衣兜里摸电话时，惊讶得不行，都忘了自己手机还有接电话的功能。自从他出差回来，住进张巍家，给手机充上电，他就一直保持自己的手机电力充足，日夜开机。可几个月里，他的手机一次没响。那天张巍挂他手机的号码，他这边手机一点反应没有，那边那另一个于非愚却接了电话，他很气愤，过后去找移动公司，还把身份证递给人家，让人家和用户登记档案对了一下。人家说没错，身份证号码都对，但由于你的手机入网手续是单位统一办的，要检查维修，还需要单位介绍信。这一下他又没辙了，他手机的问题只能不了了之。可现在，他手机居然响了起来，他听着那振铃声都感到陌生。

"嗨，你是，那个也自称于非愚的人吗？"于非愚立刻听出对方是谁了，是那另一个于非愚。"你怎么说话呢，什么叫自称，我就是——"已经放弃自己名字的于非愚，在霸占了自己名字的另一个于非愚面前保持着强硬。"好好，"对方的态度倒很随和，"你不自称，你就是。咱不吵架，能见见吗？有些事我想和你说说。""说吧。"于非愚恨不得立刻飞到那个于非愚身边，可他的表现，却是强硬之外又加了些傲慢。"见个面吧，电话里不方便说。""那你——"于非愚问，"你怎么知道我电话的？"不过话一出口他心就虚了。果然，那另一个于非愚借题发挥起来："我不知道你电话，我问张巍怎么找你，张巍给了我这个号码，我说这是我的号呀，可张巍说他只有这个。我先用座机打，可一打我手机就响，我只能又用手机。哼，我还想问你呢，这阵子，我电话费明显……"两人差点又吵起来。但对两人来说，交流沟通的欲望比争吵责备的欲望更强烈，他们就没吵，就约定了见面的时间和地点。

两人是在市政府前边的花园广场见的面。花园广场游人如织，但仍能找到一些僻静的地方，这是因为，人们在整个花园广场上是分散于各处的；而他们决定在这里见面，也说明，两人对这次见面都抱有警惕：选择一个闹中取静的地方谈话，能免除某种潜在的危险。谈话开始时，两人还是争执了几句，那另一个于非愚指责于非愚不该去找他妻子、儿子、岳父岳母、爸爸妈妈；而于非愚说他们就是我的妻子、儿子、岳父岳母、爸爸妈妈，我为什么不能找。两个着装不同但长相一样的男人在草坪间的长椅上面红耳赤，不时会惹来好奇的目光。这样，他们便同时不耐烦地说算了算了，跟你讲不明白。接着，在另一个于非愚的要求下，于非愚保证他先不插

117

话，有意见随后再发表，另一个于非愚才把找他的意图讲了出来。

"我家的情况，我是说我父母家乡那边的情况，过去的情况，你都知道了，我也不多说了。我现在想说的是，我堂弟于飞龙，前些天煤矿冒顶被砸死了……""怎么，飞龙死了？"于非愚追问一句，但立刻把嘴又闭上了。"一块死的，有二十三人。但国家有规定，一次死亡超过十人的，算特大事故，麻烦多，整个矿区都要停产。当地不想在生产上受太大损失，往上报时，只报九人……"于非愚忍不住又问，"瞒报十四人，上边不查？"另一个于非愚皱起了眉头，"你能不插话吗？死亡三人以上九人以下算重大事故，生产也会受影响，人家原来还想只报两个人呢，只算个简单小事故就得了。明白吗，想瞒二十一人也有办法，要你操心？"于非愚忙点头，"好好，我不操心。"另一个于非愚接着说："对另外十四个死者的家属，当地政府答应多给点钱，然后他们偷偷把尸体一处理，就大事化小了。对这个，反正人死了，给的钱又多，那十四个人的家属都没意见。你听懂了吗，我叔也是同意不要尸体的家属。这回在山西处理于飞龙的事，是我陪我叔我爸去的。结果，我们一到那，一知道死人了还可以瞒报，受到启发，就想到了你——我叔愿意于飞龙还活着，而你恰恰可以充当于飞龙，这也是我们同意不要于飞龙尸体的理由……"于非愚控制不住又张嘴想喊，可要喊什么他一时却没能想好；而那另一个于非愚已经看出他要喊了，就不再说话，只看他，他便喊不出来了。另一个于非愚说："村里没人知道于飞龙死了，连他媳妇和两个孩子都不知道。我们的想法，主要是我爸我叔的想法——不论你接不接受，都别再打断我呀，也别评价。这话我说不出口，好容易有勇气说了，你再打断……这事儿除了那两个老人觉得合适，没准对你也有好处，所以，等我闭嘴你再开口行吗？"于非愚想一想，点点头。另一个于非愚说："其实也没什么可说的了。就是我叔想让你给他当儿子——这也不是主要的，主要是想让你当于飞龙，理由有两个。前一个是虚荣上的，他不想成为一个没儿子的人，不想死的时候没儿子送葬，即使你一年只回家一次两次，只顶着于飞龙的名字在村里走几趟，他就能满足；再一个呢，有实际意义，他担心于飞龙的事儿一传出去，他儿媳妇就会改嫁，把孙子带走——她带走那个女儿我叔不在乎，可他在乎孙子，这你能理解。如果再过十年，那孙子在村里安家立业娶媳妇了，他就放心了；可现在，一个八九岁的孩子，他妈改嫁他肯定得跟走。可你成于飞龙了，这两个问题就都能解决。我叔说了，于飞龙的抚恤金，有一半归你，当然眼下得先放他手，他可以给你打欠条，什么时候孩子结婚了，什么时候立刻给你，还包括利息，反正我叔为了自己也不会亏待你。以后呢，你要愿意回村，真于飞龙怎么活你怎么活——明白我意思吧？你不愿意回村呢，愿意上哪都由着你，但一年必须回村待个十天半月的，这得立字据。还有就是，你不愿意和于飞龙的女人过的话，过一段时间，找个理由离婚也行，但那儿子一定得留下……这事儿吧，也许太不地道，都有点缺德，可我又觉得，除了能遂老人心愿，对你也那啥……你想想，这么一来，你就能有正当出处了，有姓有名了，有家庭籍贯了，有老婆孩子父母了，干什么事儿也有村委会乡政府甚至县里给你打证明开介绍信了，也就是说，你又可以找到自我了。所以呢，总之吧，反正……还有就是，于飞龙强奸那事儿也摆平了，钱花到位了，那姑娘也结婚了，她家和公安的，都不会再找你，哦，再找于飞龙任何麻烦……"那另一个于非愚把这番话说完,汗水淋漓虚脱了一样,好像大病初愈的是他而不是于非愚;倒是这边的于非愚,听得两眼发直身体发硬,病后的虚弱一点都没了。

"这事儿——这事儿任杰知道吗?"好半天后,于非愚提了这么个问题。另一个于非愚尴尬地笑笑:"嘿,我这人没啥主意,我爸我叔有这想法时,我还说他们呢。是后来我在山西和任杰通电话,提到这事儿,她拍的板……"

他们心平气和地又聊了挺长时间,不仅没争没吵,还都表现得宽容友好。最后商定,二十四小时之内,不论于非愚同不同意更名于飞龙,都要电话通知一声另一个于非愚。他们羞答答地握手道别时,另一个于非愚说:"到时你就打我手机,打家里电话也行,反正号码你也知道。"于非愚说:"不打家里的了,万一任杰接了,不好——咱现在先试试吧,看我打我自己的电话,你那边响铃不。"两个于非愚便都掏出手机,试了起来。一个在自己手机上按出自己手机的号码,另一个的手机果然敏感地叫了起来。两人都清楚肯定是这样,可铃声一响,他们还是都有些不好意思,当然更多的还是惊异。但很快,惊异就抵消了不好意思,另一个于非愚建议再试试他的手机。这样,他们本来已经握过道别的手了,可谁都没走,像一对痴迷游戏的孩子,你探头我探脑地紧挨在一起摆弄两部手机:这一个于非愚按手机听那一个于非愚的手机振铃,那一个于非愚再按手机听这一个于非愚的手机振铃,做完一个轮次,两人心照不宣地对视一眼,再开始一个新的轮次……

按约定,就是按任杰和另一个于非愚的导演安排,元旦前一天的傍晚,于非愚以于飞龙的身份回到了村里,回到了于飞龙家,回到了有他叔叔婶子堂弟媳妇和堂侄子侄女的那个家——不过,这些人,现在已经是他爸爸妈妈妻子儿女了。他知道,第二天,也就是元旦日,当他去自己父母家看父母,也是以于飞龙的身份看大爷大娘时,他还将看到任杰和那另一个于非愚。这样一来,全村人将很快知道,于飞龙强奸的事彻底过去了,他不必再跑到山西的煤矿躲灾避难了,他要随特意来接他的堂兄堂嫂去城里工作……当然了,在他过去的爸妈现在的大爷大娘家,他还有一项重要的事情要做,那就是,在那另一个于非愚和任杰以及他过去的爸爸现在的大爷的主持监督下,他将与他过去的叔叔现在的爸爸签署一份包括多项内容的合同文书协议文件,其中心内容将是,他甘愿从此顶着于飞龙的名字生活到死。

这天傍晚,风尘仆仆的于非愚/于飞龙走进家门时,于飞龙的妈妈媳妇孩子都喜出望外,于飞龙的爸爸于老二虽然知道怎么回事,但也表演得滴水不漏,也喜出望外,像真把儿子迎了回来。在这之前,于非愚/于飞龙和于老二已有过两次秘密接触,这保证了于非愚/于飞龙此时的一切应对都天衣无缝,如果面对某些突发情况,他还是不知所云,仍然不知所措,那么,于老二也会巧妙地将他带出窘境,为他解围。可以说,即使现在真于飞龙死而复生从外边回来,在这个家中众人眼里,他也绝不比于非愚/于飞龙更像于飞龙。事事顺利,处处圆满,于非愚/于飞龙与于老二悄悄对视目光时,他觉得于老二比他还要满意。

酒足饭饱后,于非愚/于飞龙和于飞龙的媳妇回了房间。那女人飞快地跳上火炕钻进被窝,不时瞟向他的眼睛热辣辣的。这女人是两个孩子的妈妈了，自小在庄稼地里风吹日晒，但神奇的是，她不仅不蠢不糙不丑不老，反倒颇解风情颇有风韵。以前给她当大伯哥时，私下里，于非愚/于飞龙曾对她有过想入非非的欲想妄念，可现在，要真格的和她同床共枕，他倒羞得手足无措了。"咋地，来呀，不急啦？"那女人嘻嘻地笑着，面带红晕，声音柔和，全不似进被窝之前的高门大嗓。于非愚/于飞龙也面带红晕，但双目游移，结结巴巴地说他想再洗洗下边，而事实上，刚才进家之初吃饭之前，他已经擦过一个热水澡了。那女人麻利爽快地又爬起来，穿个背心裤衩在地上忙活。"逼样，还文明上了，完事儿再洗呗；我以为你进屋就能把我按那块呢……"那女人话里没有指责的意思，而是撒娇，她基本裸着的身体在灯光之下很是诱人。结果，没等她准备完水，于非愚/于飞龙说一声那不洗了，就连拽带抱地把她弄上了火炕。于非愚/于飞龙好几个月没近女人了，一爬上这女人的身子，兴奋得如同飞了起来。完事之后，简单洗洗，还没等女人把脏水倒掉，他又行了，就和那女人又抱到一起。这一回，时间很长，他也有空分散注意力想别的了。他首先想到的自然是任杰，并且想的结果，出乎他意料，这粗拉拉的乡村女人，居然比细皮嫩肉的任杰更对他胃口。为验证这感觉是否准确，第二次完事后，他们说几句话，眯一小觉，半夜醒来后又来了一回。这第三回，于非愚/于飞龙确认了自己的判断，而且他认为，他的判断与任杰对他的抛弃和这女人对他的接纳没有关系。这之后，他们说了许多话，天蒙蒙亮时，筋疲力尽的两人决定再睡上一会。于非愚/于飞龙临睡前说："亲爱的呀，我太爱你了。"那女人高兴得都语无伦次了："哎呀妈呀，你到底也会说这个了——唔哼，让人挺难为情的……"

第二天元旦，于非愚/于飞龙在他过去的叔叔现在的爸爸陪同下，去看他爸妈——现在他叫他们大爷大娘。看门老狗不念旧恶，没因为几个月前他冷落过它就记他仇，仍然跟他亲亲热热。他情绪不坏，虽然还是不喜欢狗，可没扫那老狗的兴，也表现出了亲热的样子。这时候，那另一个于非愚和任杰都迎了出来，神色紧张地看他表情，与他说话时小心翼翼，既担心出现什么失误惹他不快，更害怕他睡一夜觉改了主意。于非愚/于飞龙没有不快，更没改主意，不光对爸妈大爷大娘地叫得很甜，对那另一个于非愚和任杰也毫无芥蒂，哥哥嫂子地叫得圆熟，还问于公怎么没来。这时村长书记听说于非愚回来了赶来看他，带了不少乡下特产，恭恭敬敬的样子让那另一个于非愚很是受用。于非愚/于飞龙一点没有吃醋的感觉，甘当绿叶陪衬红花。村干部自然也没忘记关心于飞龙，在与那另一个于非愚说话的间隙，对于非愚/于飞龙说："飞龙呀，你看上去可成熟多了，看来去外边闯荡就是比窝在家里强，这回回来能多待几天吧……"那另一个于非愚说："飞龙打算这两天就和我一块……"可他话没说完，于非愚/于飞龙就打断了他，虽然听声音低声下气，但看眼神却态度坚决。"哥呀，"他对另一个于非愚说，也是对那两个村干部以及屋里的所有人说，"昨晚我想了一宿，我不打算跟你去城里了。这回吧，我那档子丢人事儿也过去了，我想留在家里哪也不去了。"说话时，他面色羞涩语气诚恳，眼睛里好像还泪花闪烁。"我也老大不小了，可这些年，不懂事，给亲人朋友脸上抹不少黑。从现在起，我于飞龙要重新做人了，也请村长书记看我的行动。所以核计再三，我想我就不去给哥嫂添麻烦了，就待在村里，孝敬父母，替哥嫂照顾大爷大娘，再好好陪陪老婆孩子，和他们，也是共享天伦之乐吧……"

于非愚/于飞龙不很流畅地说这番话时,很动感情,为了不让眼泪淌出眼眶,眼睛就一直往上方看,看房顶的糊棚报纸和沾在报纸上的蚊虫残骸。但话说到最后,他这个一向对自己缺少自信的人没能忍住,还是习惯性地拉回目光,瞄了眼一直偷偷打量他的任杰,似乎在盼她发表意见,等待她的臧否决断。

身　影

一

邸一在跨出监狱大门的那一瞬间，感到了一阵晕眩。他发现，周围刺目的夏日阳光很像一片片宁静的积雪，有些惨白，又有些寒意。这是被阻隔了十三年的阳光，十三年前的阳光就是这样；而在他刚刚经过的十三年里，他的眼睛和身体所感受到的阳光则是另一种样子：黑乎乎的，散发出一股血腥味。如今蛰伏了十三年的阳光重又将他照耀，他几乎无力承接了。邸一停下了脚步，眯细了眼睛，把身体靠在监狱的围墙上大口喘息。当然，邸一也知道，他现在的这么种样子并不是虚弱，他也不允许自己虚弱。如果十三年前他不是因为虚弱，是可以一刀就扎死那个男人的，尽管那把小刀又短又钝。现在好了，他有足够的力量去杀死那个生命力顽强的男人。为了稳妥，他想，这回我要备一把又长又利的大刀。

邸一身后的狱墙很高很厚，四角设有圆柱体的岗楼，墙头上架着破破烂烂的铁丝网。邸一知道,那是电网,虽然破烂陈旧,但绝对电力充足。与邸一同监的一个盗窃犯就是越狱时被这黑黝黝的铁丝网电死的,摔在墙下,像一只没有烤熟的瞎家雀。这时邸一闻到了附近一家饭店飘出来的扑鼻菜香味。那个饭店就是监狱办的,以经营鸽子宴为特长。现在,饭店门口正挂着一些等待宰烹的鸽子,它们无忧无虑,都在友好地看着邸一。从饭店窗口播洒出来的菜香味异常好闻,所造成的那种持续不断的味觉刺激,使邸一空空荡荡的肠胃开始了毫无规律的蠕动。邸一干呕了一下,竭力抑制住自己的恶心。他对自己所置身的环境已深恶痛绝。于是他撑起并不虚弱的身体,挣脱了对狱墙的倚持,朝与饭店相反的方向跌跌撞撞地走了下去。

他也许应该留在这座他生活了十年的城市,那个与他相处甚洽的管教人员曾答应帮他找一个工作。"你留下吧邸一,我帮你找一个工作。作为一个已经十年没有与亲戚朋友交往过的人,你回到故乡还有什么意思呢?这里城市大,机会多,能活得容易点。"

"我不需要很多机会,有一次机会对我来说就够用了。"邸一谢绝了管教的挽留。他甚至把管教为他写的几封介绍信全都顺手扔了。他认为他是可以把握得住又一次机会的,因为他已经不再是一个懵懵懂懂的孱弱少年。在过去的十三年里,他根本就没有想过再给自己留一条后路的事。

"没准你连住的地方都没有。你的亲人,唉……萌萌她……"萌萌给管教留下了美好的印象,萌萌唯一的一次探监,就是这位热情的管教接待的。而邸一,不仅不给萌萌写信,也不与萌萌见面。

"我不找她。"邸一坚决地说,"我也没有亲人。"邸一说完,急不可耐地告别了忧心忡忡的管教。

眼前的道路像一棵树的许多根须，呈放射状，在行人和车辆的遮掩下，若隐若现地向远方延伸。邸一没做任何辨明方向的努力，他知道，不论哪条道路，只要不停地走下去，就一定能够远离监狱。而一旦他远离了监狱，也就是远离了畏怯、恐惧和无奈；即使他再一次回到这里，那么他的归来，也会是一种完事大吉的凯旋或者尘缘尽灭的结束。对于这一点他是有把握的。于是在这样的时刻，对于饥饿和疲累，邸一便可以一概置之不理。

二

上午第二节课是语文课。语文老师是一个抽旱烟的年轻男人，他身上的味道非常好闻。我们同学都不怕他。当语文老师背对我们往黑板上写生字时，我把一个写着"王八蛋"的纸条别在了王一工的衣领上。王一工坐在我前边，我用细铁丝别纸条时，他一点也没有发觉，他正在专心致志地读钱红借给他的故事书。钱红坐在我旁边。她掩嘴微笑的样子像个大姑娘。我记得有一回我问钱红长大了干什么，钱红不屑地说：我已经长大了。弄得我半天没回过神来。其实钱红比我小好几个月呢。后来，蒲河煤矿那两个招工的人说我还是个孩子时，我也是这么说的：我已经长大了。可是我说这样的话时，就没有钱红那么自信。看着钱红掩嘴微笑的样子，我又想到了工作的事，我的目光落在了讲台上语文老师那个黑黢黢的旱烟口袋上。语文老师才二十一二岁。就在这时，教室外边有人敲门，语文老师朝门口瞟了一眼，继续写字。可是胆怯生硬的敲门声持续不断，就像一只老猫孤独的磨牙。语文老师只好扔下粉笔，不太情愿地走了出去。教室的门一关上，我们立刻都活了，像新打上来的鱼似的。我急不可耐地站起来，刚想伸伸懒腰或者发出点怪声，语文老师又从门口缩了回来。"你出来一下。"他对我说。语文老师不光声音低缓，看我的目光也十分特殊。我有些迟疑。我吃不准他抓住了我什么把柄。因为这时候，我已经异常麻利地又坐了下来。听了他的话，我还没有完全坐好的身子重又站了起来。"我怎么啦老师？"我问。所有的同学都看着我，我做出一副嬉皮笑脸的样子。"没怎么，是有人找你。"语文老师并无不快。我注视着语文老师的表情，慢慢腾腾地向门口走去。我听到身后传来了压低的笑声，我越往前走，身后的笑声越响亮。我根本没想到后边的同学可能是在笑我，我只是在猜，有谁会在上课的时候找我呢。我走过语文老师身边的时候，又闻到了那股好闻的旱烟味，我抽了抽鼻子，插在口袋里的手指触到了早晨抽剩下的半截烟头。语文老师伸手拉住了我，我把手本能地从衣袋里拿了出来。我看到他从我身后扯下来一块白纸，揉成一团扔到了撮子里。这时我才意识到，刚才在我往前走时，同学们是在笑我，我身后也被人别上了一条尾巴似的纸条。我扭头看看坐在我身后的许海生，许海生正笑得龇牙咧嘴。

走出教室，我看到了站在教室门口的林大婶，她一副慌慌张张无所适从的样子。她的脸上是一片已经干涸的泪水残痕，被尘土涂抹得乱七八糟。林大婶是我家邻居，和妈妈一样，也在街道的生产组绣花。她一看到我就将我一把抓住，那双肥胖的大手好像已经悬在空中等待了多时。她眼里的泪水重又开始流淌，嘴里吐出的口臭味，径直扑进了我的肺管。我躲闪着问："怎么了大婶，你这是怎么了？"我不好意思把林大婶甩开，只能支起双臂，用以控制我们之间的距离。我记得有一次我要揍老叔，妈妈就是这么紧紧地拉着我哭泣，当然妈妈嘴里呼出来的气息是甜丝丝的。"快跟我回家孩子，你妈病了。"林大婶拉着我就往外走，我还从来不知道她有这么大的力气。"不行大婶，我这正上课呢，我不能旷课。"我扭身想往回走，我听到了语文老师在门板里边唱歌似的声音："群贤毕至，少长咸集。此地有崇山峻岭，茂林修竹。又有清流激湍，映带左右，引以为流觞曲水……""你这孩子，你妈都病了你还上什么课。再说老师也给假了。"我又想了想说："那我也不回去，我又不会治病，我回去也没有用。"就这样，我和林大婶在走廊里僵持了好一会。最后林大婶说我妈不是病了，是死了。我这才跟她一块走出了学校。

现在这个季节是五月的初夏，天气暖和了。由于刚从教学楼里走出来，太阳晃得我有些睁不开眼睛。结果我一眼没有注意到，操场那边便飞过来一只足球，实实惠惠地砸在我腰上。我是一个挺好的足球边锋，以前都是我踢别人，一踢一个准，这会玩蛇的竟叫蛇给咬了，我觉得面子上有点过不去。我把足球在脚上颠了两下，一边冲着来球的方向破口大骂，一边想把球踢到院墙外边去。后来我看清球是另一个班级里我的一个哥们踢的，我便不骂了，球也给他踢了回去。那哥们凑过来问我干什么去。我没说我妈死了，我只说家里有点事。那哥们问我用帮忙不。我说不用了，然后又补充说，其实我回去也没什么用处。那哥们看我恋恋不舍地盯着足球，就把球又踢回到我脚下，我稳稳地把球开到了操场上。林大婶催我快走,我说:"你要是再晚来一会儿找我就好了。我们第四节是体育课,踢球。我挺长时间没踢球了,真想好好射几脚门。"林大婶却好像没听到我的话一样,她说:"你妈这辈子可真是苦命呀!"

我和林大婶回到家里的时候,家里聚了好多人,大多数是邻居,也有妈妈的同事和老叔的同事。有的人在哭泣,有的人在说话,有的人在发呆。妈妈躺在屋里地中央,身下垫着一张糟朽的门板,身上盖着一块簇新的白布。有人见我进来,把那条白布揭起来一角,使我能看到妈妈的脸。妈妈活着时是个漂亮女人,浓眉大眼,细皮嫩肉。可现在不行了,现在她死了,非常难看,难看得我都没法形容。我不愿意把她这种难看的样子留在脑海。我把被掀起来的白布重又盖上了她的脑袋。好多人都高深莫测地看着我,看得我有点手足无措。我不知道下一步应该干些什么。后来是林大婶捅了我一下,"你哭哇,你怎么不哭呢?"我这才想起来爸爸死时,大人们就都命令我哭来着。我暗暗地使了使劲,但尿都要挤出来了,眼泪却挤不出来。我有点不好意思地看着林大婶,希望她帮我出点别的主意。可还没等林大婶再说什么,一阵有些夸张的哭叫声,就从门外传了进来。我扭过头去,看到了姐姐。她跌跌撞撞,披头散发,就像有时候老叔在妈妈面前耍酒疯那样。姐姐比妈妈长得还漂亮,可现在,她的面孔扭曲变形了。她对屋里的人全都视而不见,径直扑到了妈妈的身上;她双手连抓带抱,嘴里说着一些不成句子的话:"妈呀妈呀——你这是为什么呀?你走了可让我怎么办哪……妈呀!"我看到,姐姐把妈妈身上的白布抓成了一团,让妈妈难看的死相暴露在了众目睽睽之下。我觉得胸口发闷,心里有些不高兴。可我知道这种时候我不好说什么。我估计姐姐的哭声一时半会儿是停不下来了，而我又不喜欢看她的这副样子，所以趁众人都拉她并且陪她抽抽答答絮絮叨叨的空当，我挤出了人群。

离开人圈儿空气新鲜了，我也就不再觉得胸口发闷了。在走廊门口，我刚想吐口痰，老叔的一个同事拉住了我。我烦老叔，所以我也烦老叔的同事。我很不礼貌地问他要干什么。那人倒没生气，甚至还试图笑一笑。大概他立刻意识到此时并不是微笑的时候，便又绷住了脸，结果搞得脸上的表情十分别扭，像冬天里保管失当的烂苹果。他先从兜里摸出一枚亮晶晶的金属别针，然后把一条黑布做成的胳膊箍戴上了我的右臂。他端详着胳膊箍的高矮松紧，有些妒意地拍着我的肩膀说："你这胳膊可真叫修长。"接着他又说："别难过小伙子，坚强点。这种事情谁也意想不到……"他的手掌挺有力量，拍在我肩上暖烘烘的。我感觉我的肩膀好像不那么单薄了。我认为他这人还是很会关心人的，就冲他点了点头，然后走出去，站到了五月的阳光底下。可是老叔的那个同事误会了我的意思，他以为我点头是叫他出来和我说话，所以我站在阳光下时，他就也跟出来站在了我身后的阴影里，耐性很好地等我开口。背后有一个人，我觉得不自在。过了一会我终于想起来一个问题，便问他："我妈好好的，怎么就死了呢?"他忙答："就是呀，谁也搞不清楚她为什么要上吊。"听了他的话我吓了一跳，我转过身来吃惊地看着他。他以为我没听清他的话，用双手卡着脖子又说了一遍，"谁也搞不清楚你妈妈为什么要上吊。"由于他的声带受到了手指的挤压，他发出来的声音有些滑稽可笑。

于是我知道了，妈妈是上吊死的。

三

也许，盯住那颗最黯淡的星星，便能看到故乡的小城。

夜风从背后袅袅袭来，冷冷清清的街路像一席安详的流水。邸一慢慢地在水面上漂浮，心头在重现着白天的印象。作为省会，这是一座其大无比的城市，走了大半个白天，邸一也无法看尽它的一角。邸一在这里整整生活了十年，可相互间的陌生与排斥，是他与这座城市唯一的联系。他并不想消除这种陌生与排斥，保留这种陌生与排斥，对他来说没准倒更好。但是从迈出监狱大门到离开这座城市，有十来个小时的空闲时间他无法打发，他实在控制不住自己在这个城市的街道上走走的欲望。于是，他看到了许多高楼大厦和红男绿女，看到了许多富足繁华和歌舞升平。十年前初来省城，他什么也没看到，那时，坐在一辆密封的囚车里，他忘记了外面还有一个偌大的世界。现在他看到了，虽然只是走马观花，他还是感到了都市对他构成的强大吸力。这样，一种怅然若失的情绪，便悄悄地将他包裹了起来。在这之后，不管他怎样试图摆脱诱惑，他所能够做到的，依然还是像一条漏网的游鱼那样，大口大口地吮吸着都市的香艳与奢华。

现在夜幕已经降临。如果穿过这条幽暗的胡同，他就能看到火车站缤纷的灯光。上午买好的车票就捏在手里，再有一个小时，那列夜行的慢车就将带他去兑现一个久远的诺言了。想到在后天的阳光里，一个正在衰老的男人因他而痛苦地死去以后，他年轻的生命也将迅速地随之而离开这个在他心目中依然新奇和神秘的美妙世界，他有些激动。这让他既能感受到一种宿愿已偿的欣慰，也能体会出一种一无所获的悲凉。

邸一不由得停下脚步，把头仰了起来。星星散布在晴朗的夜空里，每一颗都几乎有着固定不变的位置，这样，他所注视的方向便也可以无有变化。结果，由于过于专注于天上，他便忽略了有一串踌躇的脚步声对他的逼近，直到那脚步声的制造者打断了他固执的注视。事实上，那两个贴近他的身影不去打断他麻木的注视，他的注视也已经无奈地停止了。因为有一片灰色的云朵，遮住了他瞭望的星星，抢先隔断了他注视的目标。但邸一认为，是那两个贴近他的身影破坏了他的注视，甚至，是人与云的合谋在阻止他的注视。

"干吗呢哥们，找仙女哪？在这小胡同里等情人得往两边看。"两个黑影从两边夹住了邸一。黑暗使小胡同里冷气森森。

邸一望着他们。他们是两个满脸杀气的少年，站位合理，互有默契。邸一不知道自己是不是应该夺路逃走，但他料到对手肯定来者不善，他估计自己是逃不出他们手心的。所以他只是下意识地护了一下身上的挎包。

"你哑巴啦！来，把包给我，看看都有什么。"一个少年走上前来拿包，邸一想拒绝，可他看到了另一个少年手中的匕首。他没有动。

拿走邸一挎包的少年埋头翻包，手持匕首的少年没话找话。"我们仁义，哥们，没用的东西我们不要，你甭害怕。"

翻包的少年把包扔在了地上，"这个穷鬼，什么也没有。"他又过来翻邸一的上衣口袋。他的寻找切中要害，三下五除二，他就搜

133

去了邸一衣袋里的那个塑料笔记本皮夹子。那里边有一些钱和出狱证明。

翻包的少年一边得意地笑着,一边翻看那个塑料皮夹子,从他点钞的声音可以断定,对于纸币的把玩他训练有素。邸一也不知道自己的夹子里边有多少钱,但数额不大他可以叫准。他想,如果这两个小家伙嫌钱少没准还会搜去他的火车票呢,那他可就得再回去找那位热心的管教了。先求他帮忙找一个临时工作干几天,起码得挣出来一次单程的路费。这时,邸一发现那个翻包的少年停止了手上的动作,他就着月光,先是费劲地把钱夹举在眼前查看,接着又俯在持刀少年的耳边嘀咕几句什么,然后,他们一齐仔细地打量邸一。邸一估计,火车启动的时间差不多到了,即使面前这两个小家伙不没收他的车票,再磨蹭一会儿,他今晚大概也走不了了。

"你刚出来?"拿匕首的少年问。

邸一点点头。用硬壳的车票轻轻地叩击着自己的门齿。

两个少年又嘀咕了几句,上前把塑料皮夹子还给了邸一。

"对不起了大哥,实在是误会。这俩小钱也活不了命呀,要不要和兄弟一起做几天?"

"大水冲了龙王庙了。大哥你这出狱证明可得收好,下半辈子啥时候不想玩了还全得指着它证明咱已经脱胎换骨了呢。对吧大哥!"

邸一笑笑,说声谢谢,转身朝火车站的方向大步走去。

火车站的灯火和嚣嚷一齐向他迎面扑来。他听到了汽笛的召唤。邸一知道,即使他不再回头,那两个剪径的少年也会久久地注视着他的背影,直到他消失在绮丽的夜色之中。他感到了几分莫名的得意与失望。

四

那根黑色的尼龙绳弯弯曲曲地摊在我面前。我刚才使劲拉了一下，确实很结实，我的手险些被它勒破。老叔姐姐他们去火葬场了，让我在家看门，说如果有什么人来的话让我负责接待。我还没有去过火葬场，我是说我还没有进过火葬场的大门，我只在火葬场的门口走过。那回许海生我们几个去水源地偷苹果被看果的人抓住，他们就指着不远处的火葬场说："小兔崽子，不老实就把你们送火葬场的炉子里去。"现在，我真想借这个机会去看看火葬场的炉子，可惜他们非让我看家。

其实，我们这个破家没有任何可看之处。空空荡荡的两间屋子里只有床铺和箱子。同时，箱子也是吃饭和写字的桌子，而床铺也就是椅子。老叔没来我们家时，家里还有一些古代的瓶子、罐子、盘子、碗，都是爸爸活着时收集来的。妈妈说，那时爸爸为了积攒这些东西，总是省吃俭用地花钱买好烟好酒去跟别人换。后来爸爸死了，后来妈妈和老叔结婚了，后来那些瓶子、罐子、盘子、碗就在一片片的吵闹声中被老叔摔碎了。每回老叔摔碎一样东西，还要捎带着骂一句爸爸，好像他摔的东西就是爸爸。其实，老叔根本不认识爸爸，连我和姐姐对爸爸都没什么印象，我搞不清楚老叔为什么要恨爸爸。

林大姊来我家时，我已经无所事事地摆弄了好一会那条黑色尼龙绳。事实上说林大婶"来"我家已经不很准确，因为从昨天开始，林大婶就一直在我家忙前忙后的，几乎没回过自己的家。刚才老叔、姐姐他们把妈妈装进运尸车的匣子里时，林大婶还帮着我扔纸钱来着。她对老叔说："你们好好把淑珍（我妈妈叫淑珍）送去吧，我替你们看家。"听了林大婶的话我就钻进了大客车里，是老叔硬把我哄下来的。"你在家你在家，小孩子不能去那种地方。"这两天老叔对我格外客气，我当然也不好太给脸上鼻子了，况且我不愿意和老叔多说废话。我就只好又回到了屋里。看到窗台上的那条黑色尼龙绳时，刚好是我抽完了昨天剩下的那大半截烟头以后。

　　林大婶看到了那条绳子大惊失色，她想去抓绳子，可又怕烫似的缩回了手臂。她屋里屋头的一通翻腾，找出来一张抽抽巴巴的大幅白纸，把那条绳子严严实实地包了起来。由于林大婶和妈妈一样有缝纫绣花的基本功训练，所以她包拢绳子的手指异常灵巧，只用纸和绳子接触，那个纸包就被她板板正正地包好了。"你这孩子，盯盯地看它干什么，不怕晦气伤了你的眼？"林大婶胖胖的身子蹲在地上，后脑的头发有些凌乱。我说："怎么了？我看这绳子好像不是我家的。""不是你家的你说是谁的？你妈就是用它上吊的。"听了林大婶的话，我更想看看那绳子了，可是林大婶已经把它包好了。"我说这绳子怎么那么结实，原来是上吊用的。"我想妈妈一定是真的想死，如果她仅仅是要吓吓老叔，她尽可以使用家里那些一拉就断的糟绳子。林大婶把那个绳子包放在箱子上一个醒目的地方。我问："这绳子还有用？"林大婶痛心地看着我，"你这孩子呀，尽说浑话。这绳子还能有什么用，就是再有人上吊也应该另找一根干净点的吧。"我想的确如此，林大婶没有说错。我听到墙上的挂钟响亮地敲了一下,我知道这不是一点,是十二点半了。于是我打开半导体听评书连播节目。可是林大婶对我听评书连播节目十分不满。林大婶说我没心没肺,林大婶说以前她也是坚持听评书连播节目的,可现在妈妈死了,她根本就想不到诸如听评书连播这样的小事情。林大婶把半导体关掉以后,找了把条帚慢慢地扫地,并且絮絮叨叨地说了许多她和妈妈关系如何好的话。这我知道,我便点头说我知道,林大婶就好像挺满意的样子。扫完地,她又有意无意地向我提了不少问题,什么最近妈妈和老叔吵没吵架,妈妈说没说过什么生气的话之类。我只是望着墙上边的暖气管子随意回答。据说妈妈被人发现时,就是挂在那根铅粉剥落粗大肮脏的暖气管子上,像个摇摇欲坠的大风筝一样,被风吹得微微悠荡。最后林大婶问我:"你知道你妈妈是怎么死的吗?"我看着林大婶愣了好一会。"不是上吊死的吗?"我说。林大婶撇了撇嘴,点我一指头,"你这孩子咋这么笨?我不是这意思,我是说……""妈妈是让老叔欺负死的。"我想林大婶可能是希望得到我这样的答复。既然她希望,我得尽量满足,这两天为我家她可没少操心。可是我话一说完,林大婶又张皇失措地环顾左右。确认周围并无外人后,她才镇定下来。"你小孩子可不能这么瞎说呀。"她说。

后来又陆续来了一些人,他们看老叔没在,便随随便便地说几句什么就走了。但他们个顶个的神情沮丧,声调低沉,说出话来千篇一律,就好像他们的妈妈也死了似的,搞得我说起话来总要字斟句酌,战战兢兢的。后来当我歪在床上快睡着了时,许海生他们来了,他们说是老师让他们来看看的。他们说由于我妈妈是自杀的,如果老师来了不好说什么,所以老师就不来了。我说其实也没有什么不好说的,我妈妈又不是因为老师而自杀的,老师尽可以该说什么就说什么。他们就说也是这么回事。一阵冷场之后,有一个同学问我伤不伤心;可还没等我回答,他就又替我说:"不用伤心,人都死了,伤心也没用。"我点了点头。但钱红说:"怎么没用,伤心才能对得起死者。"许海生不同意钱红的观点,他说:"还是化悲痛为力量才对,光伤心死人也不能复活。"他还转过身去征求王一工的意见。王一工面对着箱子,许海生问他"对不对"时,他使劲地点头。可我能断定,他是心不在焉。因为他的眼睛正盯在我家糊箱子的一张旧报纸上。那张旧报纸上有一条关于外星人的消息,挺有意思,我有时站在他的位置上,也总爱看那条消息。这时又有人说了一句"为有牺牲多壮志"之类的话,我们每人便争先恐后地背出了不少关于死人的格言警句,还真挺鼓舞人心的。最后还是许海生从火葬场那改变了话题:"哎,你们还记得那回在水源地偷苹果的事不?"他一问男同学都笑了。女同学都不知所云,一个劲地问是怎么回事。有一个嘴快的男问学就讲:我们几个在水源地被抓的同时,还有一对男女也被抓住了,水源地的人审问那对男女,我们就在旁边看热闹。水源地的人问他们是不是两口子,他们开始说是,可在后来的对话中,他们的回答不知道出了什么漏洞,让水源地的人证明了他们不是两口子,他们便只好承认了不是两口子。水源地的人又问他们犯了什么错误,他们说犯了男女关系错误。水源地的人又问他们具体怎么犯的,他们说……这时几个女生都红头涨脸地堵住了耳朵,一个劲地喊不听不听,王八念经。那个嘴快的男同学说,那你们就是王八头,是你们让我念的经。我们男生全笑了。

这时我忽然想到我身后被人别了纸条的事。我沉下脸来问许海生:"你他妈在纸条上写的什么?""什么纸条?"许海生愣住了。正笑成一团的大伙也都愣住了。"他妈的,你有健忘症呀?""噢噢噢——"许海生明白过来我在说什么了,嬉皮笑脸地往后退,"对不起对不起,我不是不知道你妈出了这事吗。""你到底写的什么?"我还是追着问。可许海生不说,别人也不说。

后来老叔姐姐他们从火葬场回来了,家里的人又多了起来。许海生他们张罗着要走,我往门外送他们。在走廊拐弯时,钱红拉我一下,悄悄问我想不想去看电影,是个美国片子,她说她有两张电影票。我说那好吗?她说那有什么不好。我说你不是让我伤心吗,伤心怎么能看电影呢。她说对别人当然得说伤心,可伤心和看电影是两回事。我说那我就一边伤心一边去看电影吧。我们只做了个约定俗成的手势,就定好了半个小时之后在电影院门口的约会。

五

由于没有座位,邸一的栖身之地是车厢堵头的水池子。

这是一列缓慢而又冗长的火车,腥腐的气息在狭窄的空间里游荡,像是一些无孔不入的软体动物在袭击着人们的口鼻。车上的乘客似乎都是穷人,这从穿着打扮和行李架上的东西上能看得出来。偶尔有一两个有点身份地位的人,就像庄稼地里树着的稻草人,非常显眼。夜间旅行枯燥乏味,对人们的耐力是个极好的训练。更多的人是处在睡思昏沉的状态被动接受训练的,因为条件的限制,不论男女,全都痛苦万状地扭曲着身体,受刑一样。也有人是通过玩扑克或者说话来主动向耐力训练挑战，但无止无休的玩与说很快又构成了新一重的枯燥乏味，使枯燥乏味的抵抗者们，终于还是落得个情绪不高，无精打采。

这样，在拥挤不堪的火车上，大概只有邸一是个毫无倦意的例外。现在，邸一捧着一本刚才从一个男列车员手里买来的杂志，正一字一句地潜心阅读。

本来，在那个卖杂志的男列车员最后一次从拥塞的人缝之中走过之前，邸一并没有想到要读一本杂志，他知道，自己从来就不是一个喜欢读书的人。那时的他，一直在全神贯注地看一个年轻女人。邸一对女人的认识只是一知半解，尤其是已经十几年没见过女人了，他几乎忘记了什么是女人。在狱中听狱友们谈论女人时，他总是不以为然。尽管他也渴望女人，但他不知道为什么女人会那么让男人着魔。白天他在街上走了大半天，好几次都与女人贴在了一起，虽然他也曾怦然心动，可毕竟那时他已经目不暇接了，便也没去多想什么。这会在火车上闲极无聊，又恰好就有一个年轻女人站在了面前，所以，只是于偶然之中，他才犹犹豫豫地琢磨开了女人。

邸一想，这肯定是一个只身出门的泼辣女人，在周围男人的碰撞、注视和烟雾笼罩中，她居然始终神态自如，安之若素，这真不简单。邸一认为，这个年轻女人所做的大概是一次短途旅行。没准是一个倒班的通勤女工，因为看得出来，属于她的所有东西，只是她肩上的那只女式坤包，而且那个小包更多的也只能起一种装饰作用。邸一发现，也许是因为疲劳和困顿吧，女人摆在他面前的站姿并非一成不变，而是在不时地进行调整和改换。她忽而面冲邸一，忽而背对邸一,如同一本有趣的书,可以供人从不同的页码开始阅读。当然了,邸一比较喜欢看的是她的侧身。她的侧身跌宕起伏,凸凹有致,使她身体的每一部分内容都能较为鲜明地呈现出来,让邸一得以有一种立体的把握。邸一希望这个线条优美的女人对他长久的注视能给予一些善意的回报,因为他能感到,这个女人已经意识到了他与众不同的炽热目光。可是,女人的知觉却含而不露,深藏在习惯性的冷漠与麻木中。这样的结果可想而知,初出茅庐的邸一无计可施,他只能默默地去体会某种隐秘的失望。在这之后,邸一逼使自己换了一个角度去看待问题:尽管女人的肉体确实诱人,但女人也像男人一样,在闷热的车厢里,身体散发出来的汗水味臭不可闻。于是,邸一的目光最终离开了那个年轻女人娉婷的身体,双眼经过了一段毫无意义的合拢以后,投向了那个深夜里最后一次往来叫卖过期杂志的男列车员。

后来,邸一的注意力就被杂志的内容吸引住了,直到凌晨的列车停在了某一个荒僻的小站。这时邸一抬头,他发现,那个原来站在他面前的年轻女子已经不知去向。他享受着一种解脱了的快慰。他庆幸那个女子没有接受他的注视。如果她回答了我的关注,邸一想,我的准备了十三年的归乡旅行不是将半途而废吗。邸一奖励了自己一个苦涩的微笑,毫无目的地伸长了脖子往车厢里看去。他看到一个男青年手脚麻利地从货架上拎起一只精致的方形黑色皮包以后,神色慌张地经过他身边向车门口走去。在男青年的身后,是一群熟睡的旅客。邸一感觉到有些地方不大对头,可他又不敢保证真有什么地方不对头了。也许,那个男青年一塌糊涂的穿着打扮和那个黑色皮包的精致组合在一起,会是另一种形式的协调一致吧,谁知道呢。邱一只能用杂志挡住了自己的面孔。这时,火车又一次开动了。这时,他听到车厢里边有一个还带着睡意的惊恐的声音在撕裂般喊叫:

"我皮包呢?我的皮包让谁拿去了?我装钱的皮包丢啦!"

杂志上的字句越来越有趣,邱一情不自禁地念出了声音:

"……正当大火熊熊,无人可以靠前之时,有一辆汽车从远处疾驶而来。众人急忙闪开一条通道,看着那汽车冲向着火的仓库。只见那驾驶汽车的人跳下车来拼命打火,众人大为感动,一拥而上,终于将火扑灭。许多记者拥向那个驾驶汽车的人进行现场采访,并问他,仓库的主人许给他的大笔感谢酬金他要怎样使用。那驾驶汽车的人拍打着他的汽车大声说道:'我得先把这汽车上倒霉的刹车修好,要不然,它还得把我送到火堆里去。'"

六

我和钱红离开电影院时,天色将黑,看不出眉目的大街上车水马龙,行人匆匆。我们挑选着墙根胡同走在回家的路上,胆子比白天大了一些。以前我和钱红也看过好几回电影,都是钱红买的票。钱红家的经济状况比我家好。我只请钱红去过一回公园。那回我借了个相机,买了个胶卷,但冲洗胶卷的钱是钱红花的。本来我也攒下了冲洗胶卷的钱,可钱红不干,她说那个卷里她的镜头多,她想先睹为快,所以她拿去冲洗了。果然那个卷里钱红的镜头多,可以拍十六张的那种120照相机,有十二张是属于钱红的,有三张是我的，另一张照坏了。那天我提出去公园的理由是下雪了，可以拍雪景。钱红当然乐不可支，她比我们约定的时间早半个小时就到了公园门口。我在给她拍一张以缕缕树挂为背景的脸部特写时，曾萌生出一种要吻她一下的欲望。在取景框里，她的脸蛋白里透红，被绿围巾衬得鲜嫩欲滴。她嘴里吐出团团雾气，蓄满笑意的眼睛一闪一闪的。我告诉她别眨眼睛，可冰凉的雾气直往她的眼睛里钻，只要她想睁大眼睛，她就没法控制住眼睛的眨动。这样我在取景框里观察她表情的时间就拖得格外长久。后来当我把快门按下来时，我就想好了要在她脸上重重地吻一下。可是由于我的精神的瞬间溜号，钱红的这张特写照片就成了那张照坏了的照片。

　　不过我的平生第一吻始终没有实现。因为雪后的公园里游人如蚁。许多孩子们在打雪仗，孩子的家长在傻乎乎地微笑。也有一些年轻恋人在堆雪人儿或者拍照片，肆无忌惮的喊叫声此隐彼现。我不再为钱红选择用于拍照的优美背景，我只带着她走向公园的深处。我似乎一下子明白了隐蔽的意义。在一个避风的墙角，我说我想歇一会抽支烟。这时善解人意的钱红已经与我近在咫尺了。我叼上烟，拿出了火柴，钱红便把手和脸都凑了过来为我遮风。我知道这是一个接吻的机会。我快速地拿掉了嘴上的香烟，把冰凉的嘴唇向她脸颊靠去。可就在这时，钱红大笑着跳了起来，绿色的围巾拖向白色的雪地。我以一种滑稽的姿态僵靠在墙上，怔怔地望着她。钱红指着墙根，笑得透不过气来了。"黄金塔，黄金塔。你怎么选了这么个地方……"我看到钱红手指的地方有一摊新鲜的粪便。那东西体积庞大，轮廓分明，似乎还冒着袅袅的热气，显而易见，它是被一个成年人制造出来的。我的热情立刻丧失殆尽。我不知道钱红说我选了这么个地方是指什么,是指我抽烟还是指我要吻她。反正从这以后,我要亲吻她的欲望便雪释冰消了。

这时我和钱红要分手了,在一片街灯的阴影里,我发现钱红的眼睛水波闪闪。刚才我们看的那部电影里,那个美国女中学生就总是用这种眼神看她喜欢的那个篮球中锋。我感到钱红似乎要对我说些什么,她在捕捉我的目光。我往远看,我看到一个中年妇女从路灯下走过。虽然她拿了不少东西,穿着也朴素,可她神色安详,脚步轻快,满脸自豪。在我的注视中,她风韵犹存的脸慢慢地变成了妈妈的脸。我就想,如果是以前,我这么晚还不回家,妈妈就要着急了。现在则好多了,以老叔对我的态度,我死在外面他也不会惦念的。我觉得心里边挺不得劲的。这时我听到钱红轻声说:"你为什么一声不吭?"我急忙把目光从远处收了回来。我想说我没看出来有说什么的必要,如果我说妈妈说老叔你会有兴趣去听吗?当然我没这么说,我只是挖空心思地去寻找与她有关的话题。凉爽的晚风使人清醒,很快我就想到了一个。我说:"哎,钱红,许海生在我身后的纸上写的什么?"钱红愣了一下,大大的眼睛使劲地瞪我。"你想说的只有这个吗?"我谨慎地点着头。我不明白钱红的问话是什么意思。但我看得出来,我提出这样的话题她依然失望。我尴尬地冲她苦笑,她恶狠狠地背过身去叫嚷:"'吊死鬼'!"恰好她说话时,有一辆破卡车从我们身边驶过,轰轰隆隆的,溅起的灰尘蓬蓬勃勃。我追着卡车驶去的方向骂了一句,便一时没反应过来钱红说的是什么。"什么什么?你说写的什么,再说一遍……"我讨好地对着钱红的后脑勺反复询问。我发现钱红的头发不那么浓密,这大概随她爸,她爸是个半秃的处长,她妈是个头发黑厚的会计。忽然钱红猛地转身，险些没撞上我的鼻子，她绝望地把脸向我逼近，搞得我心里发毛，只能节节败退。"许海生在那张纸上写的是'吊死鬼！'是'吊——死——鬼——'你听明白了吗？"说完钱红就大步走了，长长的大腿和小小的屁股有节奏地交替摆动着，马尾巴小辫敲打着脖颈。看着钱红的背影，我默立了良久。我不明白，许海生怎么能提前知道我妈妈会上吊而死呢。后来我想，许海生说的也许不见得就是妈妈上吊自杀这件事，他一定是觉得我这瘦瘦高高的样子有点像吊死鬼，他写那个纸条跟妈妈上吊这事只能是一种巧合。

夜色渐深，虽然我不愿意回家，可这么晚了，我实在是无处可去。

我回到家里，已经快九点了。我发现屋子里发生了变化，床和箱子的位置都经过了调整。对于一成不变的旧格局的破坏，给了我一种新鲜的感觉，我有些不合时宜地问老叔和姐姐哪张床铺归我住。结果我话说一半就咽了回去，因为我看到，站在老叔身旁的姐姐正在掩饰什么似的擦眼泪，而老叔则气鼓鼓地靠在门框上吞云吐雾。我想一定是老叔又欺负姐姐了。老叔总是找姐姐的麻烦，有好几回我从外边回来，都看到姐姐是这么种样子。其实在人们的眼里，姐姐向来是个讨人喜欢的姑娘。而且据我观察，老叔也是很喜欢姐姐的。可是为什么喜欢人家还要欺负人家，我搞不清楚。我曾问过姐姐，老叔为什么总欺负她，可姐姐总是说没什么，还让我别告诉妈妈。我当然不会告诉妈妈。我讨厌妈妈在老叔面前那副低三下四的样子，我知道，即使我告诉了妈妈老叔在欺负姐姐，她也无可奈何。有一次我和老叔吵过架后妈妈说我，我气咻咻地责问妈妈："你为什么要跟他结婚？害得我和姐姐跟着遭罪！"妈妈哭得委屈而窝囊："我还不都是为了你们吗……"从此以后我什么也不说。

姐姐去厨房给我端饭，问我去哪了这么晚才回来。我想说我看电影去了，可我忘记了刚才那部电影的名字。而姐姐有一个特点，就是爱记电影名演员名。如果她知道了我刚看过电影，一定会问我看的是什么。我自然答不上来，她就又得批评我心不在焉什么的了。所以我只好回避她的问话，埋头吃饭。过了一会儿，我看她用一条湿手巾擦脸，我就说："你怎么又哭了？"她说："没有，我是想咱妈。"我认为这样的解释也说得过去，便无话可说了，只是使劲地看她的眼睛。姐姐有些慌乱，她缺少与人对视的训练。我则不然，每回打架之前，都要跟对手互相对视，有的还真就能把对手看得六神无主。现在姐姐就有点六神无主了。其实她没道理六神无主，我又不是跟她打架，我只是觉得应该看点什么。姐姐躲闪着我的目光，装作没事似的去给老叔放被，还问老叔是不是困了。我忽然想起了有一回钱红对我说过的话：你姐姐像你妈妈一样，是个天生的受气包。看来，还是女人了解女人呀。我便对着姐姐的背影又说："你像妈妈一样，是个天生的受气包。"

小时候，我和姐姐关系亲密，无话不说，不论在什么事情上她都让着我。可是有一回她光着膀子在家里擦澡时让我撞见了，我就觉得她白白的肉体有些恶心，后来我就不喜欢她了。也许是因为她长成大人了吧。她的个头比妈妈还高，大屁股，大胸脯，大嘴大眼，头发还天生发黄，好像电影里看到的那些外国女人。她的美丽让人看上去邪念横生。

我嘴里慢慢地嚼着饭，目不转睛地看着姐姐放被。由于她弓着腰，身上的衣服便显得异常瘦小。老叔也在看姐姐的背影，大睁着的眼睛像两张小嘴。过了一会,老叔注意到了我的目光,便把视线转向了我。"你小子说这话是什么意思?"他一步步地向我走来,把照向我的灯光都挡到了他的身后。我一时没反应过来老叔在说什么。等到我的视力适应了眼前的幽暗以后,我才又一次想起了钱红的话。可钱红说这话时是什么意思呢?我确实忘了,老叔这一问,还真就把我给问住了。我用筷子敲着脑门说:"什么意思呢?没什么意思吧。""没什么意思?"老叔冷冷地笑着,"你妈不在了,以后你得懂点事了,我可不惯你……"我有些不快,妈妈已经死了,啥事跟她也没关系了,他们干吗还总是把妈妈挂在嘴边。姐姐哭说是想妈妈,老叔跟我找碴说是因为妈妈不在了我才得如何如何。其实都没必要。我丢下饭碗对老叔说:"你想惯我什么?我看你是让妈妈和姐姐把你给惯得……"我的话说不下去了,居然我也把妈妈给扯上了,这可违背了我的初衷。我想无须再说废话了,如果有兴趣,我可以立刻和老叔打一架,即使打不过他,也可以泄泄怨忿的。然而姐姐已经息事宁人地把老叔推了出去,我听到姐姐在北屋说:"……你看我的面子,我慢慢跟他讲……"接着我听到姐姐很好听地低哼了一声。

晚上睡觉,我和老叔在南屋,一人一张单人床;姐姐在北屋,睡以前妈妈和老叔合用的那张双人床。我躺在靠窗子的木板床上,大睁着双眼。夜色把流动着的空气调得又浓又稠,在我的周身上下挤来拥去。窗帘没有遮严,透过边角的缝隙望出去,天上的星星好像就挂在我的头顶。箱子的另一侧已传来老叔轻微的鼻息,可我还在辗转反侧。妈妈已经简简单单地死了,明天我又得上学去了。一个没爹没娘的孩子,上学肯定就更没意思了。我感到身上有些发冷，便蜷着腿裹紧了被子。

七

在邸一的记忆中，这只不过是一座平淡无奇的小城。小城本身相当丑陋，一些肮脏的街道和一些破败的楼房是它的主要景观。可是现在，夏天的感觉初临小城，小城的黄昏竟也呈现出了许多美丽的图像，这使邸一不胜惊讶。邸一站在新建的车站广场上举目四望，某种苦涩的情绪像黄昏的色彩一样漫过了他的胸口，使他心脏的跳动无法保持平稳和正常。他已经坐了一天一宿的火车，他已经呼吸了十三年异乡的风尘，现在他站在了家乡的土地上，他畅快地将一口污浊的淤气倾吐给已经陌生了的小城。他感到了某种异样的满足。他有些不辨东西了，他需要让自己荒芜的视线里充满一些往昔的内容。他点燃了兜里的最后一支香烟。

这时有一个女人的身体封堵住了他的视线，使他在一瞬之间竟然产生了幻觉：是哪一个人得到了我归乡的消息前来接站呢？

"想住宿吗大哥，我家有地方，还便宜。"

邸一的身体晃动了一下，接着他清醒了过来，他重新站稳了。"我——不住宿，我……"

"住吧住吧，天都晚了不住宿怎么行。"女人拉住了他的手臂。他的手臂在女人的摩挲下，凉爽且柔软。

邸一看到，面前这个女人像黄昏一样美丽而憔悴，脸上涂抹的脂粉不很均匀，但香气浓郁。在她的眼睛里，似乎隐藏着什么忧伤，因为她淫荡的笑容背后好像还有一些道不尽的内容。邸一觉得，与火车上他曾仔细观察过的女人相比，这个女人显得更真实些，当然并不仅仅是因为火车上的那个女人对他不屑一顾。邸一礼貌地挣脱了女人的摩挲，挥手指了指小城的黄昏，用一种无法掩饰的乡音说：

"我确实不用住宿，我是，回——家——"

邸一在说完"回家"这两个字以后，顿觉双颊发热。他感到了一阵温馨，又感到了一阵恶心。在到省城的监狱之前，他曾在农村的拘留所度过三年时光，在那三年里，他每月都会收到一封来自这座小城的信函，可他总是看也不看便撕成碎片。到了省城的监狱以后，自从他拒绝了会见萌萌，来自这个小城的片语只言就也没有了。那个友好的管教多次对他说：你应该主动给家里写信。他执拗地回答：我没有家。现在没有家的邸一被自己脱口而出的话语震慑住了，他几乎不敢相信刚才的话是自己说的。他听到了在耳畔的周围到处都有嘈杂的乡音。他感觉到膨胀的小肚子里有急湍的尿水正在上下翻腾。于是邸一手足无措地留给了面前的女人一个生硬的微笑表情，说声"对不起"，踩灭并没吸完的烟头，转身向厕所疾步跑去。

接近厕所的过程是他重新平静的过程。在邸一看来，车站的厕所也应该是他故地重游的地方。十三年前，他离开这座小城时的最后一件事情，就是在这个厕所里蹲了十八分钟。他曾希望在那短暂的十八分钟里，能有机会脱身逃掉，去最终杀死那个生命力顽强的男人。可是押解他的警察影子般的忠实，硬是在臭气熏天的厕所里等了他十八分钟，看着他勉强挤出来的屎球像子弹一样嗖嗖地射进幽深而黄稠的汤汤水水中。从此以后，他一直诚实改造，不谋他图。他知道，如果他的逃跑获得成功，那么忠实的警察将担当失职的罪名。他不忍心牵累别人。他那时就把所有的计划都留给了十三年以后的现在。现在，他终于又回到了这个曾让他端正服刑思想的地方，而这时他才切肤地意识到，原来十三年是那样一段漫长的、令人望而生畏的遥迢岁月。他看到，以前那间衰朽而污秽的厕所已经今非昔比了，漂亮的棕白两色瓷砖在厕所的墙壁上镶出了美丽的图案。厕所门前的水磨石台阶如同几面躺放着的长形镜子，两个咫尺相对的入口处，分别画出了性别不同的两尊人头像。在男女两个人头之间，坐着一个神气活现的白发老者，他像趾高气扬的厕所那样，睥睨着那些夹腿收腹的匆匆来人。而那些被生理需要折磨得魂不守舍的男男女女也确实对他恭敬有加，每人交一角钱向他换取拉屎撒尿的权利，就像囚徒终于如愿以偿地以刑期换回了自由一样。邸一感受到了一种世事沧桑的强大力量。

邸一从厕所出来以后，开始对这座他故乡的小城充满了敬畏。他站在厕所华丽的雨拱下，问那个收屎尿钱的老头去仁义街怎么走。老头用浑浊的白眼球看着他微笑，直直地伸出了一根僵硬的手指。邸一不明白老头是什么意思，他把问话又重复了一遍。老头说："一块钱咨询费。"邸一不再说话，默默地离开了老头。他希望他可以独自寻找到早已遗忘了的方向。

当天色渐渐黑尽时，久觅不得的方向使邸一备感焦躁。他重新向那个收屎尿钱的老头走去，他在手里边准备好了簇新的一元钱。忽然，他感到自己的胳膊又一次被人拉住。他停下了脚步。他看到刚才邀他住宿的那个女人正目光亲切地盯视着他。

"大哥，你为什么不去我那里住呢？难道你觉得我不好吗？"

"你不好？"邸一看看女人又看看厕所门口的老头，他的声音像黄昏那样颤动起来，"不……不是，我真的想去仁义街，我家在那。"

"行啦行啦，一看你就是有日子没回家的人了，早一天晚一天回去还不都是无所谓的事。你去我那住一宿吧，你会觉得跟到家了一样的，明天我把你送仁义街去。走吧大哥，我真的挺好，难道你看不出来吗……"

"这——"

"你跟我走吧大哥，我不是坏人……"

八

连续几天，我都换了个人似的，不调皮不捣蛋，认真补写落下的作业。语文老师立刻发现了我的进步，好几次在走廊上都主动与我打招呼。他劝我别太压抑自己，"你再垮了，那真是赔了夫人又折兵。"说完他又承认自己用词不当，"作为语文老师不应该犯这样的错误。可我的意思你能明白吧？"我说我明白。他挺满意。他说他喜欢打架厉害的男生。"倒回去几年，我打架都快打出瘾来了。"他把我拉到他的独身宿舍去，还给我倒了碗白开水。他眼里噙着泪水说："你还比我多享受了几年母爱呢，我七岁就死了母亲。父亲的粗暴和继母的白眼使我饱尝了生活中的人情冷暖，世态炎凉……"我断定语文老师对我还不了解，就提醒他说："我不光没了母爱，我在还不懂事时就先没了父爱。"语文老师有些惊讶，"这么说你是孤儿了，真是的，真是的……"他很冲动地紧紧握住了我的双手，声音低沉地说："其实有时候亲人的去世更有利于孩子的成熟，许多成就卓著的人物都有过不幸的童年。"语文老师到底是教语文的，说出话来与众不同。我想告诉他妈妈死了使我轻松不少。可我没空说话，我的注意力都集中在了我们的手上。我不太习惯让别人长久地握着双手。我挣扎了一下，把手抽了出来。为了不使语文老师感觉到我的唐突，我怯怯地卷了一袋他的烟。他没有反对。他还表示理解地递给我他的火柴，他说他早就知道我们许多男同学都抽烟。

接着，我们班主任老师也发现了我的进步，还当着全班同学的面表扬了我一次。班主任老师教政治，是个老太太，有五十多岁了，她的特点是牙齿永远龇在嘴唇的外边。她找我谈话时，首先对没能去家里看我表示歉意。我说这没什么，我说妈妈死了又不是我死了，我是你的学生妈妈又不是你的学生，你没什么可道歉的。我话没说完，班主任老师就皱起了眉头。我连忙又补充说："许海生他们代表你去我家了，这就够了。"班主任老师又问我家里边有什么困难没有，又问我这两天耽误的课程是否跟得上，我一一作答，并且表示感谢。接下来是一阵比较尴尬的静场。我猜想班主任的话并没说完，便不好主动告退；班主任则摆出一副冥思苦想的样子，用乱糟糟的牙齿去摩擦龟裂的嘴唇。我估计她下面要引出的话题大概有点难度。果然，她再说话时的声音就不那么亮堂了，好像嘴里边含了口开水。"还有这么个事——是公安局那边让问问你的。你也不用紧张，怎么想的或者是什么样子你如实说就行了……"我的呼吸急促了起来，脑袋发涨，嗓子发干，我很想也含口开水什么的。对于我们这些向往暴力向往放纵向往无拘无束自由自在的中学生来说，"公安局"这三个字具有一种奇特的效力，它让人战栗也让人兴奋。前年许海生因为打架在公安局待了一天半，回来后，他吹牛整整吹了一年半。我故作镇静地望着班主任老师，我想说我没什么可紧张的，可我脖子里的声带仿佛缩成了个死疙瘩，根本就无法发出声音来。班主任老师接着说："是这么几个问题：你妈妈系非正常死亡，你知道不知道她为什么要死，或者你是否感到她的死有什么可疑的地方；你妈妈死了，这是个大事，可是据反映，你对你妈妈的去世没有表现出应有的悲伤和痛楚甚至有点麻木不仁，这是为什么；你的继父与你妈妈关系一向不好……"这时我已经不紧张了，我只是觉得有点扫兴，好不容易公安局在我的生活里出现了一回，竟是为了提几个这样的问题。班主任老师喋喋不休地又说了许多话，最后她解释道：本来这样的问题公安局是要亲自问询的，是她怕我承受不了，才代为了解。我已经不再全神贯注地看班主任老师的牙齿了，我去看一只在班主任老师的牙齿上寻找落脚之地的苍蝇。那只苍蝇肥大而笨拙，在经过了久久的盘旋以后，并未能在班主任的牙齿上找到休憩的位置。它可能是有点失望，便飞走了，在我的追踪注视下，落在了数学老师的耳朵上。年轻的数学老师正伏在办公桌上睡觉，半个红润的脸蛋偏向我们，耳朵冲天。那只苍蝇蹲在她的耳垂上，像一枚翡翠饰物，宁静而安详。

　　这一天的下午我在老师办公室里足足坐了两个小时，中间只出去撒过一回尿。因为我实在没什么好说的，可又不得不东一句西一句地说点什么，所以不管我说什么，班主任老师都无法满意。最后她彻底被我激怒了，把牙齿磨得嘶嘶尖响。她拍打着桌子对办公室里的其他老师说："真没见过这样的学生，根本不懂得领情，看来就得让公安局收拾他才老实。一顿电棍，问啥说啥。"

　　我回到教室，别人已经放学了，只剩下王一工在读故事书。王一工家人口多地方小，他总是最早上学最晚回家。我想我也该晚点回家，就坐到王一工身后点了支烟抽。我重重地吸一口烟，把头往前探，缓缓地将嘴里的烟吐在王一工脑袋上。王一工头发很厚，乱草似的，烟雾一钻进头发里，就像失去了逃路的蚂蚁，乱爬一气。最后没有办法了，才沿着发丝向上升腾，慢而重浊，久不散尽，非常好玩。我觉得这游戏挺有意思，吸进嘴里的烟便一口比一口多。当我把一根烟全部抽完，朝王一工吐出最后一口烟雾时，王一工把头扭了过来。他黑黑的脖颈支着张白白的小脸，眼镜挂在鼻尖上，眼睛吊到镜框上，很像电影里的账房先生。我以为王一工会不高兴的，现在我不愿意惹什么事端，我便友好地笑了一下。可王一工并没表现出不高兴的样子，他只是说："给我支烟行吗？"王一工从来不抽烟，甚至都很少和同学说话。如果谁把他得罪狠了，他顶多看你一眼。一般的情况下他不看人，只看书。现在王一工管别人要东西了（借书除外），这真是破天荒的事情，我当然不会拒绝。王一工抽烟时嘴抿得很难看，像正在下蛋的母鸡屁股。我看着他一个劲地笑，可王一工却异常严肃，两只眼球鼓凸的眼睛直勾勾地盯着我。我说："你怎么了一工？你这么看我我瘆得慌。"他说："钱红对你那么好，你怎么忍心伤害她？"我说："我没伤害她呀。"王一工说："你伤害她了，你不伤害她她不能那么恨你。"我说："我怎么伤害她了？"王一工说："我不知道你怎么伤害她了。"我说："你不知道我怎么伤害她了你怎么说我伤害她了？"王一工说："我不知道你是怎么伤害她的可我知道你肯定伤害她了。"这真是莫名其妙。我站起来骂他一句，背上书包就走了。我担心再和他说上几句，我会动手揍他。

第二天我才发现，钱红果然对我不理不睬的。我偷偷问她怎么了，她说你自己知道。我说我不知道。她说那你就想想。我哪有时间胡思乱想，第四节是体育课，我想踢球都要想得发疯了。

结果体育课后出了一件事。体育课是两个班一块上，我们四班和三班。体育老师先把女生和一部分男生打发一边去自由活动，剩下的他领着踢足球。全场踢了半个小时，我们赢三班五个球。五个球里我进了两个，另三个也都得归功于我的妙传。我很得意。可三班体委脸上挂不住劲了，因为自始至终是他重点防我。下课后我去洗脸的时候，和他走了个顶头碰。我想先打个招呼，可他扭过脸说了声"吊死鬼"。其实他的声音十分微弱，如果我装作没听见或者没听清，事情也就过去了。可是中午的太阳烤得我发烦，再说一场球只踢半个小时，让我觉得根本就没法过瘾。那个体委的表情也太富挑战性，树叶筛出的阴影在他脸上跳跃，使他的脸上堆满了嘲笑。我不想让事态扩大。我轻声叫住了他。我让他把刚才说过的话再重复一遍。这回他有点害怕了。他否认他说过什么。其实他应该知道我在这个学校是以什么著称的。我告诉他下午放学之后我要"教训教训"他。"我当然要找一个没人的地方，免得让你太掉价了。"说完我转身就走。可他却拉住我要跟我谈谈。这样有几个好凑热闹的同学就围了过来。我不愿意让那么多人围着我像看耍猴似的。我对那个体委说你让我走。可他就是不松手，嘴里还一个劲地建议我和他到老师办公室"谈谈"。我挣不开他，没办法，只好抡起了拳头。我只是想吓吓他，现在我不想给自己找麻烦，尤其是在学校里。再说"吊死鬼"的发明并不是他。可惯性使我挥出去的拳头根本就没法再收回来，而且我的出拳一向果断而凶狠。结果三班这位健壮的体委只剩下摇晃的份了，他脸上的嘲笑迅速消失，黏叽叽的鼻血蹭了我一手。我有些歉疚。我擦擦手说："既然这样了，算便宜你吧。咱们两清了。"我抽身走了。我听到他在我身后嘟嘟囔囔地说："你真打呀……"

　　我找到许海生时，他正在吃饭。我让他跟我出来一下，他说等吃完饭的。我说我也没吃饭呢，少吃一顿饿不坏。对许海生，我要比对别人客气一些，不是我怕他，主要是平常我们关系还不错。在校园外一个没人的地方，我让许海生给我跪下承认错误。他问我承认什么错误，我说你在我身后写吊死鬼的错误。许海生说这算什么，以前你也写过我我也写过你可谁也没让谁承认过错误呀。我说这回跟以前不一样，这回你一写我妈就真吊死了，谁妈就这么被你写死了也不能善罢干休。许海生说那为什么都过好几天了你才想起来找我。我只得如实承认，我说前几天我忘了。许海生说那既然忘了你就忘到底呗，反正你妈也死了，就算是我给咒死的，她不也不能活了吗。我说她是我妈，她不活了我还得活，我得要这个面子。许海生说你妈终究不是你吧，你不去上吊就不是吊死鬼，这还不比要面子有用。我说是这么回事，我也从来没准备上吊，可我就是想让你给我赔礼道歉。许海生笑了，他从腰里抽出一把刀来。"我倒是想给你赔礼道歉，可是它不干。"许海生掂刀的样子就好像我掂妈妈上吊用的那根黑色尼龙绳。我挺生自己的气。许海生有这招我可一点也没想到，这怪不着别人。我想我也应该预备一把刀的。我把手伸进兜里摸烟，可是烟盒空了。许海生把他的烟递我一支，自己也拿出一支叼在嘴里。我擦燃火柴把两支烟分别点着，便和许海生相对着默默抽烟。抽完烟，我说回去吧，许海生也说回去吧，我们就一块回教室上课去了。

整个一个下午我一直郁郁不乐。从这天以后，我渐渐发现，我已经处在了极度的孤立之中。在学校的任何一个角落里，我都能看到认识的或者不认识的老师同学们对我指指点点。

九

这样的夜晚使邱一恍惚，在他的计划里，绝没有和一个女人同床共枕的内容。当他早晨与那个温柔的婊子分手道别时，他甚至产生了依依惜别的酸楚与留恋之情。他无法否认，从昨天晚上那个婊子一出现起，他就意识到了她的身份，而且他也完全有可能摆脱她。但是他什么也没做，他只是自欺欺人地认为自己确实应该先休息一晚上。如果说在和那个香喷喷的婊子走在明晃晃的街灯下时他还有点自我责备的意思的话，那么当他爬上床去，任那个婊子滑腻腻的身体与他纠缠在一起时，他早已心安理得了。这一个夜晚，他成了个男人，但他几乎忘记了自己的使命。

现在上午的阳光一如既往。邱一所置身的故乡小城，呈现出不同于黄昏的另一种美丽。邱一更为仔细地端详着小城。从脚下辙印的深处，从眼前楼群的缝隙，他把早已遗忘了的小城的碎片拼成了往昔的模样。这样，在路人的指点下，沿着那个长方形的蓝色路标，邸一走到了仁义街上。

天空还是那样高远，树木还是那样稀少，十三年已经过去了，仁义街还是没有移动，但过去的仁义街狭窄而肮脏，几幢歪歪斜斜的建筑如同看不出颜色的补丁，缝缀在街道的两旁。而现在的仁义街不同以往，街宽路平，冠冕堂皇，仁义小区里所有的楼房都如出一辙，像一个模具里批量生产出来的优质模件。一些如烟的往事纷纭袭来，置身其中，邸一不知道自己对这所有的一切是熟悉了还是陌生了。就这样，一种熟悉的陌生与陌生的熟悉悬浮在初夏温热的空气之中，仁义街的形象开始晃晃荡荡地模糊起来，邸一感到无所适从。经过了一段长久的辨认和适应，邸一最终停下脚步，站在了小区的宣传板前，端详那幅已经油漆剥落的楼号示意图表。他希望从这幅平面图上，能看出一些有用的名堂。然而这是不可能的。环顾左右之后，邸一只能向宣传板对面的一家个体小卖店踱去。

在这个有些冷清寂静的普通的上午，小卖店的主人显得热情殷勤。邸一买完烟后，并没有立刻离开。他一边点燃一支高档的香烟，一边向店主人展露出谦卑的笑脸。

"大娘，你老知道以前在仁义街住的老户都搬什么地方去了吗？"

"搬什么地方去了？什么地方也没搬。"

"没搬？这……建小区以前……"

"建小区以前的人家都住十号楼，十号楼都是动迁户，我就是住那的老户。哎，你想找谁？一般老户我都认识。"

邸一一时有点语塞，他不知道他有没有这么早暴露自己身份的必要。如果他说出他是邸一，这个老太太大概不会没有印象。小卖店里，录音机开得声音很大，一男一女两个小品演员正在肉麻地调情，让人觉得他们是在床上演出。邸一装作没听到老太太的话，伸长了脖子朝十号楼的方向望去。刚才从宣传板上的楼号示意图上他已经注意到了，十号楼是这个小区最边上的一幢建筑。

"你想找谁吧，提老户我都知道……"精力充沛的店主人老太太几乎从卖货窗口钻了出来，瘪瘪的嘴巴挨近了邸一的耳朵。邸一知道他不好再搪塞了，他想到了一个当年的邻居，一个被他称为大婶的仁义街老人。他说出了那个大婶丈夫的姓氏和大婶的大体模样。

店主人老太太得意地笑了，"你是找她呀，太熟了，我们没事就在一块玩麻将，是麻友呢。她住十号楼的三单元三楼一号……"

邸一不等老太太把话说完，急忙道声谢谢大步离开。他担心如果他再站下去，那个古道热肠的老太太非得让他回答他是谁，从哪里来，到哪里去，找那个大婶干什么等一系列复杂曲折的问题不可。可是他什么也不想说了，他已经有了办法。

一个小时后，邸一重又进入了仁义小区的大院之内，他挎包里，多了一把锋利的尖刀。小区附近的百货商店让邸一满意，虽然只是一个小时的走马观花，可他还是浏览了那里边齐全的货物：电器车辆，烟酒糖茶，服装被褥，避孕用具，珠宝首饰，刀剑鞭戟……一派繁荣兴旺丰衣足食的大好景象。邸一在那些令人眼花缭乱的商品面前不敢多加驻足，他只是挑大号匕首买了一把。以前他根本没想到，武器也可以这么轻而易举得到，在狱中服刑的日子里，他至少为自己设计出了二十种杀人的办法，而用刀，只是其中最简单的一种。

邸一来到仁义小区十号楼前时,他觉得装了匕首的挎包越来越沉,以至于使他的脚步也迈得越来越慢了。

十

星期天,由于外面阴晦,我总也睡不醒。也不是完全不醒,而是睁一下眼睛又重新闭上,恢复一下意识再重新糊涂。这种时睡时醒的状态适合做梦,只不过我从来也记不住梦中的情形。后来有一种奇怪的声音骤然撞进我的耳朵,使我猛地在床上弹了起来。那是一声被控制住了的窒息的呻吟,能让人联想到疾病或者命案。我有点害怕,在最近的一段睡眠里,我总是能够听到类似的声音。当我彻底清醒过来以后,我不知道那种奇怪的声音来自哪里——梦中还是现实。我身上汗水涔涔,但心里瑟瑟发冷。我先看窗外,雨还没下,只是气压很低;我再看箱子另一侧老叔的床铺,被子凌乱,但已人去床空;我最后看我这间屋子的房门,房门是紧紧关闭着的,门板厚重结实,把一种可疑的征兆圈在了门口。我急忙穿衣下地。打开房门,我舒了口气,我听到了姐姐吃吃的笑声。我向厕所走去。姐姐住的北屋房门洞开,姐姐和老叔正挤在狭窄的厨房里做饭,菜肴的香味沁人心脾。我抽了抽鼻子,除了小肚子里的尿水,一身轻松。厨房与厕所只有一壁之隔,我进去以后,在厕所待了挺长时间,慢慢地摩擦便池子上的一块黄渍。当然这期间老叔和姐姐什么话也没说。我走出厕所,觉得应该由我主动说点什么,便问他们:"刚才那种奇怪的声音,是怎么发出来的?"姐姐说:"奇怪的声音?没听到呀。你听到了什么奇怪的声音?"姐姐穿了一件男式衬衫,是老叔的,袖子卷到臂肘以上,剥鱼摘菜干得风风火火。我想姐姐一定非常高兴,因为昨天老叔告诉她,再过些日子,她一结束初中学习,就可以去针织厂上班了。"又是你在做梦吧?你大概总做凶梦,吵吵叫叫的,我都睡不好觉。"从来也没有下过厨房的老叔在姐姐身后说话了。他这阵子一直对我态度和蔼。我有些尴尬。我转身往屋里走去。我说那可能是我听错了,不过确实不像是做梦。我听到老叔的声音追了出来:"做梦还有什么像不像的,准是做梦。"然后他们两个都笑了。

等待吃饭期间,我一直无所事事,肚子咕咕地叫,好像里边有小鸡崽在觅食。我到姐姐住的北屋去找一张旧报纸看,发现她床上的被子也没叠。床脚下不易发觉的地方丢着两个烟头,一个陈旧,一个新鲜。我又回到南屋看报纸,报纸上有个杀人的案例我已经看过好多遍了,所以看着看着我又睡着了。姐姐把我推醒时外面雨声很大,阴沉沉的天空让人看不出来是白天还是晚上。我愣怔了片刻,把报纸丢开,看到箱子上摆了许多好吃的东西,还有一瓶装潢精美的红葡萄酒没有开封。我在床上一磨身子,就坐到了箱子前,老叔和姐姐坐在我对面。我们每人面前都摆了一个酒杯,挺像那么回事的。姐姐扭开了酒瓶盖想倒酒,老叔拦住了她。"今天我来,今天是为你祝贺嘛。"姐姐酒没进肚脸先红了,鼓溜溜的胸脯好看地颠着。老叔把我们三个人的酒杯都斟满后,姐姐举着杯子对老叔说:"今天我得感谢你,没毕业呢就有了工作,我们班现在只有我一个。"老叔得意洋洋地哈哈大笑,"靠朋友呗,情意比啥都重要呀。"说着他拍了拍姐姐的脑袋。姐姐的头发在老叔的拍抚下蓬松而柔顺。我不看他们,只是埋头吃菜专心喝酒。我想妈妈要是还活着,看我们一家人这么和睦,一定会挺纳闷的。我不知道在这种场合我应该说些什么,便有些迟疑地把我的烟给了老叔一支。我以为老叔会拒绝或者借题发挥批评我几句,那样我就有话可说了。可老叔自自然然地就接了过去,而且还像语文老师那么随随便便地说:"我早就知道你偷偷抽烟。"我和老叔又没有吵起来,这让我感到有些美中不足。

　　酒足饭饱之后,外边的雨也停了。太阳有气无力地垂在窗棂,发出来的光亮湿乎乎的。老叔推说他夜里没有睡好,想清静一会,便倒在了自己的床上。我这人一向不胜酒力,这时我已经脑袋发大,胸口发闷,看什么东西都出双影了。我瞪了老叔一眼,也不知道他搁在枕头上的眼睛是睁着还是闭着。我也想睡一会,可这一天我睡得太多了。所以我只是站在地中央,既不敢坐下更不敢躺下。后来我实在有点挺不住了,匆匆洗了把脸。姐姐说你是不喝多了,不行就睡一会吧。我说喝这点酒才哪到哪呀,我睡不着。我想这么下去我肯定不行了,就对姐姐说:"钱红跟我说好几回了,她要问你一种毛衣花样是怎么织的。咱们一块上钱红家去吧。"我看到姐姐眼睛亮了一下,她这人编织缝纫都颇有办法,在这些问题上好为人师。可我听到老叔咳嗽了一声,姐姐就低下了头,"今天就算了吧,我还有不少活要干呢。我说你还是睡一觉吧……"我脑子里已经变成一片空白了,只记得从书包里拿出那把小巧的匕首揣在怀里,就晃晃悠悠地走了出去。

　　走出家门后,冷风一吹,我觉得好受了一些。不过我的行走依然漫无目的。我努力回想以前的星期天我都是怎样度过的，但是怎么也想不起来具体内容，好像只记得我所有的星期天都与许海生钱红他们有关。当然有一点是确定无疑的，以前我一个人无法独处，星期天常常忙得不可开交，都废寝忘食了。那时妈妈还活着，总埋怨我像个野孩子，把自己的家当成客店了。而现在，我成了个真正意义上的野孩子，家的概念在我这里已经彻底转化成为客店的概念了，可我却变成了无处可去的孤家寡人。我只能无依无傍地漫步在荒凉的街路上，茫然四顾，踽踽独行。尽管我很清楚，在这样星期天的日子里，我那帮素有默契的同学们将在哪几个地方活动，可我不能去找他们。他们已经不需要我了。我摸着怀里那把温热的匕首，感到雨后的泥泞异常艰难。

在菜市场路口，我看到围了一群人，还有吵架的声音从人堆里传出来。我没什么事情好做，也许看看热闹会使时间过得快一点。由于刚刚雨过天晴，街上的行人冷冷清清，可看吵架的人却多得挤挤拥拥。我斜着身子向人圈里钻去，渐渐听清了一个小伙子的破口大骂："……你他妈老不死的还跟我犟嘴？你看看你看看，你要不瞎你看看，这是不是泥。还他妈不承认，不是你蹭的是我自己抹的呀！你赔礼道歉，你不赔礼道歉我让你舔喽……"我循声先看到的是那个骂人的小伙子，他比我也大不了几岁，却穿着挺括，油头粉面。他身边背冲着我的是一个妇女，一手拎菜筐，一手去指那个奶油小生。"你……你这小同志……你怎么……"我听着这声音特别耳熟，探过头去，发现她居然是我的班主任老师。这种场面让我进退两难。旁边有一个老头一个劲叫大伙"劝劝"，可大伙只是嘻嘻哈哈，还有人说：是你老伴咋的？大伙就笑，那个奶油小生也笑。

这时班主任不知为什么回了一下头，也许是为了表示对围观者的气愤，也许是为了进一步寻求帮助。结果，就看到了我。她看到我一愣，我看到她也一愣。不过在处理这种事情上，我比她经验丰富。反正也躲不过去了，我便上前一步，站到了班主任与奶油小生之间。"怎么着哥们，能不能对人家老大娘客气点？"我对奶油小生说。我装作根本就不认识班主任的样子。奶油小生上上下下地看了看我，估计是并没把我当一回事。"嘿，真是嗑瓜籽嗑出个臭虫来，还什么'仁'都有呢。小子你懂事的就躲开点。"我笑了笑，回头对班主任说："你走吧大娘，这里没你事了。"还没等班主任做出反应，奶油小生已抓住了我的脖领子，"好吧兄弟，那你给我舔喽。"我不再说话。我暗暗地运了口气，猛抬双手捏住他抓我的手腕，反方向用力一拧，顺势从侧面朝他的膝盖处狠狠踹了一脚，对我来说，操作这些招法轻车熟路。果然，那个奶油小生猝不及防，他只来得及"哎哟"一声，就趔趔趄趄地退出去好几步。我知道他不会善罢干休。他没我高，却比我壮，我不彻底制服他，让他纠缠起来麻烦就大了。我不想恋战。我老练地逼上前去，掏出了那把精致的匕首，紧紧地抵在了他胸口上。"你还有什么想法吗哥们？我数三个数你要不滚我就废了你。"

奶油小生满脸惊愕，他钻出人圈的样子很像逃避屠宰的肥猪，我听到了他在人圈外头中气不足的喊叫声："你等着——"这样的威胁我司空见惯，所以我只"哼"了一声。我想回过头去对班主任老师说点什么，可围观的人里边有人提醒我"警察来了"。想一想我并没有什么要对班主任说的，我便收好刀，沿着奶油小生出走的通道也跑了出去。奶油小生已经走出去二三十米了，还在频频回头。当他看见我跟在他身后时，不免有些紧张，步子便迈得很快。我也加快了步伐，他就跑了起来。拐了一两个弯，他没影了，我不知道该往哪去，就又往回走。走回菜市场街口，那群人还没散开。我正犹豫着是否需要再过去时，看到有一个和我年龄差不多的男孩子正在幅度很大地摆手。我看出他是冲我摆手，可我并不认识他，我不知道他什么意思，便只是对他笑了笑。他离开人群，把我引到了另一个胡同口。"你别过去，警察在那问那个老太太呢。"他对我说，一脸的神秘。我问他："警察真来了呀？"他有点不高兴了，"我还能骗你？是我告诉你警察来了的，要不然抓着你没你的好。"我说谢谢了。我问他警察问那个老太太什么。他说问我们是否认识。"你和那老太太认识吗？"他也很好奇的样子。"你说呢？"我一时没想好，要不要告诉他那个老太太是我的班主任老师。"反正那老太太说你们不认识，"他说，"她说她从来也不认识舞刀弄枪的小流氓。"听了他的话我没说什么，我悻悻地朝另一条大街走去。那个男孩儿跟着我，夸我不简单，夸我有两下子，问我是不是学过。我没精打采地应付着他，好不容易才把他甩开。

甩开那个男孩子以后，我发现我已经走到了钱红家附近。在钱红家附近那根路灯杆子底下，我习惯性地停下了脚步。这根路灯杆子我很熟悉。以前如果我找钱红，事先没约好的话，我就站在这根杆子旁边。钱红卧室的窗口正对着这里。只要她在家，半个小时之内她肯定能看到我。白天就不用说了，即使是晚上，由于我是站在路灯底下，她也会看得清清楚楚。当然此时我的停顿非常短暂，我知道钱红不会再在窗口注视我了。如果她现在看到了我的影子，没准还得缩回头去呢。我只是点了一支烟，随着人流继续向前走去。

这是市区内的一条主要街道，一直往前走有一家电影院，走到底的话可以进入个公园。现在太阳似乎暖和了一些，照在这条街上，这条街道便有了一点星期天的样子，熙熙攘攘的。我愿意看人们过星期天，无忧无虑，从容不迫。现在我已经忘记了我喝过的酒和打过的架，我的情绪好了不少。路过电影院门口时，有一个贼眉鼠眼的瞎子坐在马路牙子上，听到我的脚步声就要给我算命，我摇了摇头，走了过去。可走过去之后我才意识到，他看不到我摇头，我就大声告诉他我不想算命。那个瞎子友好地冲我摆了摆手，好像他看到了我愧疚的表情。走到公园结实坚固的围墙外边时，我看到，有一对行动迟缓的中年男女正在互相拉扯着翻越围墙。他们见我远远地走来，有些不好意思，那个女的似乎埋怨了那个男的一句什么，那个男的脸红得像他屁股下边鲜艳的砖墙。

我把半盒烟抽完以后，天就黑了。我往回走。往回走的路线和来时的路线一样，只不过我是靠右侧通行，走在了街道的另一侧。快到钱红家时，我看见前边走的两个人很像钱红和王一工，热火朝天地说着什么。我想王一工可从来不会连续地说话，就加快了脚步，靠近他们看。结果还真就是他俩，正在夸夸其谈的，也不是钱红而真的就是王一工。我想叫住他们一块说说话，可又觉得也没什么好说的。我绕开他们自己走了。

十一

变化为邸一设置了意想不到的障碍，他目的专一的寻找并不像他原本想象的那样简单。当他接近了仁义小区的十号楼,接近了那个熟稔的大婶时,目标的失踪,给了他一个措手不及的打击。像一截袒露在阳光下的冰凌一样,他的信心和勇气都慢慢消融了。大婶是一个善良的老人,她为邸一的归来流下了泪水。起初她以为邸一是回来看望昔日的邻居的,她夸邸一是一个懂事的孩子。可是后来她听说邸一还不知道他十三年前的家已经从仁义街上消失了时,她甚为惊讶。她把白白胖胖的面孔尽可能地贴近邸一,口腔里生蒜的气味强烈而浓郁。

"你是说连萌萌都有十年没给你写信,没去看过你了?"

邸一默然点头。他脱去鞋子的脚趾踩在柔软的地毯上,感到很舒服。他已无力再说什么,他只想稍事休息。

"萌萌怎么可以这样呢。老杜领她去省城做买卖正好也有十年了,头几年就听说那买卖都做天上去了。越有钱哪,心越狠……"

"老杜没再结婚?"

"走时候是没有。在咱仁义街,连对象都没人跟他搞哇,他臭死了……听说他对公安局的没说你一句好话,是吧?哼,连个孩子都不放过,什么东西。我说邸一,你到底是为啥那样对他呀,这事谁也说不明白。"

"你别问我了大婶,我也说不明白。"邸一似乎能够想象出来,伤愈以后的老杜,已经永久地失去了往昔的风采。

告别了仁义小区,邸一知道自己已别无选择。他必须重新走向火车站,返回前天他刚刚离开的省城。但是现在他已经接近囊空如洗的程度了,只有使手头增添一笔足够的钱款,他才能完成在省城大海捞针般的寻找。现在他的心里边很空,一点谱也没有。他又一次想到了那个热心的管教。刚才大婶也给了他一个地址，那是他一个同学的地址。因为聪明的大婶看出了他的借贷倾向，所以，大婶提供了那个同学的地址。"他现在是咱们这个城市里最有钱的老板，是市长家的常客，这谁都知道。可小时候你俩是一对打架大王。"邸一感谢了善良的大婶的提示。当他看出大婶是不肯再从冰箱里拿出第二瓶汽水给他喝时，他告辞了。

老同学相当慷慨，他不仅拿给了邸一一笔款子，而且执意请邸一吃了一餐丰盛的午饭，并派人给邸一搞到了当晚的一张卧铺车票。对于邸一来说，一夜舒适的睡眠和一顿美酒佳肴都很重要。他不善饮酒，半瓶啤酒下肚，在他的咀嚼中就充满了由衷的感谢之辞。

"这算什么，咱们是老同学嘛，当年还是铁哥们。你要没进去，以你的能耐，这地面上只能是你了。"老同学的言语之间，大度和宽容蜂拥而来，好像是富人对于残羹剩饭的随意施舍。

"哎邸一，当时你为什么要杀老杜？人家毕竟是在养活你哪，你怎么下得了手呢？"老同学的表情有些神秘。看到了邸一面露不快，他又急忙说："你主要是倒霉，当时要不是赶上了严打，是判不了这么长时间的。不过这帮哥们也帮你报仇了，老杜伤好后，没事几乎不敢在街上走了，大伙见着他就拿石头砸他，还喊你的名。不过他搬进省城之后听说他发了，你要是以后跟着他做买卖，咱们可以合作。"

邸一依然赔着笑脸，但他已经意识到了自己此时的谦卑和逢迎令人作呕。

"哎，你不去看看你的老情人吗？"老同学忽然提起了一个久远的名字，那个简洁明快的女性的名字，使邸一隐隐记起了发生在课堂、电影院以及冬天的公园里的一些往事。邸一狠狠地抽着烟，让烟雾把他的脸笼罩起来。"你还不知道吧，她离婚好几年了……"老同学薄薄的嘴唇在烟雾的另一边开合着。

"可是后来我们真是一点也没有想到，你进去之后，她又看上了……"老同学又提起了另一个熟悉的名字。邸一想解释一下，并不是在他进去之后，可是他认为这样的话题有些无聊。他就还是一言不发地抽烟。"结果一个考上了大学，一个落了榜，她就匆匆和别人结婚了……"

邸一和老同学分手的时候，情不自禁地摸出了那把还是新崭崭的大号匕首。他把它放在老同学的手上，目光散乱，神情沮丧。"我带着这东西，坐车也不方便，送你留个纪念吧，切个西瓜什么的。"

老同学愣住了，很快他又爽朗地笑起来。"你是不是想到了当年你没能使我跪在你面前？别再孩子气了，你自己留着吧。我现在早不玩这玩意了，我现在玩的是钱和女人。"

邸一说："你拿着吧，我用的时候可以再买一把，这东西毕竟是咱们当年喜欢的东西。"

老同学说："你太落伍了，这东西已经没人喜欢了。现在的人只是拿着这东西去偷去抢去强奸，而不是再拿着它去争狠斗勇了。好啦，咱们走吧。"

邸一想了一下，在老同学走出包厢间的时候，他把雪亮的匕首扔到了车厢式座椅的底下。金属打在地毯上，悄无声息。

十二

上自习课的时候,钱红被班主任找去了。班主任出现得很突然,谁也没有防备,大伙说说笑笑干什么的都有,倒是只有我在做语文老师布置的作业。由于语文老师和我越处越好,我现在学习语文的兴趣日益提高。班主任没批评任何人,只是怒视大伙,龇在嘴唇外边的牙齿紧紧地叩在一起,弄得腮帮子像没熟好的皮子一样翘棱着。钱红当时正在看故事书,班主任往我们这里指点时,我先站了起来。班主任说:"钱红先来,我和钱红谈完你立刻过我办公室来。"我知道全班同学肯定都在朝我们这里看,我便只看作业本。过了有半个小时,钱红回来了,脸涨得通红,眼睛似乎还有点湿。我看看她,没敢说什么,她现在不理我,每天只和王一工说话。这时王一工已经回过头来,问钱红:"你怎么了,老师找你什么事?"钱红趴在桌子上,一声不吭。王一工也不敢再说什么,只是看她。我正想站起来,听见钱红低声对我说:"你要敢胡说八道可没你的好。"我看看钱红盖在头发下面的脑袋,又看看王一工,"她是跟我说话吧一工?"王一工捅了捅鼻梁上的眼镜:"好像是跟你说呢。"

来到教师办公室门前,我敲敲门,里边喊"进来",我就进去了。学校早就规定,进教师办公室,一律要敲门。可我一直也不遵守这个规定。有一次校长来我们班座谈援助柬埔寨的事,我稀里糊涂地把话题就由越南引到敲门上去了。我问校长:"敲门是不是礼貌的行为?"校长说:"是呀。"我又问校长:"是不是人人都应该讲礼貌?"校长说:"对呀。"我说:"那我给你提个意见。你开大会时讲以后不管谁进教师办公室都要敲门,可刚才我在走廊里见你进我们老师的办公室就没敲门。"我说话时,钱红瞪我,许海生捅我,连班主任老师都有点慌了,可校长却连连点头。"你说得对,你说得对。"但是过了两天,我见他进教师办公室还是没敲门,我就也不敲了。当然现在我不愿意跟校长比了,妈妈死了之后,我进教师办公室每回都敲门。

办公室里,只有我们班主任在。她冲窗外站着,一手叉腰,一手擎个水杯,但并不威风。我说老师你找我呀,她才慢慢地回过头来,好像刚才我开门关门趿拉趿拉地走路她都没察觉一样。自从菜市场街口的事情发生以后,班主任苍老了许多,本来我想把我的发现告诉她,可她好像总回避我,上课也不看我,现在是这么多天里,我俩头一次单独在一起。班主任从抽屉里拿出来一张照片摆在我面前的桌子上,"你看看这是什么?"她说。我低头看了看,我说:"这是钱红。"班主任皱起了眉头,"这是钱红我不知道吗?我是问你这是从哪来的。"我想说这是从抽屉里拿出来的,可我没说,我怕我这么说了她不高兴。其实我不这么说她也不高兴了。"你说你,还想不想好了,上街带刀,上学搞对象。你妈才死几天哪……"我以为她在问我,我快速地在心里算了一下说:"快四十天了。"班主任听了我的话愣住了,可她没接着发火,她心平气和起来。"你说,你的书包里怎么会有钱红的照片?"我知道我的书包肯定是被别人翻过了。本来钱红的这张照片是放在家里的,前几天她忽然想起来她送过我照片,她说让我还给她,我就放到了书包里。我说:"我的书包里没有钱红的照片。"班主任说:"这张照片就是从你书包里找到的,你不要狡辩。钱红已经交待过了,现在我是看你的态度。你们到底从什么时候开始搞对象的?"我知道班主任的特点也了解钱红的脾气,班主任想把我诈住这不大可能。我说:"我没搞对象呀。"班主任说:"没搞对象你怎么会有钱红的照片?"我说:"我也没有钱红的照片呀。"班主任说:"那这张照片是自己跑你书包里去的吗?"我说:"这张照片也没在我书包里呀。"班主任说:"我是说,它以前是在你书包里的。"我说:"以前在我书包里我怎么没看见呀?"班主任老师是在我们这样对话之后才又开始发火的。她说了许多话,她似乎很伤心。但是真正伤心的还是我,因为我觉得委屈。如果我真和钱红谈恋爱了我无话可说,可我确实没谈,只是那天钱红把下雪后拍的照片拿给我看时顺便问我想不想要一张她的照片,我说要不要都无所谓,她有点不高兴,我说那我就要一张,她就给了我一张。要是早知道一张照片会惹来这么大的麻烦,我当初就不要了,我从来也没有过每时每刻都想念钱红的时候。最后,班主任让我写一份检查,要我挖出早恋的思想根源,交待恋爱的详细经过。

当天晚上,钱红到我家来了。以前她不常来我家,即使在她还搭理我时她也不常来我家。她是和班上的另一个女同学一块来的,她们说是来找姐姐问织毛衣的事。在她们三个女的说话的过程中,钱红只有一次机会悄悄对我说:"什么也不要承认。"我悄悄问她不承认什么,可是她已经开始和姐姐以及那个女同学嘻嘻哈哈了。

第二天上学,早自习还没结束,班主任就宣布把我调到了第一排去,与我一座的是一个患小儿麻痹的女同学。我个子高,坐在第一排挡后边同学的视线。我问班主任给我个矮点的小板登坐行不行。班主任说：不可以。中午吃饭的时候，学校的扩音器里在讲评书连播，我靠在走廊的窗台前，吃得听得都挺专注，就没注意到班主任已经在我身后站一会了。班主任说："你吃得挺香呀。"我如实回答道："是挺香。"姐姐今天给我带的是香油拌干豆腐丝。班主任问："写完了吗？"我把政治笔记拿了出来，"写完了。"前几天她留的作业是写一篇文章：怎样才能成为无产阶级革命事业的可靠接班人？班主任扫了一眼我的笔记，"我不是说的这个，我昨天让你写的检查呢？"我说我没写，我说我没早恋没搞对象，所以这个检查我没法写。班主任说："这么说你是想顽抗到底了。"我说我不想顽抗到底，我知道坦白从宽抗拒从严的道理，可我真的没早恋没搞对象。接着我解释我和钱红在班级几乎不说话而在外面见着了更是形同路人交臂而过等等。班主任便说："那就明天把你家长找来吧。"我说我没有家长了，我现在没爸没妈了这谁都知道。班主任沉吟片刻，"从今天下午开始你停止上课，到我办公室来写检查。"说完她看都不再看我一眼，嘴里嘟哝着什么就大步走了，我听到她好像说，没爹没娘了也不能就没人管你了……

下午我在教师办公室待了半天。有时坐着，有时站着，但总的来说，还比较拘谨。班主任老师并不管我，她或者出去上课，或者在办公桌前备课写教案，或者和别的老师说话聊天，但就是不理我。倒是别的老师由于不知底细，进进出出地总是看我。有一次教导主任来这屋有事还特意过来想和我握手，"你好，你是一班新转来的那个华侨子弟吗？"弄得我十分不好意思。我说我不是华侨子弟，我家出身中农。那个教导主任就好像受了我的欺骗一样，转而指责我头发太长，裤腿太瘦。后来我还看见了语文老师。语文老师本来在另一间办公室办公，可他来这屋找人时发现了我，隔着五六张桌子就和我招手。"嗨，一会儿回去你告诉钱红一声，她这回的作文我给了个5分，满分！"他说话的声音很大，全办公室的人都瞅他。班主任听他跟我提钱红，还警惕性很高地站了起来。我想对他讲，一会儿我不一定能回教室，而且现在我一般也不和钱红说话。可是还没等我张开嘴，他就又出去了。这一个下午，我的确没能再回教室，是傍晚和下班的老师们一块离开学校的。

第二天还是如此，上午，下午，班主任一句话也不和我说。不过我在办公室待得已经习惯一些了。虽然还是有时站着有时坐着，可站着我可以看一看操场上打球的人走道的人，坐着我可以读一读《普教研究》或者《参考消息》。办公室里有几个随和点的老师还偶尔冲我点头微笑，年轻的数学老师甚至还问我，知不知道标准足球有多少块皮子。"我看你球踢得不错还以为你啥都知道呢，原来你也是光有实践没有理论。"我问她打听这事干啥，她说期末教育局要搞教工有奖问答活动，她是咱们学校代表队的。"校长说我年轻就非让我上场不可，其实我记性最臭了。"我说有空我去体育学院帮她数数标准足球有多少块皮子，她笑逐颜开地说我"太够意思了"，"你们男的就是仗义"。中午吃饭，好多老师都聚在这屋玩扑克下象棋，语文老师也过来了。他大概已经知道了我不去教室上课的原因，他偷偷地冲我笑，笑得还挺暧昧。我懒得解释，中午的闷热使我昏昏欲睡。后来在他们的闲谈中，我听说蒲河煤矿的人又来招工了，我才又怦然心动起来。语文老师下棋的时候，我给他卷烟。他下完棋后往外走时，拍了拍我的肩膀。我不失时机地求他给问问，这回蒲河招矿工，没毕业的学生要不要。语文老师把我引到走廊上,挥着手说:"你不是还有口饭吃吗?那你就死了这个心吧。社会主义不招童工,劳动法得保障你的身心健康。"我觉得要让我身心健康最好还是让我去工作,天天把我捆在教室里,才会损害我身心健康呢。前些天班级有一个同学当兵走了,期末考试都不用参加,全班同学没有不羡慕的。我把我这意思跟语文老师说了,他犹豫了一会儿说他理解我。"这样吧,"他说,"我把你作为一个特例跟他们商量一下。"

下一天早晨,我早早地就来到了教师办公室。我打水扫地抹灰,一点拘束感也没了。好多老师都看到了我的劳动,纷纷夸我懂事能干好样的。我谦虚地说:"这没什么,你们都忙,反正我也没事。"他们似乎也都同意我的说法,下面接的话大意便都是年轻人多干点活有好处,要不然闲着反倒容易闲出毛病来。这样我擦地擦到谁的脚下谁就挪椅子,我抹灰抹到谁的桌子上谁就移书本,那两句客套话也就反反复复地不知在我嘴里说过了多少遍。可当我的扫除接近尾声,恰好我又一次重复那两句话时,我们班主任走进了办公室,圆滚滚的身子堵在了我面前。我手里拿着拖把正想去厕所,看到她站在那里还以为她也要表扬我呢,所以开始我没注意她的脸色。"你是没事吗?"她问话的口吻也还正常,凸露出来的牙齿散发着牙膏的气味,挺清香。我说:"没事,待着也是待着——"但是我话音未落,班主任的腔调就变了,把手中的皮革黑包拍得啪啪山响。"好啊,原来你是没事上这待着来了!我告诉你,既然你不要脸,我也就不给你脸了。这是第三天了,你以为我没招儿治你了吗?做梦!我再给你半天时间,你检查要是还写不出来,我就让人把你家长找来——你少插嘴,我不管你有没有家长——然后全班开会，一个小时开不完开两个小时，两个小时开不完开一下午，一下午开不完晚上接着开，我就不信治不住你了……"

我这才想起来，已经好几天了，我连作业都一个字也没写过。

十三

现在邸一重新回到了省城。由于睡过了卧铺又睡过了旅馆，他气色很好，就像一片雨后的草地。再一次领略省城的富丽堂皇，他于不知不觉间产生了某种无以名状的认同感。那些高级轿车和楼堂馆所，那些名牌时装和美味佳肴，那所有的一切，都出现在他与世隔绝的日子里。当那些东西走入其他人的生活中时，他在其他人之外；现在他和其他人已经融为一体了，可是那些东西，也会走入他的生活中吗？邸一不敢多想，欲望使他困惑而郁闷。这样走在寻找的路上，他的脚步便呈现出一种并非闲适的茫然和缓慢。在他人的眼里，他似乎显得并不十分迫切，甚至他还在人为地拖延时间。当然他不愿意承认这样的事实。可他也知道，有一些由来已久的激情，其实正在一点点地遭到遗失。当他在老同学的鼓励下换上了一身时髦的新装，当他倒在卧铺上津津有味地读一本关于消费和享受的生活杂志，当他下车后故意地长久逗留车站以寻找一个卖身的女人……他知道，他已经不再那么担心那些往昔累积起来的信念的悄然流逝了。也许正是因为这样，他对自己此行的目标已不再嫌恶，越是接近那个前几天他刚刚离开的地方，他便越会产生一种归宿感。走向监狱，就如同是走向一本书的尾声，因为那里边有高潮和结局。

邸一知道路途不近，可他还是决定步行下去，他相信，公共汽车站的站牌将避免一些可能出现的误入歧途。也曾经有好几次，出租轿车停在了他的身边，甚至有一次一辆红色出租车的女司机还殷勤地为他打开了车门，但他还是挥挥手让它们开走了。他从来没有坐过这样的小车，在他的概念中，坐这种车的都应该是一些为官为宦的人。可是现在的街上，随便一个什么人都可以旁若无人地叫停一辆这种车坐上去，这让他艳羡不已。不过他决定今天什么车都不坐，就这么走下去。只要不坐车，他就会感到疲劳，他就会需要休息；只要不坐车，他就会总是处于盼望坐车的状态之中，他就会为满足这个小小的愿望而耽搁一些时日。为了使自己心中的念头繁多起来，邸一左右观望着，他诱使着自己对周围的事物发生兴趣。他面色平和，心绪宁静，不像一个搜寻猎物的枪手，而是像一个操劳了一生的农场主人，在迟暮的晚年，用目光抚摸自己的土地和庄稼、木栅和房舍、猪狗和牛羊……

找到那个友好的管教时，夕阳的光照正在发散着最美丽的辉煌，使得雄浑的监狱犹如一座巍峨的圣殿。邸一虽然很累了，可他还是沉浸在一种异样的激动之中。在这座省会的城市，他感到了亲切。他的脸上始终挂着微笑。他甚至忘记了来找管教的目的。直到管教对他们短暂的分别表示出了善意的关心，他才记起了一桩久远的事情。他对管教说出了一个男人的名字。

"这事你能帮忙，你认识许多管户籍的人。我想知道，我到什么地方能找到他。"

十四

　　本来我没想违拗班主任。上第一节课的时候，我成了教师办公室里唯一的活人，守候着偌大的一个房间，空旷和寂寥使我萎靡不振。第一节没有体育课，所以操场上很安静，没什么看头；第一节也没有政治课，但班主任老师还是不搭理我，我不知道她到哪里去了。我想总这么下去就不新鲜了，我不如按班主任的意思给她写一个检查，就说搞对象了。可是如果她像水源地抓我们偷苹果的那几个人审问那一对男女那样，问我细节，我编得上来吗？再说了，我要这么写钱红肯定不干，按她的脾气，她会换个法子像班主任这么折磨我的。这两个女人呀，真是让我左右为难。其实她们两个也并没有什么特殊之处，可说不上为什么，我就是惧怕她们。后来我脑袋发沉，没有精力再想她们，就趴在办公桌上睡着了。我闻到了树脂的气味，那种淡淡的苦香非常好闻。我知道那是从敞开的窗口飘进来的，如果是在校园外边，这样的气味会更加浓烈。我醒来的时候，正好第一节课下课了。有一个先回办公室的老师问我睡得怎么样，我回答说挺好。她笑了，我也笑了。第二节课上课之前，语文老师到我待的这间办公室来倒水。我悄悄问他招工的事情打听了没有，他一拍脑袋说忘了，又说肯定没戏。我有些不悦，看来自己的事情，还是只能自己去办，靠别人，难呀！这样一想，我才决定得出去走走。

　　第二节课上课了，办公室没人，走廊里也没人。我穿过一扇扇镶着瞭望玻璃的门板，随心所欲地探头探脑。我很得意，要知道，平常的日子里，只有校长班主任他们才有这种"扒眼儿"的特权。路过我们班门前时，我多站了一会儿，我觉得我还真有点想念里边关着的同学们呢。现在，是那个高度近视的物理老师在看守他们。由于她念书时每每如同吃书，所以她的教科书上总是涎水点点。她在前边讲课，我便能想象得出钱红许海生王一工他们都会干些什么。但我强忍着没有探头往里看，我只是低下身子摸摸门把手，就走了。我晃晃悠悠地走出学校大门时，一个毕业班的同学迎面撞在了我身上，他慌慌张张做贼似的。我问他怎么了，他支支吾吾地不作正面回答。本来我是不想难为他的，可他鬼鬼祟祟的样子让我生气。我就拽着他非刨根问底不可。他像这所学校里的多数同学一样，不太敢得罪我。他挤着笑脸低声说："找工作去了。"说完还疑神疑鬼地四下看看，好像电影里的地下党。我听了他的话不知怎么就没了情绪。我手一松，他的身子就滑了出去。我转身想走，他又带点讨好性质地问我不上课干什么去。我嗓子涩涩地边走边说："我也找工作去。"可能是我回答得太认真了，以至于他没有相信。"你别逗了。"他在我身后说。

　　我走在路旁的树荫之中，眼前出现了教育局招待所的三层小楼。我想这里就是我现在该去的地方了。我的书包斜挎在肩上，书本后边硬硬的匕首柄有节奏地打在我的屁股上，很舒服。不过我知道，我这么副样子肯定不行。我得把书包带紧一紧，把腰板直一直，把衣服上下抻一抻。我不能不振作起来，既然是去谈正经事情，我总得拿出些正经的样子。在教育局招待所一楼的总服务台前，我像一个礼仪周全的傻小子那样管那个织毛衣的女服务员叫

"阿姨"。我说我是我们学校的学生干部,老师让我来找蒲河煤矿的人打听点事,想问一下他们住在哪个房间。那个女服务员抬头看了看我,可是她的手却还在飞快地运作着,她问我是真的吗。我说是真的,"不信你给我们学校挂个电话。"她说她没那个闲工夫,然后她告诉了我一个房间号。我说"谢谢",就想上楼。她叫住了我,"他们现在出去了,有人请他们吃饭。""吃饭?"我问她,"现在——吃中午饭吗?"她的声音酸溜溜的,"打溜须的饭还管什么中午早晨,求他们办事呗。"我愣住了。我又站了一小会儿,就告辞了。

走出教育局的招待所,我心里边乱糟糟的,不知道是轻松了还是又沉重了。实事求是地讲,亲自跟蒲河煤矿来招工的人交涉,我没什么信心。去年我和他们说话时他们那种不屑一顾的表情,能让我记一辈子。不过去年我毕竟还小,还没太把去煤矿上班当回事,妈妈反对,姐姐反对,钱红也反对。今年的机会我可不能错过了,妈妈没了,姐姐管不了我,钱红不理我了,班主任还不让我上课,我现在只有这一条道可走了,宁可跪下给他们磕头,或者管老叔借钱给他们送礼,我也得走上。听说我们班当兵走了的那个同学,就是跟招兵的人没什么交往,全凭送礼打开的关节。

夏天真是全面降临了。太阳明晃晃的,又圆又大。到了中午,太阳会使人汗水横流;可现在还算早上,起码是上午,所以太阳只是暖洋洋的,身上的感觉,像是沐浴在温水里,痒酥酥的。我回到家里,倒在自己的床上,慢慢地抽烟。家里没人,比较肃静。我心事重重地抽了一会儿烟,又用一块抹布擦我那把匕首。我有点六神无主了。如果妈妈还活着,尽管她什么能耐也没有,尽管她什么问题也解决不了，可只要她对我笑一笑，只要她让我冲她喊几声发几句牢骚，我也就不会这么憋闷这么委屈了。可现在，妈妈没有了，现在我只能是一个孤独的、盲目的虚弱少年了，不管我是哭是笑，是好是坏，全没人理我。我忿忿不平地冲墙上吐了口唾沫。这时的屋里越来越热了，窗外的暑气一个劲地往屋里灌，让我烦躁。我倚在被垛上，用亮闪闪的匕首在隔开我和老叔的箱子上划道道，划着划着就又睡着了。多日以来，我的睡眠一直不好，所以睡着以后，我肯定又做了不少的梦，而且全海阔天空的不着边际，只是我都记不住了。不知过了多久，我一下子又从睡梦中被惊醒过来。这一下苏醒得非常彻底，不像以往，意识恢复以后，还得迷糊一会儿才能真正清醒。因为这会，我能清楚地听到，正有一些奇怪的声音，在源源不断地向我涌来。这些我既熟悉又陌生的声音让我害怕而又兴奋。它来自姐姐住的北屋，有点杂乱无章，不分条理，给我的联想，是仿佛与疾病或命案有关。我蹑手蹑脚地下了地，光着脚板，握着匕首，屏着呼吸。我这屋的门没关，姐姐那屋的门也没关，所以，我很容易就走进了姐姐的房间，而那屋的人根本没发现我。姐姐的床上躺着两个人，他们一丝不挂的身体重叠在一起，像过年时妈妈做的一道菜：锅塌豆腐——两片豆腐中间夹一些肉馅。他们乱七八糟的蠕动看不出个个数来，胳膊大腿膀子屁股，全都绞在了一起，弄得他们的嘴他们的身子和他们身下边的床，一齐发出此起彼伏的驳杂的声音来。我看出来了，在下面仰躺着的人是姐姐，她披头散发，咧嘴皱眉，发出的声音时断时续，让人搞不清楚她是哭是笑。我实在是不喜欢她这副样子。这时我意识到中午到了，因为我已经热得浑身冒火。再说汗味肉味也像烟一样呛我，憋得我心脏几乎停止了跳动。我管不了他们是姐姐还是谁了，我的血管已经快炸开了。我笨拙地窜到他们身边，吃力地举起了手中的匕首……

是刺了几刀以后被掀翻在地的，我已经记不起来了。后来他们在老叔的身上找到十三处刀伤，说我刺了十三刀，我说那就十三刀吧。但我心里清楚，至少有两刀不是我主动刺的，是老叔起身夺刀，我举刀自卫，他自己撞到刀刃上的。他们问我为什么要对老叔这样，我没好意思说因为他和姐姐那样，我只说我恨他。他们又问我为什么要恨老叔，我说我也不知道，我说一个男人都四十多岁了还那么英俊让我受不了。他们认为我这样的回答站不住脚。他们又引出了妈妈，他们问我我对老叔行凶与我妈妈有没有关系。我断然告诉他们没有关系，我说妈妈是妈妈我是我，妈妈和他结婚了，不一定我就也得和他亲亲热热。我提醒他们：妈妈已经死了。他们说不是这意思，可他们又说不出来其他的意思。接着他们问我知不知道现在正是从重从快的"严打"期间。我说没人通知我。他们说我是"顶烟上"。我不同意他们的意见，我说既然我不知道现在是"严打"，怎么能算"顶烟上"呢。他们又说我在学校和社会上一贯调皮捣蛋，是害群之马。我反驳说，这是一种可以加在任何人头上的含混定义，光这样说我不够公平。他们又说老叔的意见是狠狠判我，问我对此有什么看法。我先是有点惊讶，我说怎么我捅他那么多刀他还活着？一定是我的刀出了问题。他们马上众口一词地证实了老叔确实还活着，但否认了没捅死老叔是刀的问题。那把小刀又短又钝不假，他们说，可主要还是你人小力单，太虚弱了。我想了一下，点点头。然后我说既然老叔还活着，他当然可以发表意见，而只要他发表意见，他就一定是发表这样的意见。这很正常；如果是他捅了我那么多刀，我又没死，而且还能有机会发表意见，我也会建议狠狠地判他。我说我理解老叔对我的不能原谅。他们互相对视之后，认为我的分析符合一般人的心理。我得意地告诉他们：当然了，因为我也只是个一般人嘛。后来他们就给我发了个通知，声称判了我十三年徒刑，还态度暧昧地问我服不服。我说这又不是在街上打架，怎么还问服不服？他们就解释说，法律也是这么问的。这让我感到索然无味。我就说反正是你们判我又不是我判你们，服不服还不都得受着。其实我心里边觉得，他们判得也还算公平。我们学校有个同学只扎别人一刀，就被判了五年，我毕竟给了老叔十三刀，平均一刀才一年，不能算亏。由于我年龄还小，他们说暂时不送我去省城的监狱，而是让我到农村的拘留所先待三年。我说哪都一样，不回家住了就行。临把我送走那天，姐姐来看我，她鼻涕眼泪的，一脸憔悴，翻来覆去地说让我别恨她。事实上，我也真没恨她，我没有道理恨她，我就是不愿意见她。所以她一坐到我的对面，我就转过身去背对她，挠我刚剃完的光脑袋。姐姐哀求我对她说点什么，我说我没什么可说的。可她死乞白赖地一定让我说点什么，我就说等十三年后出了监狱，我一定要杀死老叔，姐姐听了我的话，又号啕大哭起来。这时坐在我们旁边的公安人员凑了过来，恶狠狠地看我。我刚想问他是不是会见的时间到了，他却突然出手，结结实实地打了我一个大脖溜子，嘴里还唾沫四溅地骂我：你他妈的！我没防备他打我，所以我重重地摔到了地上。我不知道我怎么得罪他了，想问问，可看看他的表情，我没敢说什么。但姐姐急眼了，她蹲在地上搂着我，发疯了一样对那公安人员又喊又叫：你他妈的你他妈的你他妈的……

十五

　　那座孤零零的农舍式宅院一进入邸一视野，邸一的身体就颤抖起来，他下意识地向腰间摸去。然而他的腰间，并没有一把锋利的匕首。自从在故乡小城把那把崭新的匕首扔在了酒店座椅下边，他的身上，就再也没有杀人武器了。刚才路过百货商店时，他曾想进去再买把匕首，可不知为什么，他竟绕开了那个热闹的商店。他没有责备自己，他为自己找到了这样的理由：我今天只不过是先来踩踩点儿，万一鲁莽行事不成功就糟了。于是，邸一干咽着并不存在的唾沫，如同扛着一些沉重的包裹，慢慢地向那幢宽大的宅院靠拢过去。

　　那是一座圈围在红色院墙里的灰色建筑，面积很大，足有五间的样子。院墙上做工精细的铁大门折向两边，半圆的门拱勾勒出一个女人臀部的形状。有一条黑毛的大狗趴在院门口，闭目养神，似睡非醒，好像它正惬意地驮着那个女人的丰臀。从一人多高的围墙上看过去，一片葱绿茂盛的向日葵随风摇曳；从大门开敞的门洞里望进去，一些低矮的串红和绣球开得正艳。这时邸一缓慢的移动更加谨慎了，他漂泊不定的脚步好像在试探什么或选择什么，因为他已经看到了那条黑毛大狗脖子上的铁链。铁链像冰雪一样耀眼炫目，逶迤曲折，拖至院内。邸一攥起了毫无意义的拳头，他希望那条狗的睡眠能持续下去。可是，铁链的撞击声破灭了他的希望。当他距离院门不足十米时，那条机敏的大狗忽然浑身一抖，猛然站起身来，虎视眈眈地直盯着他，摆出了一副随时出击的架式。邸一无可奈何地停止在砖石铺就的甬路上。他知道，那条大狗肯定已经对他注意多时了，如果他继续无礼地接近宅院的大门，他将像遭到树杈肢解的日影一样，被大狗撕得支离破碎。

是一个孩子的出现解除了邸一的窘迫。那是一个八岁左右的漂亮男孩儿。他一只手拿着一本纸页泛黄的大书，另一只手按下了大狗菱形的头颅。他脖子上的红领巾系得规规矩矩，明亮的眼睛像阳光下滚动的玻璃弹子。

"你是要上我家来吗叔叔？"

男孩子的声音十分清脆。面对这样一个突如其来的孩子，邸一一时不知该说些什么。但男孩儿的问话启发了邸一，邸一想到了早已遗忘了的妈妈甚至爸爸。邸一问：

"你爸爸是姓杜吗？"

"我爸爸是姓杜。我也姓杜。"

邸一感到心脏开始了抽搐。他不敢注视男孩儿清澄的目光。他看那条黑毛的大狗。他发现，那条阴阳怪气的大狗一直也没有停止对他不怀好意的审视。

"你爸爸在家吗？"

"没有。妈妈推他散步去了，所以我不能请你进屋，他们不让我带不认识的人进屋。不过他们也快回来了……"

"推你爸爸散步？你爸爸怎么了？"

男孩子对邸一的提问流露出不满的神色。犹豫一会儿之后，他说他爸爸已经有病多年了，可邸一居然对这样的情况一无所知，这说明，他更不是一个可以轻易被请进屋里的熟人了。但孤单的男孩儿并不想放弃邱一这个谈话伙伴,他试探着问邱一知不知道哪种偏方能治疗老年痴呆症。当他得到邱一否定的回答后,他像个成年人那样重浊地叹息了一声,忧伤地说:他很担心,他爸爸已经没有了指望,因为疾病已经让他爸爸失去了生存的乐趣,但他希望,他爸爸能坚强地活下去。说着他拍了拍手中的大书,告诉邱一:

"妈妈让我长大了当医生,治好爸爸的病,也治好所有病人的病⋯⋯"

这时邱一才注意到,男孩子手中的大书,是一本中医学教材,上边印满了标着各种穴位的人体解剖图。邱一伸出手,想摸摸男孩儿的脑袋,可是男孩儿礼貌地躲开了。邱一的手悬在了空中。这时候,邱一和那个男孩子脚下的大狗轻轻地吠叫起来,而且抖擞着身体朝一个方向迈出了几步。邱一和那个男孩儿也往那个方向看去。邱一看到,在一辆舒适的电镀轮椅车里,陷坐着一个衰老的男人,他麻木的表情和僵硬的坐姿,都使他更接近一尊毫无生气的石头雕像。在那尊石雕后面,推动轮椅的是个绰约少妇,她大大的眼睛和丰腴的嘴巴,正伏在一抹花白的头发上方飞速地闪动,使她那向石雕讲述着什么的亲昵表情,在七月的阳光下美丽迷人。

"妈妈和爸爸回来了,"男孩儿说。"妈妈——"男孩子离开了院门,大声叫着向轮椅的方向跑去,他的衣袂在夏风的吹拂下鼓荡了起来。少妇似乎笑了一下,但紧接着,她就呆呆地站住了。她没有对儿子的奔跑做出反应,她惊讶的目光穿过男孩儿的身体,穿过微风和阳光,牢牢地打在了邱一身上。邱一也被惊得呆若木鸡了,他使劲地眨着眼睛,担心他所看到的一切都是幻觉。他发现,仅存在他宽阔视野里的两个角色发生了变化,那个鲜活的少妇变成了石雕,而坐在轮椅里的那座石雕,正以一种憨傻但却真实的笑脸,与那个跑到他身边的男孩子亲近起来。邸一努力地张了张嘴巴,可他的喉咙里只能发出咝咝的喘息声,而且,他的眼前也已一片模糊。邸一慢慢地闭上了眼睛,松懈的身体无力地依靠在黑狗旁边的院门上,就好像几天以前,他把身体倚靠在监狱的坚壁上一样。邸一感到了从未有过的虚弱和瘫软。就是在这时,在他的耳边,有一声属于十三年前的悠远的呼唤响了起来:

"邸一?邸一!小弟……"

身 价

旁 白

  我记得那天是四月一号。整整一天，外面始终阴云密布，室内一直要开着灯，雨是傍晚落下来的。但那天是周二周四还是周六周日，我记不清了，反正不是周一周三周五，不是一个我上班的日子。

  那天夜里，经过近十小时的反复掂量，我从近十个自拟的备选论文题目中敲定了一个：《暴力倾向与额外的 Y 染色体》，我觉得我有把握将这个题目敷衍成文。选择既定，我稍感解脱，但更觉沮丧。我不敢一鼓作气地连夜动笔，我担心疲倦破坏文章质量——东拼西凑地抄袭剽窃，也不能不讲究章法逻辑吧。大概是差几分钟十点时，我关掉电脑，想上床睡觉，以便第二天能早点起来，精力充沛地为文章开头。可就是这时，王奕的电话打了进来，然后他人也到了。他带着雨伞，但头发和衣服仍湿漉漉的，显然他在户外已活动了很久。进屋后,他脸色铁青,一言不发,在让我看艾珉的字条前,先拿过我的烟点了一支。以前他从来没抽过烟。看过字条,我对上边的日期落款印象很深:"艾珉于四月一号愚人节",要不是事态特别严重,当时我几乎笑出声来。这正是艾珉,她在许多重大问题面前混沌含糊,可在一些鸡毛蒜皮的小事上却一本正经。就这么着,我计划中的优质睡眠被久未谋面的王奕毁了,被更是久疏往来的艾珉和她的愚人节毁了。我不可能忘记那个日子。

王奕和我算朋友吗?我说不好,他是艾珉的丈夫,而艾珉给我当过两个月"学生",自从他和我认识以后,就一直随艾珉叫我老哥——老师哥哥的简略叫法。我不是一个喜欢交际的人,没什么朋友,这些年里,特别是我和王奕刚认识那两年,大概他可怜我是个惨遭老婆抛弃的不幸男人,会经常来看我,陪我喝点酒说说话下几盘彼此彼此的低水平围棋,也就算朋友了。可说实在话,我是一直想摆脱他的。我总觉得我有愧于他。

第二天,四月二号,是个上班的日子。和我一块出门的王奕虽然也通宵未眠,可他目光炯炯,精神抖擞;而我不仅没能给我的《暴力倾向与额外的Y染色体》开头,连骑自行车的力气也没有了。到单位后,我一坐进会议室就睡了过去,主编在编务会上说了什么我全没听见。是别人散去后,我才被主编推醒过来,我睁开眼,听到他像喝斥一条捣乱的狗那样对我咆哮:"哼,就你这德行,还他妈的想混副高?我把你的编辑部主任也拿掉算了。"那几天,这一年度的高级职称审评工作刚刚结束,我又没通过。

是的,我非常想混个副高职称,然后熬上五年,或更久一点也没关系，争取再混个正高职称，这样，我这辈子，也就能以一个大体合宜的身价心满意足地体面收场了。我想，大部分与我经历相近的人都会把这视为最高的人生目标。我是十七年前毕业于戏剧文学专业的本科大学生，我十二年前就是我现在就职的这家单位的中层干部，我于九年前被评上了中级业务职称，我周岁已经四十一了。有我这样资历的人，希望得到个高级职称不该算过分。有一点我要强调的是，十七年前的大学本科毕业证书，九年前的中级职称编辑证书，都还货真价实；文凭职称包括官衔也可以议价买卖，是近年的事。

我在一家医学杂志当编辑，每周一、三、五三天上班。上班是为了处理稿子，简单也轻松，倒是不用上班的日子会更为忙碌，所做的事情也复杂一些。不坐班时，我们这些编辑的主要工作是攻关通联，与全国各地那些打算评职称的医院大夫和医学院老师建立联系，动员他们写出文章后交我们发表。已经好多年了，我平均每天挂五个电话发五封信（近几年是发电子邮件），向那些陌生的大夫和老师们说明，我们杂志是中国科技论文统计源期刊，是中国医学核心期刊，公开刊号，国际流行开本，封面是230克压亮膜铜版纸，内文是70克双胶纸，印刷精美，装帧考究，在我们杂志发表论文，每千字只收取版面费五百元，可以得到六本样刊，如果想获刊物奖，一、二、三等奖的价位分别是三千块钱、两千块钱和一千块钱，而且讲求时效，款到后，一周内即能寄出获奖证书。当年我刚刚受命这么干时，常不好意思，张不开嘴说不出话；可现在，即使对方挖苦我是要饭的，我也能脸不变色心不跳了，还会耐心地把我的联络方式给他（她）留下，并提醒他（她），不论什么时候观念转变了，都可以找我，我一定提供最好的服务。当然现在已经没人恪守老观念了，谁都能想明白，"买"文章其实一点不吃亏，只要能评上职称，工资奖金就都能上去，而工资奖金一上去，也就等于一次投资终生受益了。在一项终生的利益面前，花钱发文章没尊严丢面子的顾虑一文不值。

但什么事情都有特例，在职称市场化好多年后，偏偏还有人认为尊严面子也有价值，比如，我吧。

我这个天天动员别人花钱发文章的人，轮到自己了，却怎么也做不出那种事来。并不是舍不得那几千块的版面费，而是不解风情地觉得，那么干是亵渎学术玷污知识。这么一来，我倒学术纯洁了，知识神圣了，可我评不上职称。虽然作为编辑部主任兼版面统筹，所有文章都要由我把文字关，所有版式都是我来设计，可在待遇收益方面，我在编辑部又获利最少，好像我最没学术最无知识是个充数的滥竽。我并不是写不出文章。我承认我缺少写剧本的天赋，多年里编造的那几十集电视剧，除了挣点小钱，艺术方面和市场方面都不值一提；但直到现在我还坚信，我的戏剧研究有点水平，不能因为我找工作时，没路子进文化厅的戏剧研究室或高校的影视艺术系或电视台话剧团等文艺团体，就认为我在专业上是个白痴吧。我几乎每年都能发表一两篇有点分量的戏剧研究文章，全是给稿费的，就说去年吧，在一家戏剧文学刊物搞的征文活动中，我评论法国一出新话剧《萨德侯爵的巴士底》的数千字长文，还得了个奖金为五千台币的二等奖呢——哦，那家刊物远在台湾，他们的编辑我一个也不认识。我觉得我比许多有高级职称的编辑强多了。可某些有权力判定我能力档次的人不这么看，他们说，我的文章与我的职业不搭界，多么有分量也不能证明我已达到了副编审水平。也许他们也有道理，于是，这两年，我又写了几篇谈编辑业务的文章，也公开发表了。可年初开始评职称时，我报上去的那些文章又被否了。本来已经算通过了，不想有个高评委的负责人说，既然是编医学杂志的，那怎么也得有篇发表在医学杂志上的论文呀。我又没戏了。想想吧，即使我也花钱买版面，花千字五千元的高额版面费，可哪家医学杂志能发表我研究曹禺高行建或贝克特奥尼尔的文章呢？尤其是《萨德侯爵的巴士底》这种具有颠覆性的戏，把一个18世纪的法国大流氓说成性变态艺术的拓荒者，我若研究它，严肃的医学杂志编辑们都能用唾沫啐我。结果我春节都没过好，天天琢磨着怎么过关，愁得头发一把把掉。这样就到了前几天。前几天，主编动了恻隐之心，说你这么聪明个人抄还不会吗？你选个偏点的题目抄上一篇，就在咱们杂志上发，出了麻烦我给你顶着。我的主编，人很霸道，说话没深没浅，是打排球的出身；但他心地又很善良。当初我在北京漂了几年一无所获，想回沈阳安安生生当住家男人又找不到工作时，是他慷慨地收留了我，又针对医学杂志编辑文字能力普遍较弱的情况，破格重用我为编辑部主任兼版面统筹，让我成为所发文章的文字质检员和整个刊物的美容师。我也给他争气，在国内的同类刊物中，我们杂志的语文优势与版式特色果然高人一头，有个卫生部的前领导就曾以我们杂志为例发表讲话说：医学杂志也要讲究美感，往那一摆先赏心悦目；专业文章也要有文采，至少把意思说得明白。可有一条呀，我的主编虎着脸说，版面费的优惠价只能给到两百五，不能再低了。就这么着，经过一番思前想后，到四月一号那天，我终于说服了自己：在我评上正高级职称之前，就先让学术纯洁知识神圣见几年鬼吧，工资上去了再清白做人。

《暴力倾向与额外的 Y 染色体》，这不是一个特别专业化的题目，我这个非医学界人士对它有意见发表并不为过，一旦有人追究起来，我也容易搪塞——当然了，这种情况不会发生，除非，某个被我抄袭剽窃的专家找上门来；但我又知道，一般情况下，即使哪个专家发现我抄袭剽窃了他的文章，发现任何人抄袭剽窃了他的文章，他也不会兴师问罪，因为，他的文章可能同样出处可疑。

就是这时，当我从各个角度都说服了自己，也拟好了论文题目选择好了借用对象，打算睡个好觉就正式动笔时，王奕来了。王奕不是只来一次，而是连续几天往我家跑，每次都要讲一番艾珉。我得承认，王奕频繁地来我这里，也是我下意识中怂恿的结果。我想知道，艾珉到底是怎么回事。

正文：王奕的说法

他们认识那年，王奕二十四岁，大学即将毕业，艾珉十八岁，即将参加高考。王奕追艾珉追了四年，结婚的时候，王奕二十八，艾珉二十二。又过了九年，三十一岁的艾珉离家出走了，三十七岁的王奕感到百思不解。这么多年里，他一直像兄长像父亲那么对艾珉好，而艾珉虽然小他六岁，也总能像姐姐像母亲一样关心照料他，可怎么说变心就变心了呢。女人到底是怎么回事？这是王奕反复问我的问题。他这样问时，一定想到了我妻子的移情别恋，想到了我给他讲过的我与我妻子曾有过的恩爱历史。

那一天，四月一号傍晚，王奕下班回家，开门进屋的时候，预感到家里出了变故。他边穿过有点昏暗的小走廊边叫艾珉的名字，同时把两室一厅一厨里的电灯全部打开。其实房间挺亮堂的，南窗口折射进来的一片夕阳依然璀璨。哪个房间都没有艾珉，而平常，这时候，艾珉饭都快做好了。这时王奕也已经看到，在沙发前边的大理石茶几上，在黑黝黝的电视遥控器下边，醒目地压着一张纸条：

王奕：

　　我的亲人，我的恩人，我的大救星，我心中永远的最爱！

　　我对不起你，我要离开你了，请你别找我。你对我的感情山高水长，你对我的恩德我永世难忘，太阳最红，王奕最亲，这是我的真心话。你恨我怪我，瞧不起我，都可以，但请不要怀疑我对你的表白。我们都说过，赵咏华的歌是我们的心声："最浪漫的事，是陪你一起慢慢变老。"可是现在我变心了，我不能陪你了。我该死！你忘了我吧！

　　若有人问你我去哪了，你就说我回家了吧；但对家那边，不论你家还是我家，最好都先别提我出走的事。等以后我们办完离婚手续了，再慢慢告诉他们。我不先和你商量好离婚的事就偷偷地跑走，是我现在不敢面对你，我想，过上一两个月，两三个月，你我的情绪都平静了，我会与你联系的，当面向你请罪，与你心平气和地解决离婚问题。

　　家里的钱、存折、各种卡，都在卧室那个五斗厨里，我除了带走一些我的衣物、化妆品，别的什么都没拿。你要不爱吃食堂，就先自己对付着做吧，我祝愿你尽快找到一个女朋友，让她照顾你。

　　王奕，对不起！王奕，别找我！王奕，多保重！
爱你的但也有罪的忘恩负义的女人
艾珉于四月一号愚人节

　　就这样，没任何预兆，王奕就成了个被妻子抛弃的丈夫。可就在那时，在王奕茫然地捧着纸条呆坐在沙发上时，在他假装什么事都没发生地给他父母家和艾珉妈妈家打电话时，他心里想的仍然是，艾珉是他所认识的最善良、最勤劳、最懂事、最体贴、最顺从的女人，至于她的美丽，那更是不用说了，三十一岁的艾珉比十八岁时还有魅力。

　　十三年前，王奕临近大学毕业时，回老家新民写毕业论文。按习惯，他这个日语系的学生，每天中午都要找没人的地方读半小时日文，在学校是树林子里，在新民县老家，他选择的地点是城外的蒲河拐弯处。这天他捧着日语书边看边往蒲河湾走，快到他往日朗读的地方时，他看到那里已经有人了。他没想到这么偏僻的地方也会有人。他停下脚步，琢磨着要另选个地方去高声朗读。可与此同时，他也看清了，河边那两个人之一是他读高中时的政治老师——为了礼貌，他也该凑上前去。上学那会，他和政治老师没什么交往，都不太熟，可高考时，他政治考了个全沈阳第二，这使他和政治老师间就多了些亲近，每次回母校，他都想着去看她一眼。这时王奕已经来到政治老师身边了，是与政治老师打招呼时，他才留意到，政治老师气哼哼的，而那个和政治老师站在一起的女学生，好像正在接受批评，眼里似乎还噙着泪水。

　　王奕有点尴尬，想退回去，可他却失去了自控能力，定在那里不会动了。倒不是政治老师与他开口说话使他不好意思拔脚离开，而是那女学生看了他一眼，让他的两腿一下软了。在所有中学老师的印象里，王奕一向是个自控能力强的好学生，其标志之一就是不追女生，并且，有女生对他主动示好，他也不动心。但眼前这个女生太漂亮了，王奕能想到的最准确的评价，只是一句苍白的俗语：仙女下凡。他都顾不上和政治老师说话了，只傻呆呆地看那女生。政治老师和那女生都略感不快。女生的不快表现了出来，突兀地转身面向河水；而政治老师脸上的不快则一闪即逝，只是，她等于没给王奕和那女生互作介绍。

　　"你去吧，"她严厉地对那女生说，然后又淡淡地对王奕说，"我女儿，艾珉。"

　　就这么着，王奕和艾珉认识了。

　　说认识当然不够准确，只那么一面之识，艾珉只看过他一眼，回家之后，政治老师是否把他名字告诉了她都很难说。但王奕对艾珉一见钟情。

　　那天王奕与政治老师分手以后，破天荒地没朗读日语，一人在河边独处时也没朗读，连书都看不下去，他脑子里边全是艾珉。回家以后，他没有心思写毕业论文，参考书更是看不进去，唯一能做的事，是拿出几天前的一张《沈阳日报》翻来翻去。几天前五月四号的《沈阳日报》文艺副刊上，登了一组大学生诗歌，其中一首《未来》是王奕写的，那是王奕发表的第一篇文学作品，也是他发表的唯一一篇文学作品。

　　……
　　未来并不是天海交接处缥缈的地平线
　　耗费着无法抵达的脚步
　　对于昨天，未来是今天立体的凸现
　　对于明天，未来是今天绘制的蓝图……

　　王奕反复吟咏自己的诗作，热泪盈眶。当时他家只有他自己，二十四岁的他，在外表的安静和内心的躁动中，有了平生第一次手淫。

　　照理说，他那首诗，包括那一版的《沈阳日报》，包括那一天《沈阳日报》的全部四个版面，没有一点色情内容。没有写十恶不赦的强奸犯的文章，没有写腐蚀干部的美人计的文章，没有写夫妻卫生保健的文章，连报纸上的作者署名都没有特别女性化的，可王奕，硬是对着这么张乏味的报纸一脸庄严地完成了他的首次手淫。是手淫后，他才又想到艾珉。想到刚才手淫时没想艾珉，在意念中没把那张报纸等同于艾珉，他觉得有点对不住艾珉。他便稍事休息，让心里紧张自责懊丧的感觉缓解一下，又来了一次。这一次，他从始至终都把面前的报纸想象成艾珉。几天以后，他该回学校了,临走时,他给政治老师写了封信,结合那天聊天时说到艾珉不爱学习一心想退学去当演员的情况,谈了他的因材施教扬长避短的教育想法,并附上那张参与了他手淫的报纸,写上"赠艾珉",一并送到政治老师手里。此后一段时间,他与政治老师和艾珉都没联系过,直到艾珉果然辍学离家去闯北京演艺圈的消息传进他耳朵,他才特意回了一趟新民,找到了政治老师。

"老师,我必须如实承认,我喜欢艾珉,我想做她的男朋友,也就是未婚夫。当然艾珉现在还小,以后她是否接受我也是未知数,但我想先得到你的接受,至于现在是否让她知道我的存在,我不介意。我的意思是,既然她那么想闯世界,就先让她闯一番吧,我可以帮你资助她。以后她能成我妻子,我自然高兴,不能的话,我喜欢她一回,为她的成长尽一点力,也很正常。你觉得呢?"

政治老师还能说什么呢?一个除了长得漂亮和能拉几首小提琴曲便别无所长的女孩子,在演艺道路上前途如何可想而知;比较之下,王奕则方方面面都很优秀,让他成为女儿的未婚夫,政治老师求之不得。但政治老师认为女儿太小,她不能允许女儿这么早就考虑个人问题,尤其是她不能给女儿当红娘媒婆。对此王奕早有准备,他说他并不急于以未婚夫的身份关心艾珉,只让他以一个哥哥的身份关心艾珉他就满足。政治老师只能默许,而王奕也就真成了艾珉一个最合格的哥哥:给她写信,给她汇款,给她寄书寄杂志,去北京看她……

艾珉不傻,她很快就看出王奕的目的了,同样的,不傻的艾珉也看得出来,别说在北京待两年,待二十年,也不会有导演请她演戏。她比较平静地接受了妈妈的意见，回了新民，但是否接受王奕的爱情，她一直犹豫。她认为王奕太反常了，难道她的漂亮真有那么大的魅力，能弥补她其他方面的诸多缺陷？她看过王奕毕业时的班级合影，她认为，在王奕的同学里，漂亮女孩大有人在。退一万步说，即使王奕不找同学，随便找一个有沈阳市户口的，有工作的，同时家里又有权力背景或经济背景的，也非难事。可他王奕为什么死活只喜欢她这个未来的家庭妇女呢？女儿的疑问也重新唤起了政治老师的同感，她建议王奕再慎重些；而更有同感的，当然是王奕父母，他们对这桩婚事的利弊分析得更直截了当，他们誓死不同意王奕和艾珉恋爱，他们威胁儿子，如果他娶艾珉为妻，他们就和他断绝关系。王奕不必对政治老师和艾珉解释什么，他只强调爱情的非理性特点，接下来，他又用真和父母断绝关系的实际行动，来证明他的态度多么坚决。

"那你——光用非理性解释不通吧，你为艾珉做这么大牺牲，应该有些具体的理由。"王奕回忆完他和艾珉那个被他父母搅得一团糟的窘迫婚礼，我忍不住张嘴问了他一句。

王奕古怪地笑了起来。"你这么问，说明你和所有人一样，认为牺牲是件不好的事儿。"

"牺牲是件不好的事儿？"难道牺牲是件好事？我一时不知该再说什么。

"我爱你艾珉，终于得到你了我太高兴了。"

"对不起王奕，到现在我也不知道我是不是爱你。但我感谢你要我，我也很高兴。"

199

这是他们登记结婚那天的对话，那天晚上，在王奕的独身宿舍，他们第一次发生了性关系。在此之前，艾珉多次来沈阳时，都与王奕同住一室，但她说不想让王奕碰她，王奕就不碰，王奕说我爱你就要尊重你。在此之前，二十八岁的王奕没和任何女人发生过性关系，也没有任何女人为他手淫或口淫过，他是以不含一点杂质的处男之身迎接艾珉的。

　　王奕工作的科技情报所无权无势，但却主要和有权的政府决策部门以及有钱的企业生产部门打交道，为他们提供极具价值的信息服务。他们感谢他们。自从市面上有了暗娼，都不用他自己张罗，政府决策部门与企业生产部门就能主动为他创造机会，如果他愿意通过嫖娼解决性的问题，可以说非常容易。而最主要的是，他的处长，顶头上司，是一个狂热的嫖客，在他们共事的过程中，经常能将他逼到一条绝路上去：他倒不反对别人有此嗜好，但他自己没有兴趣，甚至反感；可和处长在一起时，不陪处长嫖吧，就会让处长觉得他不是一个忠诚的下属，那将影响他进步发展。这让他很为难。但即使这样，冒着得罪处长的风险，通过种种机谋策略，王奕仍然保持住了自己的清白之身。比如，在处长"嫖室"的隔壁房间，他也可以与妓女待上一个钟甚至两个钟，却从来不碰妓女一个手指头，在苦口婆心地一番解释后，他只希望妓女给他讲讲她们的体验与感受。他对她们的职业充满好奇。而妓女一旦知道白坐一两个小时也能得到"做"的收入，她们就不介意给王奕讲述许多可笑的或者可悲的故事。王奕问我信不信他真没嫖过，我说信，因为我就不嫖。可王奕的神情，倒好像对我的表白不够信任。不过这个我不计较。

结婚以后，他们小日子过得红红火火，一年半以后生了女儿王露，三年半以后还在北陵小区分到了房子。王奕这边，始终如一地把艾珉当成宝贝看待，而艾珉那边，对王奕无微不至的照料关心能让所有认识他们的人艳羡不已。更可喜的是，王奕的父母在与儿子断绝关系数年以后，终于主动求和了，他们发自内心地接纳了艾珉。

这期间，王露稍大后，他们把她送回了新民老家，由艾珉的妈妈王奕的岳母照看。政治老师独自生活，有时间也有经验，有兴趣又有热情，带好孩子不成问题。艾珉从孩子的纠缠中解放出来后，也渴望出门找事情做，尽管王奕没对她提出过工作的要求，可她自己也闲不住呀，有了事情做，她的生活能充实一些，家庭收入也能增加一些。艾珉仪态万方，心灵手巧，善解人意，谦逊礼貌，除了没有大学文凭，许多工作她都能胜任。她先后在一家外贸公司做过儿童玩具进出口的后勤杂务工作，在一家房地产公司办公室做过统计打字工作，在一家木器公司做过文秘工作，还在私人的广告公司和官办的信访接待站工作过……在每个地方她待的时间都不长，有时一年，有时只有几个月，而离开那单位，既不是她又有了更合适的工作，也不是人家认为她不行，她辞职的理由，就是她心血来潮地想要辞职。她需要工作却又以一种草率的态度对待工作，这让王奕没法理解。

"干得好好的，为什么不干了？"王奕故意漫不经心地问。

"不像我想象得那么好。"艾珉的回答简洁而含糊，就好像，她是一个理想主义者，总以为没接触过的东西肯定很好，在她的想象中，一切都好；只有置身其间了，她才会发现那好中的问题，而那问题会让她失望，破坏她心中的完美想象，她便只能退避出来。

生活平静而又流畅，一晃王露都上小学了。这期间，尽管他们也会口角，也会争吵，也会互不理睬或冷嘲热讽，但总的来说一帆风顺。如果史亚虎不出现的话，他们也许能一帆风顺地继续走下去，走到老，走到死，走完这一辈子；但史亚虎出现了。

四月一号，也就是王奕半夜闯进我家，给我带来艾珉离家出走的消息那天，他还不知道他的家庭之船何以会触礁。但他一点也没考虑愚人节的恶作剧之类，他说艾珉根本搞不懂愚人节是怎么回事，他毫不犹豫地认为，艾珉的出走与男人有关。

"你为什么这么肯定？"我感觉王奕的叙述有不少破绽，可破绽在哪我又找不出来。

果然，王奕一下被我问住了，但他随即意味深长地看我一眼，让我心里一虚，也就没勇气向他发难了。"是呀，艾珉还是不够成熟，什么事都可能出现，"我冠冕堂皇地叨咕一句，"可那男人会是谁呢？"

这还的确是个问题，因为艾珉认识的男人实在有限。尤其是，那段时间，恰好她又辞掉了一份工作，辞工后的几个月里，她大门不出二门不迈，除了一两天去菜市场买一回菜，除了每两三个礼拜回新民与妈妈和王露住一两宿，她与外面的世界已基本隔绝，怎么能有男人趁虚而入呢。就这么着，王奕天天往我家跑，与我分析猜测，推理判断，搞得我越来越神经兮兮，在他审视的目光下，我都怀疑是不是我幕后策划了艾珉的出走。好在我的压力只承受了一周，一周后，有一天，王奕带着愧疚来到我家，把事情的真相告诉了我。

"是史亚虎,是史亚虎这个流氓骗子王八蛋!"

　　对我来说,史亚虎是个陌生的名字,按我本意,我倒更希望他在我这里继续陌生下去;我不想再与王奕纠缠,不想与王奕有关的任何事情继续纠缠。可我惦记艾珉。我想搞明白,是何人的魅力如此之大,能让她义无反顾,破釜沉舟,一夜间背叛所有亲人:丈夫、女儿、母亲、公公婆婆、甚至我。当然了,我不能不说,对那史亚虎我不无妒意。

　　幸好,王奕是让我熟悉了史亚虎之后才从我的生活中蒸发掉的。有了艾珉的踪迹,他大概光顾与史亚虎争夺艾珉了,无暇再往我这里跑。起初还有两个电话,后来电话也不打了。

　　我没找过他。

　　史亚虎和王奕是大学同学,毕业后去日本生活多年,回国后,在广东东莞与人合伙办化工厂。某一天,他奇迹般地出现在王奕面前时,他的客套与斯文,让王奕几乎不认识他了。史亚虎说,他早就在其他同学那里得知王奕的情况和他的电话了,但太忙,没空与他联系,这回突然找上门来,是想请王奕帮他翻一个日文小册子。他说他自己翻那东西没有问题,但他没时间,而同学里,像王奕这样一直还在摆弄日语的,已经没几个了。史亚虎出手大方地甩给王奕一千块钱,说以后有事还得麻烦他,又说自己当天还要飞到广东,十天后回来,请王奕届时务必完成任务。

　　十天以后是个周日,傍晚的时候,史亚虎一下飞机就给王奕打来电话,说他将从机场直接来找他,他让王奕在北陵小区一带找个饭店,要一块吃个饭。这时艾珉已经做上饭了,周日的伙食标准也不算低，鱼肉齐备。王奕就说，反正你来我家附近，要是嘴巴不刁，就在我家吃吧。史亚虎不是那种虚头巴脑的人，他说哪里哪里，我吃方便面也没有挑剔；不骚扰的话，我当然愿意去你家了，我都忘了家啥样了。史亚虎老家是辽东山区的，在丹东那边，特别穷，他从日本回国好几年了，只回过一次家。他说他看到亲人们那一张张让贫穷和无知搞得低贱猥琐丑陋的脸，就要发疯，就恨不得杀死他们，以帮助他们获得解脱。他说他从来没结过婚。

这天晚上，史亚虎吃得喝得非常高兴，他说这饭菜这气氛都让他放松。十点钟，他不无遗憾地站起来向主人告辞，说不能聊了，一个是第二天王奕得上班，再一个，他明天也要去趟丹东，他正在与丹东的一家国营工厂谈合作项目。他就给北陵小区周边的辽宁大厦和兰亭宾馆挂电话，问有没有房间。是这时，王奕顺嘴说，既然你明天要去丹东，在沈阳只能待半宿了，就别走了，在我这睡吧，住我女儿的床。史亚虎对这个提议挺感兴趣，可他还是客气了一句，方便吗？显然，他的问题是提给艾珉的。艾珉说我给你铺被去。

第二天，王奕七点半上班，史亚虎的火车是九点半的，他完全可以八点半以后出门。可他和王奕一块动身了。他说他想走到车站，活动活动腰腿，也看看沈阳近年的变化。这细节进一步强化了王奕对史亚虎的感觉：他的确比过去有教养了。这之后，神出鬼没的史亚虎有时挺长时间没有消息，有时又忽然带着需要翻译的东西或一堆礼物来看王奕艾珉。他再没在他们家住过，但有时会主动要求过来吃饭，他说他喜欢艾珉烧的菜。他让王奕翻译的单篇文章或小册子，是一些牙膏配方香皂成分之类的东西，专业性强，比较麻烦。但他每次都先付报酬，且出手大方，每次译稿拿走以后，还会礼貌地做出赞许的反馈。王奕觉得，给史亚虎干活挺愉快的。

其实，从另一个角度说，王奕又觉得与史亚虎打交道心里没底。尽管史亚虎的表现无可指摘，但依既往的了解，王奕又很清楚这个人的不确定性太大，不是个让人放心的角色。王奕是个多疑的人。

在学校时，王奕与史亚虎没什么深交。他向来是省心听话的好学生，不显山不露水，不惹事不生非。可史亚虎完全是另一种类型，他风风火火，咋咋呼呼，作为班级的体育委员，他是校园里所有体育活动的积极分子，好像永远不能安安生生地坐上半天。他一方面义气豪爽，乐于助人，另一方面又心狠手黑，不计后果。有一次在饭店喝酒，他和另一桌的人发生口角，王奕眼见着他忽然抓起地上的一只空啤酒瓶，动作极快地往墙上一磕，用满是斜茬利齿的半个瓶子迎面朝对方捅了过去，要不是对方闪躲迅速，那张脸就被扎成蜂窝煤了。在学校，没人敢惹史亚虎，人们传说着他中学时代的打架经历，像说一些神奇的故事。但人人又都感觉得到，在许多事上，他又是工于心计的。他的不计后果与工于心计一点不矛盾，就像他在与人打架下狠手时，脸上竟会浮现出恋爱中的大男孩才有的那种腼腆羞怯。

史亚虎来家里吃过几回饭后，王奕不知出于什么心理，曾委婉地对艾珉有过提醒，说史亚虎是个危险的人。可没想到，艾珉却真的逆流而上了：越是危险越向前。

寻找艾珉，是一件大海捞针的事。王奕首先想到的是，这事的确应该对女儿和自己的父母保密，但对岳母却不能保密，只有让岳母配合自己，才更容易找到艾珉。即使艾珉心硬，不在乎弃夫别母，可女儿总是她心头肉吧，她惦记她想念她就能有所表示，至少得往她妈家打个电话。王奕就把情况对岳母说了，并马上给自己家和岳母家的电话都办理了来电显示服务。但等了几天没等来艾珉的电话，却在信箱里，等来了两封电子邮件：一封艾珉的一封史亚虎的，都是从史亚虎的邮箱里发过来的。艾珉的那封非常简单，大体的内容是三句话：第一说她和史亚虎在一起，一切都好，第二恳求王奕同意离婚，第三请王奕多陪陪女儿；史亚虎的那封则话多一些：

  对不起王奕，我太爱艾珉了，就把她从你身边夺走了，我会十倍百倍地对她好的，请你相信我的认真。我知道自己很不地道，曾经想过就无赖到底，毕竟离婚是你和艾珉之间的事，在你们解决问题之前，我做个缩头乌龟也许更合适些。但我是男人，我得为我爱的女人负责，我就改了主意，给你写信并让艾珉也给你写了她的邮件。当你做出让我和艾珉接受的决定时，我会为给你造成的伤害做出补偿，这个以后我们再商量。我想提醒你的是，我和艾珉既然走出这一步了，就是把所有对我们不利的因素都考虑到了，所以，希望你能正视现实，尊重艾珉的选择，别搞得大家两败俱伤——最主要的是，别伤着你。我和艾珉都希望你能振作起来，一切都好。
  史亚虎

史亚虎艾珉的信让王奕怒不可遏，但有了艾珉的消息他又松了口气。他给史亚虎和艾珉回复了邮件，中心意思是问艾珉在哪，让艾珉回来，说他可以原谅他们，但绝对不会放弃艾珉；同时，他又立刻通知岳母，说艾珉大概能打电话了，他让岳母一定记好来电的号码。果然，当天中午，王露刚放午学，艾珉的电话就挂了过来。王露受姥姥之嘱，不动声色地问妈妈礼拜天怎么没来看她，艾珉解释说，她到个新单位工作很忙，下一两周，她爸爸有空会代她去看她。艾珉匆匆撂了电话，随即，政治老师就把来电显示上的号码报给了王奕。0415，王奕在沈阳那头告诉岳母，是丹东，她在丹东呢。接着王奕向丹东的电话查询台发出询问，打听艾珉使用的那个电话号码的机主是谁，查询台回答，那是街边的 IC 电话。

当天晚上，王奕就去了丹东，他结合当初史亚虎谈到的关于丹东那个国营工厂情况的只言片语，按艾珉那个 IC 电话所显示的方位，开始了寻访。事情一下就简单了，王奕到丹东的第三天，通过在史亚虎新工厂门外的守株待兔，通过跟踪史亚虎，很快就找到了他们租住的房子。王奕没和史亚虎正面交锋，下一天，史亚虎出门后，他冷静地出现在了艾珉面前。

"跟我回家艾珉，我不怪你，回家就行。"王奕像什么事都没发生那样安抚艾珉。他注意到，艾珉裸在衣服外边的胳膊上脖子上隐隐有几条青紫印迹，他掀起她衣服，发现她身上也有些伤痕。他用手抚摸那些伤痕，狐疑地看艾珉。

艾珉躲王奕，慌乱地掩盖身上的伤痕。"我摔跟头了。丹东这边道路不平，坡太多，我走路不小心摔了一跤。"

"我没问你怎么弄的,你怎么弄的我都心疼。"

"我知道你对我好王奕,我知道你心疼我!可我想和你离婚,我不爱你了,不用你好不用你心疼!"

"这没关系。但你现在还是我老婆,你得跟我回家。有什么话咱们回家说去,离婚也得在沈阳离吧。"

"不,你答应离婚我再回去,你开了介绍信我再跟你走。"艾珉往门外推王奕,紧张得都话不成句了。"你快走吧王奕,你就当没有我,就当我死了……求你了快走吧,别让史亚虎看见你,他醋意大,他看见你会杀了你……"

艾珉这样说话,倒好像史亚虎是她丈夫,而王奕是个骚扰她的地痞无赖。这让王奕备感屈辱。不过王奕倒接受了她的提醒,他见暂时无法让她回心转意,就先走了,没让史亚虎看见他,尽管,只有他杀史亚虎的道理,而决无史亚虎杀他的理由。他说,回沈阳后,他对我说,操他妈的,他不君子我就也小人;虽然正面交锋我不是他对手,我却可以神不知鬼不觉地先暗算他。当然了,即使他气得都歇斯底里了,却仍然遵守了对艾珉的承诺,向政治老师报告艾珉情况时,只说通过邮件知道她一切都好,没提他已经见到了她。

旁　白

我论文的写作速度非常缓慢。我不停翻阅的参考书摞得比电脑还高。我把大块大块的时间都花在了电脑前,可我的电脑,总是以黑黢黢的屏保护状态与我对峙，我真为难呀！我的道德底线不允许我过于放肆地偷盗他人，可不偷盗，我又怎能写出医学文章呢？许多当了一辈子医生或教了一辈子医术的人对自己的专业都无话可说，现在让我这个只对戏剧感兴趣的人到性命攸关的医学领域跑马占地，那无异于逼着蚂蚁去搬运大象。

作为医学编辑，我对心肝脾肺乳腺睾丸脑垂体神经元都有研究当然最好，可如果我只有良好的文字组织能力，敏锐的判断选择能力，对于稿件，能在文字上把关版式上出新，也就应该算是合格了。各司其职啊。各有所长呀。在我们编辑部，当过牙科医生的人可以编《帕金森病针灸治疗与机制研究》这样的文章，《CT灌注成像在神经系统疾病中的应用》这种文章也可以由前骨科医生发稿，难道能说是专业不对口吗？在我看来，虽然我们主编打排球出身，有个函授文凭还是体育学院的，可他对许多医学问题的兴趣浓度和理解深度，远在一些医学专家之上。我不明白那个要我写医学论文的高职称评委为何如此刁难我，难道他喜欢虐待，而我恰好成了他的施虐对象？我很想摆脱他的掌控，可又下不了决心，毕竟他折磨完我会给我个职称，那职称将给我带来强烈的快感……

这种骑虎难下，让我对我当初的选择懊恼不已：如果我仍然是个混迹京城的流浪汉，连固定工作都没有，我还能受职称的戏耍吗？我一下子清楚奴役的起源了。我关闭了电脑，收起医学参考书，决定自己给自己松绑，彻底摆脱职称的控制，不再与这降低人人格的欲求纠缠不清。为了免得日后反悔，我要把自己逼进死胡同去。我立刻起身走向电话，我决定向主编宣布，从此我再也不要什么狗屁职称了！

可我把手伸向电话时，电话先响了。

"老哥吗？是我。"

"你——"我立刻听出来了，那声音和那老哥的叫法，虽然已经很陌生了，但我永远不会忘记。"艾珉？你在哪？你怎么样？你——"

艾珉好像匆匆忙忙，好像担心有人抢她电话。她说的话断断续续，语无伦次，但我还是听明白了她什么意思。我说明白了，她电话就撂了，而对我提的问题未置一词。一切发生在眨眼之间，一切又似乎并没发生，事后我竟认为，这只是我幻觉中出现的一个小小插曲，是我下意识中对艾珉惦念的神经质反应。这事过去的时间越久，我越认为它是个幻觉，因为史亚虎根本没来找我，而艾珉，她从此也再未打过电话。

但这件事情确实存在，艾珉打电话这件事情。艾珉说，她和王奕分手了，现在她男朋友叫史亚虎。我说"啊"，我没说这情况王奕已经告诉我了。艾珉又说，那史亚虎不知从哪听说了我们好过的风言风语，可能会来找我核实对证，他很可能先软后硬，先感化我后威胁我，让我承认；艾珉希望我守口如瓶。除了师生关系，我们没有别的关系吧？她说。我又说"啊"。但我此时的"啊"毫无意义，我的脑子一时短路，是"啊"过才意识到我为什么"啊"的。艾珉继续说，史亚虎脾气暴躁能打善斗，我不是他对手，所以千万别和他来硬的，比较客气地应付一下把他打发走，也就啥事都没了；其实他那人很懂道理。艾珉说完问我听明白没有，我说听明白了，我的"了"字还没落音，她就撂了电话。我想，我之所以希望这个电话只是幻觉，与艾珉的警告让我产生的恐惧有些关系。恐惧让我没着没落的，而此后的日子里，史亚虎越是不出现，我就越恐惧，而我越恐惧，就越愿意艾珉的电话只存在于我的幻觉之中。

但史亚虎还是出现了，只不过，他是以另一种方式出现的。

一个月一晃就过去了，那天，史亚虎出现那天，我正在办公室给主编和其他同事讲一个戏剧故事。那天是周二或者周四，反正是个我可以不坐班的日子。但这段时间，我有事没事总泡在单位，与那些需要坐班的同事嘻嘻哈哈，好像这就能让我战胜恐惧，有所依托，从而躲过史亚虎的寻访。在这期间，我有过多次机会当面告诉主编我那个放弃参评职称的决定，可那天艾珉的那个电话，不仅当时拖延了我的通报，事后也让我再没有了把那决定说出来的勇气，似乎一旦这决定公布出来，我就更没没落了，我将更加受治于恐惧。当然，我也没打算继续写作《暴力倾向与额外的Y染色体》，我不愿意想那东西，就像不愿想艾珉的电话或史亚虎的出现。

当时我针对女人的整容手术，讲的是瑞士作家迪伦马特的《贵妇还乡》，说那个老太太身上的零件几乎全是假的。我正讲在兴头上，一个一直边听我讲述边浏览网上新闻的同事忽然叫着我名字打断了我。

"哎，这个王奕，科技情报所的王奕，是你推荐的那篇日文稿的译者吧？"

就这么着，我停止讲述，去看网上新闻，既看到了王奕被杀的旧闻，也看到了杀人凶手史亚虎刚刚伏法的新闻。史亚虎就以这样一种方式在我面前出现了。我脑子里边一片空白，什么也讲不下去了；但几分钟后，我觉得我整个身体忽然轻松下来，好像可以飘上天去。

我就继续讲完了《贵妇还乡》，还无忧无虑地又和大伙聊了一会，是离开编辑部后，我才重新紧张起来，不过此时的紧张已是另一种紧张。出门后，我马上与公安局一个经我手发过稿子的法医联系，请他帮我借到"史亚虎－王奕"一案的全部案卷。做这件事不那么容易，但我认识的这个法医，在公安圈子里地位特殊。简单说吧，比如伤害案中，给嫌疑人定罪，那得参考他对被伤害者受伤害的程度做出判定，如果他抬抬手把重伤害判定为轻伤害，那他就算嫌疑人的再生父母了；一般情况下，嫌疑人家属只知道求一线干警，想不到来求他这个穿警服的医生，但被求到头上的一线干警，即使当官的，也往往要掉过头来向他求助。这样，在公安内部，虽然彼此不服气不买账的特别多，但对他，几乎无一例外都客客气气，所以我求他帮我调档阅卷，便不至于空手而归。

是的，我没空手，我在看守所的一间办公室里坐了一天，看完了与"史亚虎－王奕"一案有关的所有材料。果然不出我所料，在那案卷里，我的名字被提到五次。

正文：史亚虎的说法

到丹东后，有一次艾珉和史亚虎聊天，承认她和王奕过日子，有时候确实不太开心。可是，她问他，你怎么能看出来呢？史亚虎嘿嘿笑着，洋洋得意，说我又不会算命，你也高高兴兴的，我哪能看出你不开心来，我只不过找个由头往体己话上说呗。但他又补充道，也是我太了解王奕这个人了，谁和他打交道都别别扭扭的，和他过日子，肯定不得劲。

那天史亚虎接受王奕的建议去他家吃饭，根本没想到王奕会有个那么迷人的妻子，直到艾珉在厨房忙完饭菜，也坐到桌前了，他还觉得艾珉是王奕妻子这件事有点虚假。

在此之前，他答应王奕去他家吃饭，的确因为他很久没体会到家的感觉了，尽管，他没告诉过任何人，在日本他其实有过家，他曾经和一个大他几岁的、带着一个女儿的日本寡妇结过婚。婚姻使他在日本的生活过得不错，也攒了些钱，可后来他和那个读中学的继女搞在一起，妻子把他赶出门了。幸好，他早有防范地在中国老乡手里存了些钱，离婚后，也正是因为他带了这笔私房钱回国，才能与人合伙在东莞搞起一家化工厂来。几年里，他的工厂效益不错，他的分红也不算少，于是他便萌生个想法，回家乡来拓展事业，到辽东地区的丹东本溪一带开办新厂，或与同行进行项目合作。说来也奇怪，史亚虎对家乡深恶痛绝，对亲爹亲妈亲妹妹都没什么感情，可办工厂，却希望办在家乡地面。他的合伙人都是广东当地人，对来东北发展兴趣不大，认为来的话，也应该把厂址选在沈阳大连长春哈尔滨，可丹东本溪，他们都没听说过，到那里做事能有什么前途。是史亚虎经过再三努力，才勉强说通了他们，毕竟他们与他是彼此制约互相利用的关系，在谁也离不开谁的情况下，只能各退一步。几个合伙人同意史亚虎先回家乡来寻求合作伙伴，但在辽宁的前期活动，他们不做资金投入，任由史亚虎一个人在这边折腾。史亚虎意识到他与合伙人的关系开始出现裂痕了，可回家乡发展的冲动让他只能一意孤行，或者，正因为他发现了他与合伙人间已有了裂痕，才更希望回家乡发展。

他找王奕翻译资料纯属偶然，到王奕家吃饭更是顺便的事，吃饭过程中，他发现艾珉很吸引他，情不自禁地过分表现一番，那也是一个男人遇到有姿色的女人时的正常反应，没特别之处，甚至直到住了一宿，第二天早上和王奕一道出门了，他也没想过他要怎样。毕竟艾珉是老同学的妻子，稍不检点被传扬出去，他就难做人了。从日本回国后，他没固定女友，也不想找固定女友。现在找妓女那么容易，那么便宜，还那么新鲜，何必找个固定女友添麻烦呢。可从北陵小区出来往火车站走时，他鼻子忽然有点发酸，他觉得他开始想女人了。不是想妓女，想那些可以在他身下也可以在任何男人身下生龙活虎的女人，而是想一个固定属于他的，只因为他而生龙活虎的，不论他去天南海北，她都能在一个他可以随时出入的地方等他盼他惦记他的女人，或者说，他是想妻子了，至少是想一个妻子式的女人。

北陵小区距火车站不远，不用快走，半小时也到了。史亚虎走向火车站的半小时里，正是早上上班的高峰期，大街上车水马龙行人如梭。史亚虎边走边看那些上班的男人。是的，他们大多灰头土脸无精打采，显得急急歪歪浑浑噩噩，但史亚虎却没来由地对他们产生了亲切之感。还从来没有男人，尤其是一些普普通通的小市民小职员男人让他感到过亲切呢。这些人肯定都平庸渺小，猥琐卑微，但他们在刚才走出家门时，却肯定都有一个妻子把他们送到门口，并嘱咐他们过马路当心或慢点骑车；而晚上，忙碌一天后，他们一进家门，不论家中的丑媳妇黄脸婆多么歪瓜裂枣，愚憨邋遢，也总能把热乎乎的饭菜端上桌来，并在熄灯以后，由着他们的心情陪他们过一次或繁或简的夫妻生活。当然了，在黑暗中，他们尽可以把这些丑媳妇黄脸婆带给他们的快乐想象成是随便哪个靓妞美妇大明星带给他们的……史亚虎简直嫉妒死街上那些男人了，而在那些他不认识的男人中，他能嫉妒得着的，似乎又只有一个他认识的男人，一个此时并不在他眼前的男人，一个叫王奕的男人。

史亚虎闭一下眼睛，刚才艾珉送他和王奕到门口时的那一幕，立刻清晰地重现了出来。"别忘了给女儿打电话呀。"她这句话，是说给王奕的。虽然家里也有电话，但往她和王奕的老家新民县挂，算半个长途，在单位挂自家就能节省一点。可她忽然意识到王奕身边还有个史亚虎，她怕她的小心眼被史亚虎看破，就又自作聪明地补了一句："他再不给王露打电话，王露都记不得他声音了。"她这句话是说给史亚虎的。可她说了什么，是不是显得小心眼了，史亚虎根本没往心里去，甚至都没听见，只有她柔柔的声音和倚门而立的姿势，深深地印进了史亚虎的脑海。他被艾珉那种平易近人的美貌与清纯朴稚的气质给迷住了。

在车站售票处，史亚虎已经排到窗口了，却忽然抽身出来，打车回到北陵小区。他敲开王奕和艾珉家门时，正在洗他刚刚住过一宿的床单的艾珉十分惊讶。但史亚虎用他天真并且羞怯的微笑，驱除了艾珉的慌乱，他说他是突然想到要问她句话，特意赶回来的。

他站在厅里，并没坐下，也没把身后的房门关死。他让艾珉别太紧张。

"你别紧张呀，你一紧张我更紧张，话就不会说了。你笑一笑，让我赶紧把话说完，说完我还得回火车站呢。"

"什么？你说吧？"

"我想问你，和王奕，你过得开心吗？"

"我？你什么意思？"

"没什么意思，我就是想问问，因为我感觉你不太开心。可我，虽然刚认识你，却不知为什么，有点杞人忧天地惦记你。"

"谢谢，我挺开心。"

"哦——那就好，那就好。再见。"史亚虎说罢返身往外走，可走到门口，又站住了。在这之前，他脸上的微笑一直和蔼，是个关切的大哥哥的那种微笑，但在门口站住以后，转过身来，他微笑没了，只剩下忐忑，他的表情，既像个犯了错的孩子在等待责罚，又像个调皮的孩子在捉弄大人。"我又回来问你话这事儿，我不希望……王奕知道……再见。"

史亚虎没等艾珉表态，就真的走了，而艾珉，也的确没表态，连再见都没说，只呆呆地站在门口，听不到史亚虎的脚步声了，才把门关上。

史亚虎认为与王奕打交道别扭，并没什么充分的证据，他们之间也从无冲突。毕业时，班里最后一个党员指标给了王奕而没给史亚虎，那也不算他俩之间矛盾的标志，虽然史亚虎是班干部而王奕不是，但那回，校党委的意见是，发展党员别光盯着班干部，也得让普通同学得点好处，要不许多人为争班干部系干部校干部就更是不择手段了。所以，那个党员名额不给王奕，也落不到史亚虎头上，史亚虎没道理仇恨王奕。但史亚虎就是看不上王奕，他说王奕该笑时不笑，该生气时不生气，而常常不该开玩笑的时候，或不值得发火的时候，他却可能忽然冒出一句并不好玩的玩笑或发出一通无名火来，这都让人觉得别扭。但最让史亚虎觉得王奕这人不可思议的，是大学期间，王奕对两个女生求爱的事件。

史亚虎是辽东山区农民的儿子，王奕是新民县城工人的儿子，从出身背景上看，从见的世面上看，王奕比史亚虎稍好一些。但即使这样，来到灯红酒绿的沈阳城里，来到活力四射的大学校园，他们同样属于边缘人物，尽管，他们这种边缘人物在大学里班级中比例很大。沈阳城终究是沈阳人的天下，是那些工人干部职员医生教师军官商人的子弟儿女们的天下。一年级时，他们班成了双配上对的学生，都是家住沈阳的。史亚虎是二年级上学期开始追女生的，到上学期快结束时，有一个低他们一级的沈阳女孩成了他俘虏，而王奕，他的异性追求史得从二年级的第二个学期快结束时开始计算。

二年级下学期快结束时，王奕忽然变得神出鬼没了，同学们猜测他可能在追女生，可很久之后，大家才发现，王奕的追求对象，是个暑假后将读四年级的哲学系学姐。王奕的秘密传出来后，许多人都惊讶不已。倒不在于那个学姐比王奕大，长相也一般，而在于，那学姐名声不是很好——她刚刚挨了一个处分，是因为怀孕，因为和校外一个有妇之夫搞在了一起。有和王奕关系稍好的同学向他打探，他是不是和那学姐好了，王奕不置可否，说如果他恋爱了会告诉大家。这就是说，他和那学姐还没好上，可他是不是在追求她呢？对此王奕的回答仍滴水不漏：一个男生和一个女生来往多些就意味着追求或者恋爱吗？他的回答等于什么也没说，但给那问题留出了想象的余地。一般来讲，王奕是个诚实的人，也不油滑，如果他没追学姐，他会直接否认同学的问题。当然了，王奕这人也比较善良，如果是那学姐追他，他在犹豫，或试图拒绝，他的回答也可能不着边际。

但再下个学期开学不久，就有消息传了出来，王奕的确追求过学姐，且追得挺紧；可学姐一直没认可他，一直都在委婉地拒绝。她感谢王奕在她最需要友谊的时候出现在她身边，可她认为，她与王奕只有友谊，没有爱情，她不需要怜悯不需要同情。王奕说，我不是怜悯不是同情，我是喜欢你爱你，我不介意你比我大，不介意你有过流产的历史。可学姐说，我也没觉得我比你大或流过产挨了处分就多丢人，我只是觉得爱情是双向的，若我们好，得我也爱你才行；但现在的问题是我不爱你。可王奕把学姐的委婉当成了犹豫，当成了一个身有污点的女生的自我保护与自我压抑，到了假期，他居然去了人家大连的家。这让学姐非常生气，和他大吵一架，算是掰了。这之后，又有同学问他是不是追过那学姐时，他的回答是，我俩在路上走个对面都不说话，你说有这种追求法吗？这是王奕说话的风格，明明他在偷换概念，可总把别人推到傻瓜的位置，不涉及男女的事他也会这样。比如，他学习肯花苦工夫，日语词汇量大得惊人，有人问他怎么背的，他的回答是：你以为除了死记硬背还有捷径吗？弄得别人和他说话必须先掂量掂量才能开口。班上也有个女生喜欢他，家是沈阳市里的，爸妈都是小职员，人也长得细皮嫩肉,就是学习稍微差点。可谁都知道,学习成绩的好坏与毕业分配关系不大,你若来自农村,没什么特殊背景又不是干部党员,学得再好也得分回县里,顶好分到下边的小市;可你是沈阳人,爸妈亲友们又能七扭八拐地与学校搭上点边,那你成绩好不好都能去个不错的单位,至少留沈阳没半点问题。可王奕对那女生毫无兴趣,有一回人家送他张电影票,他竟把票给了同宿舍的另一个男生,而对那女生和那男生,他都没有解释交待,搞得两人特别尴尬。回来后那女生哭了,有其他女生捎信让他去看看,他不仅不去,还一脸无辜地请别人别瞎说,说她哭了与我何干;而那男生骂他时,他一边指责那男生不懂好赖,早知这样电影票就不给他了,一边强调,我怎么能不把作业写完就去看电影呢。那女生对他非常伤心,从此也就不理他了。可他让那女生更伤心的,是后来。后来,他选择了班级的另一个女生作为追求对象,而大家公认,后一个女生哪方面都不比前一个女生好。

后一个女生家在朝阳农村,上学不久就和高一级的一个老乡恋爱,已尽人皆知,甚至有时候,那女生干脆把恋人老乡带回宿舍,也不管其他铺上是否有人,钻进蚊帐就夫妻一场。可毕业时,那老乡忽然宣布与女生分手,搞得那女生死去活来。班上许多人都象征性地去关心那女生,王奕也去了;可别人是去一下就得,意思意思拉倒,王奕则是经常去,对那女生的大事小情都伸手帮助,好像他是她的恋人,或者说,那女生其实没被恋人抛弃,她仍有王奕这个恋人。结果,下学期开学后,王奕返校的第一件事就是找那女生,表白说他喜欢她,热爱她,针对外边关于她的风言风语,他愿意与她相携相伴地冲破流言阵与秽语潭,使她走出痛苦走出伤害走出磨难。可那女生却不买账。谁说我有痛苦受伤害遭磨难了？哪有什么中伤我的风言风语呀？我只是刚刚经历了一次失败的恋爱，但我觉得这是好事，它使我坚强了；现在我只想好好念书，度过大学的最后一年，不打算考虑个人问题。当然了，那女生的话不是直来直去地捅给王奕的，她给王奕留足了面子，她是通过其他同学转告王奕的。可这么一来，还不如当面锣对面鼓地拒绝王奕呢，这事一下子又搞得满城风雨。自然了，王奕是个敢做敢当的男人，他不怕他的感情路人皆知。可无论如何，对人那么一腔热情却得不到回报，尤其是大家联想到以前他追求哲学系学姐的事，倒对他充满了同情怜悯，毕业时，没人和他争那张分给普通同学的党票，也许其间就包含了一些补偿的意思。

"他在恋爱取向上好像有什么问题。"

后来提审史亚虎时，有个女预审员自言自语地叨咕了一句，垂头丧气的史亚虎立刻来了精神，大声宣布："他变态！他精神病！"

"你喊什么喊，"另一个男预审员喝斥他一句，"他精神病杀你没事，可现在是你把他杀了。你也变态，也精神病？"

那天史亚虎离开艾珉重返车站时，他的心里非常矛盾，他认为自己太过分了，居然调戏同学的妻子。可一路上，回想着艾珉与他说话时表情的错愕，眼神的茫然，嘴唇的噏动和胸脯的起伏，他觉得他不是轻薄，不是捉弄，不是逢场作戏不是顺手牵羊，他是由衷地爱上了艾珉。他爱她！

他觉得他过去的感情生活从来不严肃，所以总是受到报应。念大学时，他先后谈过三次恋爱，不能说那恋爱不认真，但也不能说他对那恋爱多么珍惜，因为，那三次恋爱居然是交叉重叠着进行的。尽管他的一心三用从未被恋爱对象识破过，但那三个沈阳姑娘的家长，分别以不同的方式从不同的角度奚落了他否定了他，极大地伤害了他的自尊，让他以为，那是女友们的家长冥冥之中察觉到了他是一个玩弄女性的人，于是他们便通过他的出身来打击他，不允许自己的女儿成为他这个辽东山区农民儿子的恋爱对象。他毕业之后去日本，就是希望闯出一番自己的事业，让那些瞧不起他的姑娘们的父母们好好看看，他史亚虎虽然出身微贱，但却是出类拔萃的男子汉。

在日本，生存图景并不像他设计的那样美好，连活命都成了一个问题，继续读书简直是奢侈。但史亚虎向来有女人缘，两个日本寡妇的资助使他过上了人的日子。第一个寡妇年龄更大些，有点像中国的女企业家女老板，总之是个成功人士。她成了史亚虎的女朋友，便类似于中国男人包二奶那样，包养了史亚虎，使史亚虎有可能去学他的企业管理。后来，不知出于怎样的考虑，那成功女士把史亚虎转让给了她的一个寡妇女友，即史亚虎后来的日本妻子。日本妻子大史亚虎七岁，她的女儿小史亚虎十四岁。刚结婚时，他们过得挺好，但时间久了，有几回，成功女士偷偷与史亚虎约会，史亚虎觉得他妻子已经看出了端倪却未声张，还像没事一样，这让史亚虎感到不可思议。史亚虎在两个像他姐姐甚至阿姨一样的女人之间跑来跑去，很是别扭，可没办法，毕竟这能保证他生活安逸，经济富足。直到几年后，他和继女建立的暧昧关系被妻子发现了，妻子大怒，他才被人赶出家门。

而回国后，史亚虎根本没恋爱过，他只与风月场上的女人打交道。他是买方了,可以趾高气扬地玩弄别人了,再不必因出身贫寒或经济困窘受人钳制,这让他感到扬眉吐气高人一等,他觉得这辈子只与女人进行这样的接触,也就比过去的皇上还快活了。可见到艾珉,他蓦然感到,也许王奕才是最快活的男人。他暗下决心要让艾珉成为自己的女人。

但在丹东,他在给艾珉挂的唯一一个电话中,表达的却是收敛的意思:

"嗨,艾珉,你好吗?我是史亚虎,我没什么事儿,就是问候你一句。另外还是想请你原谅,如果那天我回去找你不合适的话,你别怪我……你千万别把我想得太坏呀!我不会再给你打电话的,除非,除非你愿意让我打。好吧,祝你快乐,你一定快乐些……"

艾珉在电话里仍然一言不发,史亚虎只能听到她紧张或者激动的喘息声。这就够了,不必再说什么,史亚虎清楚他以后该怎么办。不过,当时,史亚虎虽然又回沈阳待了几天,并且去单位找过王奕,但他没去看过艾珉也没给艾珉打过电话,他只让王奕给艾珉代好,还托他给艾珉带回去一只榴莲。"让艾珉尝尝我们南方水果。"他这样玩笑着对王奕说。

史亚虎再一次见到艾珉,是第一次见到她的一个月后。

那天,他是应王奕之邀去吃艾珉做的清蒸鱼。一坐到饭桌前,他就成了个出色的演员,当他的表情也能被王奕看到时,他的心事重重与强颜欢笑,给王奕的感觉是,他可能生意场上不那么顺利,但他努力不把苦恼带给别人;可当他意识到只有艾珉能注意到他神色时,他的深情款款与精神恍惚,给艾珉的感觉是,由于他要压抑对她的爱，他其实非常痛苦感伤。但史亚虎不认为他是做戏，他觉得他的真实是不含杂质的，就像他喜欢艾珉并越来越喜欢她同样的不含杂质一样。而事实上，他也的确一个月没去找妓女了，他的想法是，至少在确定下来艾珉是否能接受他之前，他需要对她专一和忠诚。这天晚上，史亚虎仍然是十点钟起身告辞的，王奕又留他，他谢绝了。

第二天上午，和上一次差不多同样的时间，九点半左右，史亚虎又站到了艾珉面前。他条分缕析地解释他的感情，反复表白他再度来找她，绝非心血来潮，而是深思熟虑的结果。他问艾珉有没有那样的时候，因为喜爱而丧失了理智，如果有过，哪怕只有过短暂的一瞬，她就应该能理解他。说着他把艾珉的双手举到唇边，亲吻她的两个手心和手背，并逐一吮吸十根手指。艾珉开始什么也不说，是不知道说什么好，或根本无法发出声音；后来她说不，不行，你走，我喊啦；待她的双手被史亚虎裹来舔去，弄得痒酥酥时，她想努力抽回它们，却抽不出来，就又说，你放开，你干什么你，我正干活呢，手脏，有细菌……这一次，史亚虎进门后把门带死了，关死的房门给了他胆量。他强硬地把艾珉抱进卧室，按倒在床上。艾珉不停地说我喊啦我叫人啦，这好像提醒了史亚虎，他就顺手把条枕巾勒在她嘴上，在她脑后打了个结。艾珉不说什么了，只是喘息，但手脚仍然进行抵抗。史亚虎说亲爱的你听话你听话，我都急死了……但艾珉的手脚仍然动弹，不予配合。史亚虎感到很无奈，可又欲火中烧。这时他发现艾珉的眼睛在瞟一旁挂着的睡衣，而睡衣上那条长长的带子提醒了他。他跳起来去抽睡衣带子。他跳起来时，艾珉也从床上跳了起来，

223

可艾珉离开床的速度没有他快,他回到床边时,正好艾珉刚坐起来,而对于坐起来的艾珉,他用那条睡衣带子捆绑她双手就方便多了。这么一来,再没什么问题了,史亚虎温柔而又狂热地占有了艾珉。

按理说,勒嘴的枕巾也好,绑胳膊的长带子也好,都被史亚虎系得松松垮垮形同虚设,如果艾珉做出反抗,它们肯定没有作用。但此时的艾珉又怕又气,虚弱不堪,已经成了某种虚有之物的俘虏或奴隶。她脸色苍白,泪水涟涟,在枕巾下边,一个劲地嘟囔对不住王奕,说史亚虎你还让我怎么做人呀。她的发音含糊不清,有点像梦呓。

这一天,史亚虎中午下午各有个约会,都与他办厂的事情有关,但都被他推掉了。推的时候,他在电话里低声下气,再三致歉,因为是他办厂,是他求人家而不是相反。这些艾珉都看到了。艾珉说你达到目的了就行了吧,你快走吧,我不想再看到你。但史亚虎不走,他说不看到她情绪好起来就坚决不走。他不断解释,我真的不是光为了你的身体才来找你,我爱你,希望你也爱我。

史亚虎是傍晚王奕下班前走的,走前,他又一次剥光艾珉衣服,抱她上床。这次艾珉没哭,也没用他勒嘴捆胳膊。但送他走时说求你了,你别再来了。史亚虎对艾珉的话置若罔闻,第二天上午又打来电话,又来了,艾珉只能在他临走时把那话又说了一遍。可第三天上午,史亚虎又打来电话人也又来了,但这一回他走时,艾珉没说什么,因为下一天他肯定不能来了,他要去丹东。

那之后,史亚虎就不那么不管不顾地找艾珉了,来看艾珉时,他的谨慎小心有时让艾珉都觉得多余,但他的解释是,我越来越爱你,因而就越来越怕出什么纰漏,只有不出麻烦不生是非,我们的来往才能确保长久。有时他也约艾珉去他住的酒店,但艾珉出门,只能在外边待很短的时间,她怕王奕打回来电话。这样,在家里,他们时间宽裕,但精神紧张,而在酒店,他们精神放松,时间却匆忙。在哪他们都不够尽兴。他们在一起时,总是抓紧时间疯狂做爱,除了脱衣服穿衣服,其他时间都四肢纠缠,皮肉相贴;其他那些不能在一起的时间里,他们便通信,互发电子邮件,每人每天平均发信不少于两次。为此艾珉特意办了一个新信箱。以前艾珉有个信箱,是王奕给办的,可那信箱总也不用,也不知怎么就被废掉了。现在艾珉有了新信箱,只有一个人有这信箱的地址,可这信箱却成了热线。史亚虎在国内外有不少生意伙伴和朋友,电子信箱利用率很高,每天收发的邮件不少于五封,可他告诉艾珉,这几个月,他给她写的字,比这几年他给所有其他人写的字的总和还多。当然了,这期间,有时艾珉还会犹豫,表示要与史亚虎断绝往来。这时的史亚虎就会忘记谨慎,不再小心,借由子找王奕,来他们家,趁王奕看不到时对艾珉做手势,趁王奕听不到时对艾珉说耳语,其中心意思只有一个:我爱你,你也爱我吧,别不理我。这很刺激,但太危险,尽管艾珉喜欢这刺激,却不敢让这危险持续下去,她只能也对史亚虎做手势,说耳语:那好吧,还来往,但你别再这么莽撞登门了。可下一回,如果艾珉又动摇了,史亚虎还会故伎重演,在王奕的眼皮子底下引诱艾珉。

直到有一天,在辽宁大厦的一个房间,史亚虎顺嘴提到写信的话头,说他写给她的信,比这几年他给所有其他人写的字的总和还多时,艾珉忽然伸出双手,捧住他脸,仰头盯视着他的眼睛。我爱你亚虎,艾珉近乎艰难地说,我爱上你了亚虎,我现在告诉你我爱上你了!而在此之前,她只说她跟上他了是没有办法,顶多承认她喜欢他。有时做爱,她放浪形骸,史亚虎渴望得到她爱的承诺,就趁机让她做出表白,即使她说的只是床上的激情之语,夸张之辞,他也希望听到,他也愿意她说。可她不说,他打她掐她咬她拧她她也不说,她只说你真棒亚虎,太好受了亚虎,我开心死了亚虎,我离不开你了亚虎,但就是不说她爱他。可这天,史亚虎没要求她做任何表白。他们已经穿好了衣服,艾珉准备离开酒店,都走到房间门口了,可她忽然转回身来,眼含泪水,主动说了上面的话。

我几乎想象得出史亚虎已经让艾珉满意到了什么程度。艾珉是这样一个女人:在上床之外的其他时间里,文静安详,羞涩胆怯,一个含而不露的色情笑话也能让她脸红;可在床上,她却可以眨眼间变成一头疯狂的野兽,仿佛性爱可以将她身上的每一个毛孔都彻底打开,对任何不堪入耳和难以描述的性话语与性行为,她都能欣然接受并甘之如饴。她天然地懂得这样的道理,她的快乐与男人的快乐互为里表,是一枚硬币和谐的两面,因此,也可以说她又是一个由衷地以使男人快乐为己任的女人。可即使这样,在我的记忆里,她也极少使用"爱"这个字眼,她善于巧妙地回避它。似乎,它在她心目中有特殊的地位。

这样一个"慎爱"之人对史亚虎主动表白她的爱情,史亚虎如何的受宠若惊是可想而知的。当天下午,王奕下班前,艾珉上网看信箱时,看到了史亚虎的一封长信,与她讨论他们私奔的问题。

四月一号，他们离开沈阳到了丹东。

这是一次不测之旅，前程未卜，后事难料，他们只有彼此需要的冲动，但这冲动将让他们牺牲什么收获什么，他们一无所知。他们此时能想到的，就是设法迫使王奕面对既成事实尽快答应离婚。他们算定了王奕不会轻易放弃艾珉，所以只能先斩后奏，他们的希望在于，两人分居半年以后，艾珉去法院一起诉，法律会替她解决问题。这是他们掌握的一项法律条款，是他们感觉，婚姻法中，有这么一条，涉及分居和离婚的条款；但到底有没有呢？他们谁都没提议去有关部门咨询一下。也许是他们不敢咨询，怕万一没有。

"反正你什么也不要，除了孩子，法律不会难为你的。"史亚虎这样安慰艾珉。

"王奕肯定拿孩子卡我；但他只要同意离婚，孩子我也可以不要。"艾珉反过来又安慰史亚虎。

当然他们也想到了一些别的法律条款，比如重婚罪。如果王奕知道他们住在一起，成了事实夫妻，是可以按重婚罪起诉他们的。"但他不能！"艾珉果断地把这条否了。不用解释，史亚虎也想得出为什么。他史亚虎是单身汉，与有夫之妇同居属于道德问题，王奕告他们重婚的话，只等于告艾珉；可是，即使事情发展到了这样的地步，以王奕的为人，他也不会把艾珉送进监狱的，动她一个指头他都舍不得。他们利用王奕对艾珉的爱惜，无所顾忌地同出同入。

可几天以后，他们就都感到，这样无声无息地隐匿下去非憋疯不可。艾珉那边，由于史亚虎不让他往新民妈妈家挂电话，她想女儿都想上火了，嘴角起的水泡又大又亮；同时她也惦记王奕，离婚是离婚，可离婚也不能折磨人家呀。而史亚虎那边，他竟萌生出一种强烈的屈辱感，好像是他的妻子被拐走了；他觉得这么不负责任地挨下去，首先被挨掉的将是他的尊严，他不出面迎战王奕，便等于把矛盾转嫁到了艾珉身上，而这种转嫁既无耻又卑鄙；这样下去，即使艾珉不说什么，他自己也会把自己看成只配偷鸡摸狗的懦夫软蛋。于是，他们不用商量，就同时变更了原来的计划，他们都认为立刻与王奕建立联系是君子之举。

　　他们给王奕发了电子邮件。王奕及时回了。王奕的态度在他们的预料之中，但王奕能顺藤摸瓜地沿着艾珉的电话找到丹东，这艾珉没想到——史亚虎仍然建议艾珉等一等再往家里打电话，可艾珉偷偷打了——她没敢把这事告诉史亚虎。几天以后，史亚虎把王奕发到他信箱里的一封邮件给艾珉看，他埋怨艾珉把事情搞砸了，使得王奕更有信心耗下去了。

　　……还是那句话，过去我有耐心追求多年把艾珉追到手，现在也就有耐心等待她的回心转意，我相信她很快就能想明白看明白，更适合她的是我而不是你。比如，我们这么多年相敬如宾，虽然也有生气的时候，但我都没骂过她一句；可你呢，你已经开始打她了，让她伤痕累累，有苦难言。我知道你是狗改不了吃屎，你暴躁的脾气野蛮的作风，是改不了的。你可以一时让艾珉受你蒙蔽，但不可能长期让她当你的驯服工具。她是人，她需要尊重。所以，我不会再和你讨论我与艾珉是否离婚的事，我和她是夫妻，我只愿意给她写信。如果你肯替我当传话筒，那请你告诉她，这么多年她和我在一起也挺憋闷的，既然出去了，就好好玩玩，散散心吧。我不会怪她，她的妈妈和女儿也不怪她，我们大家都祝她玩得开心，她在外边玩多久家里的大门都向她敞开，我们都像她出门之前一样爱她……

看完这封信艾珉哭了。史亚虎没劝她，而是喊，你告诉他，你爱我，你喜欢我打你，喜欢让我弄得青一块紫一块的。艾珉也真的就这么给王奕写了回信，只是她的表达婉转节制。但有一点她的回复毫不含糊，她说不论王奕多宽宏大量，她也更爱史亚虎，她求王奕答应与她离婚，若他和她离婚，就是对她最大的爱。王奕又回信说，你要我怎样我都愿意效劳，独独离婚这事不行，因为你是一时冲动；王奕进一步强调，你更爱史亚虎也许不假，也许你还能永远爱下去，可史亚虎爱你则是五分钟热血，他抛弃你是早晚的事，他即使是一时气头上把你推了个跟头也能暴露出你在他心中的地位怎样，况且，我不认为你身上的痕迹是摔跟头摔的。这样，在信里，他们互相都不松口，僵持不下。

史亚虎承认他对艾珉有过暴力行为，但并不过分，只是拍拍打打，并且，他的"拍拍打打"是始于他们好上之初的，只不过那时比较谨慎，没留痕迹。但艾珉并不怪他动手动脚，若怪，也就不会跟他私奔了。事实是，艾珉认为他的粗暴是爱的表示。

预审员对此嗤之以鼻。史亚虎没做进一步解释。

在史亚虎心中，艾珉是圣女。这么多年，他以各种方式接触的女人并不算少，可不论那女人对他多好，他始终认为，女人就是婊子，都是婊子，只不过有职业婊子与兼职婊子的区别——前者一把一利索，当场买单结账，后者放长线钓大鱼，秋后算总账。史亚虎的生活离不开婊子，可他又一点也瞧不起婊子，甚至与明码标价的职业婊子比，他更瞧不起那些在当婊子的同时还立牌坊的兼职婊子。他举他的两个妹妹为例。小的那个，曾在多个城市的多家色情场所当过职业婊子，几年下来，除去交罚款治性病等各种开销，回家乡开美容院时，手头的存款也差不多有二十万了，那样大数目的一笔钱，是她爹妈多少辈子也挣不着的；而大的那个，师专毕业后，公开职业是县城里的小学教员，模范班主任，三八红旗手，丈夫眼里的贤慧妻子，孩子眼里的慈爱母亲，从兼职给县教育局局长当了几年专用婊子后，到局长退休她又投进一个副县长的怀抱止，不算她的荣誉效益，光钱物收入加在一起，也远远超过妹妹的收益了，而且她还不用像妹妹那样辛辛苦苦地担恶名冒风险。

　　比较之下，艾珉在生活中那种平和的心态散淡的趣味，给史亚虎带去的则是亲切甚至感动。他头一次见到她，就认定这女人是他阅人史上的一个异数，她的兴奋点只存在于虚有的层面而不是实在的层面，这品质在而今几乎近于绝迹。那天在饭桌上，史亚虎信口开河地讲日本的富庶与发达，人际的凶险与阴暗，可艾珉忽然激动地插话说，有一天她在电视上看到采访中野良子了，她觉得这女人像个老大嫂似的非常可亲，她知道她演过《追捕》，可没看过，就去租碟把《追捕》看了，结果一下就迷上了这部电影，连看了七遍。说完她就没事了，重新沉潜进自己的天地，并不管史亚虎、王奕的交谈还能否接上。相近的事情经常出现，她那种把两截不相干的东西接上再断开的思维方式与行为方式，让史亚虎觉得好玩极了，在他看来，正是这种天真未凿的混沌性情构成了艾珉身上四射的魅力。最初几次他们做爱，艾珉回回都不情愿，可完事后，史亚虎去阳台抽烟回来，会发现艾珉竟旁若无人地在哼哼小曲，赤条条地仰躺在床上架起二郎腿，一副心满意足的样子。史亚虎讨好地问她是不是挺开心，她会一下子把不知飞到哪里的心思忽然收回，用睡衣或被子裹住身体，说哎呀，我以为你是王奕呢，然后就愁眉苦脸地催他快走，求他下次别来了。可也许十分钟都没过去，只要让她在自己的某种感觉中浸泡一会，她就又能忘记她身边的男人是史亚虎还是王奕，甚至都忽略身边是否还有人，她会重新自得其乐地干点别的：比量一条性感内裤，翻看一本电影画报，在镜子里审视自己的裸体……但她那种没心没肺，恍恍惚惚，给人的感觉又不是她发傻，而是她洒脱。虽然她随史亚虎来丹东了，但她从未试图弄明白史亚虎的工厂是怎么回事，什么规模什么性质，产值多少利润多少。她对虚幻的东西充满好奇，对实际的事物却视若无睹。刚来丹东时，史亚虎也曾想过，艾珉如此的粗枝大叶，全无城俯，大概属于那种你把她卖了她还帮你数钱的人吧；尽管他不认为她头脑真的那么简单，开玩笑时，还是送她一个小迷糊的外号。可有一天，艾珉出去买菜，他找东西时不经意地翻看了艾珉装衣服的箱包，在一个隐蔽的夹层格里，他看到了三封遗书似的信，是这三封信，让他对艾珉的心中有数有了新的认识。那是三封分别写给妈妈、女儿和王奕的信。写给王奕的简单，还是说对不起之类的话；写给女儿的丰富，既有一个母亲对女儿的思念，也有寻求女儿理解的解释；而写给妈妈的那封，则完全就是遗书：

……与史亚虎出来，完全是我自己的选择，与他没有任何关系。如果我不幸出了什么意外，那都是我自作自受，是我命不好，怨不得包括王奕、史亚虎在内的任何人……

从落款日期看，前两封信，给女儿的和给王奕的，都写于刚到丹东的那几天，而给妈妈的那封遗书，标明的则是三月三十一号，也就是说，她从沈阳出来之前，就什么都想到了，已经有了最坏的思想准备。这件事史亚虎没说破过，但私下里，通过电子信箱，他给王奕发去了更多更急切的沟通要求，乞求、谩骂、恫吓、利诱，软硬兼施的话都说尽了，他表示，只要王奕能放弃艾珉，提出多么苛刻的条件他都接受。

王奕始终以柔克刚，对史亚虎采取回避战术，但一封封发给艾珉的信，却也像史亚虎发给他的信那般焦虑急迫，尽管艾珉也像他对待史亚虎一样，只要他不同意离婚就不理他，可他还是写个不停。这事情变得有意思起来。把两个男人连接起来的中间环节是艾珉，但此时的艾珉倒置身事外了，只任两个男人热锅上的蚂蚁那样徒劳往返。终于，有一天，声称不会再与史亚虎对话的王奕，在一封新邮件的主题上标出了史亚虎的名字，而以前，虽然他的邮件是发到史亚虎信箱里的，主题栏里的名字却是艾珉。这一次，点邮件时，史亚虎激动得手都哆嗦了，他的预感告诉他，问题解决了，他甚至在心里叫了声谢天谢地。可几秒钟后，那邮件上的文字一显现出来，他就垮了，有数分钟之久他眼前发黑，几乎栽倒在他的笔记本电脑上。在邮件里，王奕写道，有些事情他本不想说，说了会让艾珉难堪，他自己的良心也受折磨；但好在他坚信最后艾珉仍是他妻子，与别人怎么看没有关系，而他也将通过对艾珉进一步的爱来弥补他揭她隐私给她带来的伤害，因此，迫于无奈，他只能出此下策写这封信。王奕说，他不知道史亚虎对艾珉了解多少，他现在要把艾珉的情况合盘托出，以此让史亚虎明白，艾珉不是他幻想中虚拟的圣女，而只是现实中与所有女人一样的一个蒙过灰尘沾过污垢的普通俗物：一，艾珉读高中时即被人强奸过，因此高考都没参加；二，艾珉在北京打工时曾做过妓女；三，结婚后，艾珉仍然曾与多人有染，几次工作都做不长久即与此有关。在第三条里，王奕提供了三个在艾珉婚后与他有染的男人的姓名地址电话和工作单位，其中就有我。从此以后，在记录史亚虎口供的询问笔录上，我的名字又出现过四次。

这样的信息，对史亚虎来说如同五雷轰顶，好半天里，他从心脏到四肢都处于痉挛状态，浑身上下都酸麻胀痛，也不知是个什么滋味。他知道王奕已经恼羞成怒，才使用这不惜伤害艾珉的损招来挑拨离间；但他更知道，王奕是个诚实的人，一般不会胡说八道，尤其不会针对艾珉胡说八道。

"胡说八道。"面对史亚虎的质问，艾珉只这么咕哝了一句。史亚虎已经杀气腾腾了，艾珉却没事一样，该干什么还干什么，嘴里小声哼着流行歌曲。

这么一来，史亚虎的激烈反应倒成了夸张表演，好像他小题大做了。但史亚虎无论如何不相信王奕会说假话，至少他不相信王奕说的全是假话。他继续要求艾珉解释，他说现在咱俩得一条心哪，你得让我知道真相。

这时艾珉的眼泪才淌下来。"我想忘掉过去,可你还逼我回忆,这叫对我好吗!我是被强奸过。我学琴回来,有个人把我劫持了,强奸了,他还强奸过别的女孩,后来被枪毙了……你还要问吗?我以为这事儿早过去了,可王奕他揭我伤疤,他太卑鄙了,他不是人!"艾珉打点着她装衣服的箱包,查看钱包里的钱够不够路费。"我是失过身的女人,太脏了,太下贱了,不配你。我回我妈家去,我看王露去,我想她……"

史亚虎坚决不让艾珉走,他说不论以前发生过什么,他也不怪她,他只是想弄清真相。艾珉问他弄清真相干什么,他无言以对。艾珉说,那你就认为,我以前是个不规矩的女人,干了所有女人能干的坏事,这回放我走吧。史亚虎还是不放她走,史亚虎说你告诉我,王奕都是胡说八道,你是一个纯洁的女人——我不是指强奸,强奸不是你的责任。艾珉说那也是我的责任,我长得漂亮,勾起了男人的邪念。艾珉一向的随和顺从全没有了,她变得固执强硬。史亚虎转而哀求起她来,那光说后两条,后两条全是他编的对吗?是他胡说八道吧?艾珉的神色安详镇定,她眼睛盯着史亚虎,没有一点闪烁游移:我说过了,王奕胡说八道。

史亚虎紧紧抱住艾珉:"艾珉我爱你,我知道你是最纯洁的女人。"

艾珉在史亚虎怀里一阵阵抽泣:"你打我一顿吧亚虎,我也爱你。王奕气着你了,你打我吧,拿我出出气。"

他们讲和之后,艾珉平静地对史亚虎说,我不会一走了之,我不想让你难受,跟你在一起,怎么着我都挺快乐的;但你记住,什么时候你想打发我了,说一声就行,我一丝一毫也不会怪你。史亚虎说别瞎想了,王奕的表现,说明他已经恼羞成怒,已经黔驴技穷,这事马上有眉目了。

但史亚虎对艾珉的怀疑不可能消除,毕竟无风不起浪呀。他给王奕回了封信,希望他能对艾珉负责,对自己说过的话负责。可王奕又不对他讲话了,他只对艾珉说话,说他在给史亚虎的信上说了一些有损于她形象的话,他知道艾珉一定恨死他了。"可我等不了了,我想你,我恨不得你马上回到我的身边,我甚至怀念你们偷偷来往的那些日子,因为那样我们还能在一起呀。"王奕给艾珉的每封信都很长,字字句句缠绵动人。"……如果他对你已经没兴趣了,我的信就可以加快他放弃你的步伐;如果他对你还有所留恋,我的信也可以早一点帮助你们将相处的方式明确下来,免得以后时间久了他知道你的情况后,加重对你的伤害。所以我希望你理解我的苦心。我若不爱你了,没有可能与你在一起了,揭你隐私是缺德,是下流,是损是坏是无耻;可现在我仍然爱你,并决心不论付出多大的代价也与你在一起,即使全天下的人都指责你不是好女人,你也是我心中最好的妻子。所以,我不认为我的行为是一种罪行。史亚虎要的是清纯的艾珉,可我偏要一个风尘的艾珉。艾珉,你回来吧,在他眼里你已不再美好,可在我心中,你从肉体到精神都没有瑕疵……"

王奕的信史亚虎都能看到,但表面上他什么都不介意。可有一天,他和艾珉为看电视的事发生口角时,你来我往地,他竟冷冰冰地旧话重提起来,惹得艾珉哭了半宿他也不哄。第二天,艾珉觉得她无法忍受了,就给史亚虎留了个字条,去了火车站,可到了车站她才发现,她兜里的钱根本不够买票回一趟沈阳,临出门时,她忘记把抽屉里的钱包带身上了。她在车站候车室的录像厅坐了两个小时,看了一场张曼玉主演的电影,快中午时,就心态平和地回家做饭去了。可十二点了,十二点半了,一点了,史亚虎仍然没有踪影,而以前,史亚虎午间不回来吃饭会打电话的。她认为史亚虎仍在赌气,但她不想和他一般见识,就挂了他手机。结果,史亚虎说,他在车上呢,再有半小时就到沈阳了。他说他一上班就觉得闹心,就往家挂电话,可没有人接。他知道艾珉一般下午才出去买菜,他便忙赶回家,结果看到了她留的字条。他连支烟都没来得及抽,就赶到了车站,上了火车,还请列车广播室找过她呢。他说谢谢你没走又回家了;可我既然来沈阳了,就捎带着办点业务上的事吧,坐晚车最迟坐明早的车返回丹东,你在家好好等我;从今以后我再也不气你了,不欺负你了,我爱你艾珉!

可是,当天晚上,史亚虎彻夜未归,第二天手机整日未开,直到傍晚才用其他电话与艾珉联系,说他在东莞呢,有些急事要处理一下,几天之内不会开手机。然后,又过几天,独自守在丹东的艾珉,将会莫名其妙地收到史亚虎从东莞电汇的两万元钱。

史亚虎在沈阳的确有事,但都属于那种在丹东挂个电话就能办妥的事,不必劳他非跑一趟。他也就没跑,利用火车到站前余下来的半个小时,挂几个电话,也就把事情办利索了。在沈阳北站走下火车,他一时不知该往哪去。如果他就在候车室耗上一会,一小时后和两个半小时后,分别有慢车开往丹东,如果他走出火车站拐进不远处的长途客运站,也有汽车逢整点即出发。可他犹豫一下,既没留在火车站也没去汽车站,而是上了一辆出租车。在出租车上,司机问他去哪，他竟一时语塞，说去哪？往前开是哪？司机一下警惕起来，你什么意思？史亚虎立刻恢复了正常，顺手掏出一张纸来。那纸显然在兜里揣挺久了，看上去陈旧而又疲软。是这样，史亚虎点着纸上的三个地址说，这三个地方我都想去，去取东西，但怎么走能少走点冤枉路我计划不好。司机松了口气，拿过纸，看了看说，先去怀远门，然后去沈海路，最后去北陵小区；前两个地址是单位吧，先去单位好，万一耽误点时间，去北陵小区也不影响什么，这是住家吧？从北陵小区回车站也近便。司机是个条理清楚的人，他这计划的确科学，史亚虎心里有数。出租车就先往怀远门开，快到地方时，司机说你给你朋友打个电话呀，让他在路边等你，你交接完东西我好送你去沈海路。史亚虎说不用你等我，我得上楼说会话去。司机有点不高兴了，可还是把史亚虎一直送到一家广告公司楼下。

出租车离开后，史亚虎站在原地，按纸上的电话拨了个号码，说了半天。电话对方没接受他建议，没下楼来，但允许他上去谈谈。上了三层楼，史亚虎来到一个中年男子的办公室里，说你就是杨副经理吧，我是刚才和你通话的史亚虎，我来打扰你，是想了解一下艾珉的情况。爱民？什么爱民？民拥军军爱民？那杨副经理大大咧咧的。还有姓爱的？哦，对对，以前沈阳有个副市长叫艾——请你想想，艾珉……史亚虎说了大体什么时候，艾珉在这家公司做些什么，长得多高多胖梳什么头发。实在对不起，杨副经理说，我们的员工流动量大，这批走了那批来，虽然我管人事，可也不记得了；不过你要是有介绍信，我可以找档案员给你调档，你有介绍信吗？史亚虎走了。他没有介绍信。有介绍信他也不想再问下去。这杨副经理表面看去嘻嘻哈哈，可眼睛一转话一出口，就能暴露出他的滑头本相，即使最后他说他想起来了，是有个艾珉在这干过，那对史亚虎又有何意义呢？他能老实坦白他与艾珉曾暧昧过吗？史亚虎也早料到了，他如此这般的探访屁用没有；可是，就像一个不孝之子为死去的爹妈大办丧事一样，这么做一下，心里似乎能安妥些。

　　史亚虎离开怀远门去沈海路上的另一家单位：信访接待站。可这回更惨，他要找的人根本没在，是没在沈阳，人家正在天津开会呢。你简单点简单点，对方说，谁？艾珉，是那个负责集体上访的大胖子吗？唔，我想起来了，和大胖子什么民坐对面桌的，负责笔录的……他们屋还有个负责安全秩序的小伙子叫任民，大伙管他们叫三民主义，对不？她怎么了？她可不是我们的在职员工，上访的太多，我们雇了不少临时工呢……我们倒也可以再用她，但必须考试，当时谁介绍的？走形式也得考，一视同仁呀……史亚虎没等对方说完就撂了电话。但他没立刻走，他进到信访接待站的大屋子里，从那些哭喊叫骂的上访群众缝隙中穿过，问窗口里一个千娇百媚的小姑娘：徐主任在吗？我不是上访的，我是他熟人，顺路来看他。小姑娘热情地站起来小声说：徐主任去天津了，下礼拜回来；你有他手机号吗？史亚虎点头说有，同时转身往外挤，同时说谢谢。

　　史亚虎离开沈海路，沿环城大道往西北方向走。这回他没叫出租车，就那么慢慢地往前走。火车站和北陵小区都在这个方向，他自己也想不好应该直接去火车站还是再走一趟北陵小区。他想来北陵小区是打算找我，从我这里证实我与艾珉是否有染。当然了，他对他的调查已毫无信心，对他自己察言观色的能力也充满了怀疑，现在的人，说假话做假证时还有会脸红的吗？若他自己摊上这种事，别人来问他，他该怎么打发对方不是明摆着吗。别说他没抓住谁与艾珉的什么把柄，就是抓住了，只要没按床上，任谁都是提上裤子就不认账的。装疯卖傻充无赖，这是如今人人践行的安身之法，立命之则。史亚虎一时没了主意，他为自己也会这么天真幼稚感到丢人。尽管他仍心有不甘，可还是决定放弃调查。宁信其无不信其有吧，况且，即使调查结果证明王奕没说假话，过去的艾珉的确风流成性，那他又能怎么样呢？他能舍得放弃艾珉吗？史亚虎轻一脚重一脚地一路走去，一个小时眨眼过去了，他想抬头看看路时，前边已到了北陵大街。也就是说，如果去火车站，在前一个十字路口他就该南拐，在黑龙江街拐，可他走过头了，来到北陵大街了，他都能清楚地看到马路对面北陵小区的一片灰楼了。

许多事情，都是一步步脚跟脚地走下来的。现在的情形就是这样，史亚虎已经不想来北陵小区了，如果在黑龙江街他抬头看路，提前南拐，这会都快走到火车站了。可他错过了黑龙江街，他一抬头，看到的已是北陵大街和北陵小区。这种时候，也许大部分人的选择都会如史亚虎一样，既然离北陵小区这么近了，顺道的事，就找一下我吧。

我和王奕艾珉都住北陵小区，我住的十九号楼在东南角，王奕艾珉夫妇住的三号楼在西北角。东南角紧靠北陵大街，如果史亚虎来我家，碰到王奕的可能性几乎没有，因为小区太大，我与王奕艾珉在这里同住多年，偶然相遇的事也只发生过一次。也许，我与王奕住的地方调换一下，史亚虎也就不来找我了，或者，为了避免巧遇王奕，他宁可绕上半个大圈，从西北角那个门进小区。毕竟，碰到王奕也就是刺激王奕，对解决问题没有好处。

但几乎不可能发生的事并不等于不会发生。当史亚虎走到二十号楼拐角，已经能看到我住的十九号楼时，王奕骑着自行车从后边上来了。这时正是下班的时候，王奕每天上下班，都要斜穿北陵小区，都要走二十号楼拐角的这条小道，都要出入小区的东南门。王奕的单位在北陵大街最南端。

他们几乎同时看到了对方。他们又几乎同时停下来，以同样的冷静僵持着。

是王奕首先打破了沉默："我真不想再见到你，可你既然找上门来了，就谈谈吧。"

"我们是该好好谈谈，"史亚虎没提他其实是为我而来，以他的性格，他是时刻都要直面矛盾的，"去辽宁大厦的地下餐厅好吗？"

"去我家吧，我不希望有人看到我和你坐在一起，我够耻辱的了。"

他们谈话的情形可以想见，一个平和老实的人占在了理上，一个暴烈强悍的人自知理亏。两人一会和风细雨，涕泪交流，一会又电闪雷鸣，针锋相对，整个谈话过程波澜起伏，风云变幻。先是史亚虎一言不和拍案而起，想一走了之，可王奕把他拦住了；接下来王奕勃然大怒，向外驱逐史亚虎，但史亚虎又表示不谈出个结果绝不离开。是在王奕向门外推搡史亚虎而史亚虎奋力挣脱王奕的时候，悲剧上演了。这时他们都站在门口，王奕推史亚虎，史亚虎振着双臂扬手甩他。史亚虎甩王奕时，根本没考虑到王奕的身体协调性一直不好,上学时,他的体育考试总是勉强达标。结果,随着史亚虎的振臂发力,王奕趔趄着向后退去,双手舞动,脚下拌蒜,到底未能平衡住身体。眨眼之间,史亚虎看到,刚才还在与他拉拉扯扯的王奕,已经扭扭歪歪地倒在了两米开外的长条茶几旁。那坚硬粗拙的大理石茶几,即使屁股磕上去也会让人疼上半天,而此时的王奕,他准确有力地撞在大理石台板尖角上的,是他脆弱而又致命的左太阳穴。

史亚虎知道事情闹大了。他没立刻跑掉,他甚至都没想畏罪逃跑。他打电话叫了120急救车,又随车赶到医院,跑前跑后地好一通张罗。王奕被推进急诊室后,医生让他赶紧交一万元押金,他说我手头没那么多钱,你们先抢救吧。医生说那哪行,你马上筹钱去。他就跑出医院大门,上出租车,让司机拉他找一家交通银行。此时他钱包里只有一张太平洋卡。是在出租车上,他才想到,用太平洋卡在自动取款机上提款一天只允许提三次,而每次只能提两千元钱。于是,他又急忙给两个沈阳的同学挂去电话,让他们有多少钱带多少钱地去医院等他。半小时后,他刚回到医院门口,一个已经赶到医院的同学打通了他手机:亚虎你快一点,王奕不行了!是这时,他忽然想到,天哪,我摊上人命官司了,我跑吧!

史亚虎在东莞待了近二十天,这期间,他尽量不想沈阳与王奕的事,也不想丹东与艾珉的事,只埋头处理他与合伙人的分家问题。主要事情都有了大概头绪大体说法后,他把自己关在屋里,仔仔细细地想了一天沈阳与王奕的事和丹东与艾珉的事,想完,又同时找了两个妓女,痛痛快快地玩了一宿,就飞回沈阳,投案自首了。

旁 白

如果那天史亚虎没碰到王奕,而是找到了我,我将怎么回答他呢?也像杨副经理,以及假设没去天津出差的徐主任将会做出的表现一样?拍拍脑门说,噢,小艾呀,我们认识时她还小孩呢,前几年又见过一面。怎么了?我能就这么打发史亚虎吗?艾珉可以天真地认为,这事糊弄一下就过去了,只要史亚虎的调查没有结果,他们就还能甜美如初。但这可能吗?史亚虎真能那么轻信?既然事已至此,也许让史亚虎直面真相倒更好一些。可如果我如实说了,王奕没撒谎,至少在艾珉与我的关系上他没有撒谎,那么,史亚虎便会善罢甘休吗?如果他得寸进尺,不依不饶,又将出现什么局面呢?那样一来,艾珉所承担的风险和遭受的伤害,会不会更大?艾珉太一厢情愿,她把事情看简单了,可我要替她看到问题复杂的一面……不过,我再想这些全没用了,王奕的猝死,史亚虎的被抓,让我的担忧变得没意义了。

这是一幕惨剧,它毁了三个人。可这怪谁呢?如果需要追根溯源,是不是我这个艾珉的"老哥"也该负些责任呢?这样一想,我不寒而栗。

那时候,我大学毕业,被分回沈阳,一个区文化馆成了我的接收单位。这样打发我的一生我无法满意,我一时气盛,放弃了人家分给我的工作,重返首都当"京漂"去了。当然那时尚无"京漂"的说法。那时候,我豪情万丈,踌躇满志,今天想当布莱希特,明天要做尤奈斯库，一面拼命工作，一面放浪形骸，自诩为二战前的巴黎艺术家。有年夏天，为了挣钱搞小剧场话剧，我和几个朋友投身商业活动，其中的一项，是在通县租一所小学，办了个暑期表演训练班，一举从全国各地骗来近百个做明星梦的少男少女。那批学员中，就有刚刚十六岁的艾珉。艾珉算个小老乡，来自沈阳的新民县，我与她接触多些顺理成章。本来，我不是个只对女人长相感兴趣的男人，我更喜欢一个人有独特的性格与独特的气质，我一直认为特殊即美。但我得承认，艾珉最初打动我的，的确是长相。一个十六岁的孩子，还很难说什么独特不独特，不过作为一个孩子，她却具备了一个尤物式女人的所有品质，也得算与众不同了：温柔、含蓄、性感、妩媚、天真、烂漫、内敛、隐忍……诸如此类的词汇都可以用到她的身上。我喜欢上了她，把她带上了床，让她从个女孩变成了女人。那时我有女朋友，正在沈阳读教育学硕士。我问艾珉，你想不想让我离开她，和你恋爱。艾珉一本正经地想了一会，然后平静地回答：我不知道，反正你要我我就跟你，你不要我，我也不会缠着你的。她这么说话，很像在给王奕的字条上写的那个落款：艾珉于四月一号愚人节。后来，假期一结束她就回新民老家继续学业去了，我们各写过五六封信；再后来，我在北京日渐落魄，也回沈阳结婚过日子当居家男人去了，虽然离她近了，可我从没想过再去找她。

我们再次见面，是八年以后。当时我老婆喜欢上了别人，正和我闹离婚，带着女儿搬到她妈家不回来了。有一天，我去小区粮油店买挂面，见粮油店对面楼有人搬家，而那个指挥搬家的女主人，竟是艾珉。我想躲开没来得及，艾珉也看到我了，我们的联系重新开始。当时她赶忙把王奕介绍给我，又兴致勃勃地给我看她女儿的照片。她女儿王露快两岁了，在她妈家。而那天晚上，我经不住这两口子的盛情邀请，与他们一起在小区里一家饭店喝了乔迁酒；接下来，我见他们忙了一天都太累了，房间又一时收拾不利索，就借着酒劲建议他们来我家住。他们也就来我家了，一见我家的情况，也就明白了我的现状。过两天，王奕正常上班后，我给艾珉打去电话，问她想不想来我家坐坐。我强调，我什么事也没有，她不方便就不必过来。其实应不应该邀她过来，我很犹豫，而我的邀请方式，也充分证明了我的举棋不定。听我的口吻，艾珉自然猜得出我什么意思，她说我想想。十分钟后，她回电话说，老哥，嫂子还能回来吗？我明白这就是艾珉天性的善良，她首先想的是，我一个人孤独寂寞性欲无着。我说艾珉你甭管我，想不想过来，看你自己。艾珉这才说，你要要我，我还跟你好；可我不是以前那个纯女孩了。当时我没理解她的"纯"是什么意思，以为她说她结婚了就不纯了呢。我说傻孩子，在我怀里，你永远是那个十六岁的小妖精呀，来吧。她就来了。

至于王奕，他是个比我还不善交际的人，照理说，我们成了北陵小区的邻居以后，再没什么联系才更正常。可有一回，他翻译出一篇日本医学杂志上的文章请我发表。那时我们杂志发文章不仅不收版面费，还有稿费，是我和我们主编好一番争取后，才给他发的，但事后我告诉他，我们杂志一般不发翻译文章。为此王奕很感谢我，请我吃了顿饭，聊天时又说到围棋，就非拉我下了两盘，结果发现，我俩竟是一对不分伯仲的臭棋对手，我们的来往就多了起来。特别是我和老婆正式离婚后，王奕大约又有了安抚我的意思，来我家的次数就更多了。我从来没去过他俩的家。

我不愿意和王奕建立一种频繁走动的朋友关系，但王奕却拉着我，让我身不由己地与他形影相随。这大约让艾珉很不舒服。其实我也不舒服。一段时间后，艾珉说老哥咱们别来往了吧，我说也是，这么着太对不住王奕，咱算了吧。我和艾珉便停止了约会。但在我和她最后一次在一起时，当我说"这么着太对不住王奕"时，艾珉有一句话我当时没在意，后来想想又似乎颇有深意，她说，倒没什么对不住王奕的，我是不想对不住你。

后来，随着我与艾珉关系的结束，我与王奕的交道也少了起来，应该说，是王奕对我的热情淡了。这时候，如果我和艾珉再恢复往来，也就没什么不舒服了，可我没再找她。倒不是我不喜欢她了，而是，一想到她，我就会想到她那句话："我是不想对不住你"。她和我私好暗合蒙骗王奕，又怎么会对不住我呢？我是个谨慎的人。我愿意有所忌惮。

接下来，几年时间一晃而过，直到那个四月一号的愚人节雨夜，在我记忆中已经淡漠了的他们夫妇，又以新的方式闯进我生活。再接下来，王奕又走出了我的生活，甚至还走出了这个世界，而艾珉，她等于也走出了我的生活，因为有一天，我试着往她家打个电话，一个男人告诉我，这房子他刚刚买下，原主人搬哪去了他不知道。我感到怅然。我以为，虽然艾珉肯定还存在于这个世界，但她再也不会出现在我生活中了，在这一点上，与王奕一样。

我逐渐从"史亚虎一王奕"事件的阴影中走了出来。本来嘛，从更直接的意义上说，这事与我没必然干系，我无须为之自寻烦恼。我的烦恼也真的就越来越少，不打算评职称了，不必写医学论文了,这让我有了一种解放的感觉,工作之余,我又可以随心所欲地搞我的戏剧研究了。可就在这时,某天上午,我刚把《谈谈皮兰德娄的四个剧本》这一标题敲上电脑,艾珉的电话就打了进来。

"老哥,我是艾珉,你好吗?"电话里的艾珉,不像上次在丹东打电话时那么惶恐忙乱,听她口气,似乎上礼拜我们刚见过面。

"艾珉?真是你呀,先告诉我你电话,以后我怎么找你。"倒是我显得慌慌张张,好像一秒钟后,她就会消失。

接下来,艾珉继续用轻松的口吻和我说话,她问我认不认识看守所的人,说她有个朋友犯了点事儿,她想去看看,但判决前人家不让探视,得求人才行。"是史亚虎吗?"我直截了当地回问了一句。对此艾珉准备不足,好像她忘了在丹东时与我通过电话。她张口结舌地愣住了,而且转瞬间,她声音也不再像刚才那么明亮欢快,语气中带出了一丝苍凉。

"你知道了?"她苦笑一下,"你怎么知道的?"她顺嘴这么问了一句,没有非让我回答的意思。可我故意如实回答了。

"四月一号,你离家去丹东那天晚上,王奕就到我这来了,那之后,又来过好几回。你和史亚虎的事,包括你以前的事,他对我说了挺多……"

"老哥——"艾珉叹息着叫了一声,显得很无奈。"那你,现在是不是瞧不起我了,不喜欢我了?"

"没有艾珉,我一直喜欢你,相信你……"

"王奕人不在了,我不好说什么,可我的事儿,我希望你听我说……以后有空我什么都说给你,好吗老哥?"

"艾珉,说不说其实并不重要,我有自己的眼睛……"

"谢谢你老哥。"

这之后，艾珉比较细致地说了史亚虎的近况，再之后，我也就跟看守所联系上了。看守所也有医生，看守所的医生也评职称，看守所的医生通过我买版面发论文我给过优惠价，我通过他开后门帮艾珉探视史亚虎也就算礼尚往来了。下一天中午，我陪艾珉去了看守所，然后又陪她去了长途汽车客运站。她是早上从新民赶过来的，现在还要再回新民。我留她吃过饭再走，她说不饿，只是不停地偷偷看我，目光闪烁情绪恍惚。我问她要说什么，她装作没事似的摇头，笑我头发白那么多也不染染，然后亲我一下就检票上车了。可两小时后，估计她刚刚走进家门，她电话就打进我手机了，她说老哥我忍不住了，我实话告诉你吧，我第一爱史亚虎，第二爱王奕，第三才爱你，我这么说了你还爱不爱我。我一般不使用"爱"这个字眼，我知道艾珉用它也很慎重，但此时她用了，我硬是回避也不太好。我就说爱。艾珉又问，那你还要不要我。这个字艾珉倒是常用；可在男女关系上，我对"要"字的理解与她不同。不过我也只能顺着她的意思往下说了。我又说要。艾珉好像松了口气，在电话里哭了起来。老哥，她说，老哥我想你，我想去看你，我想在你身边多待几天，我现在就去你家你会烦吗？我说改日吧，你刚到家。可她说，你有固定女朋友了吗？我保证不会破坏你们……我笑了，说傻孩子，我哪有女朋友；不嫌累你就过来吧，愿意住多久就住多久。

又是两个多小时后，艾珉再次和我见面了。我们紧紧拥抱的时候，她喃喃道，老哥，你打我几下行吗，我想让你打我，要不我身上可难受了。我没有惊讶。我照她话办了。

正文：艾珉的说法

　　那个男人，艾珉以前肯定见过，当然印象不深。艾珉是那么美丽漂亮的一个女孩，即使她不像其他美丽漂亮的女孩那么清高、傲慢、目空一切，她也没道理去关注一个陌生男人，尽管那男人可以称得上帅，有风度，面色和善还文质彬彬。

　　那天是个周日下午，艾珉从小提琴老师家回来得早，想顺便去个住平房区的同学家玩。她一路走一路轻声哼唱，很快就偏离马路，磕磕绊绊地踏上了平房区坑洼不平的泥土路。那男人大概跟她一会了，猜到了她要往哪里去，要不然，当他们在个胡同拐角处忽然走个顶头碰时，面对惊慌的艾珉，他不会显得那么得意。艾珉想和他错过身子，可他顺手拉住了艾珉的琴盒。来，来我家给我拉一段。他不是征求艾珉的意见，而是命令，好像他们是熟人，他有权利要求她这样。艾珉摇摇头，紧抱住琴盒，她想拒绝可说不出话来。对艾珉表现出来的怯懦与恐惧，那男人在得意之外又有了满意，他似笑非笑地哼了一声，揽住艾珉肩膀硬往前走。其实他态度算不上蛮横，也不能说他面露凶光充满杀机什么的，但他表情上声调里，又确实有一种特殊的威严，不容人反抗，使艾珉好像被施了魔法，只能迈着机械的双脚，进了他家的院门和房门。

　　那男人的家整洁朴素，墙上挂张大幅的三人合影照片，一望而知是他和他妻儿。那男人伸手拿过艾珉的琴盒，都没看一眼就戳到了墙角，他自动取消了听琴的借口。然后，他再次把手伸向艾珉，由抚摸她头发开始，逐渐将她抱进怀里，喘着粗气说，我爱你艾珉我太爱你了你把我迷得茶饭不思……他居然知道她的名字。艾珉挣扎，说放开我，我给你拉琴好吗，我喊啦。可那男人根本不管艾珉说什么，只顾自己兴奋，用力撕扯艾珉的衣服。艾珉尖叫，别撕坏我衣服！那男人愣怔一下，动作慢了点，但却已不再面色和善和文质彬彬了，说出的话恶狠狠的：再出声，我就整死你！艾珉不敢张嘴了，只无声地挣扎。在艾珉无力的反抗中，那男人很快剥光了她，并且抽出自己的腰带，捆住她双手，还用裤子把她胳膊和上身扎在了一起。艾珉只能绞紧两腿，嘤嘤地哭泣。那男人没立刻进攻她下身，先哄她。他由上至下地亲吻和抚摸她的身体，同时重新说那些甜言蜜语，帮她放松。艾珉也果然放松了下来。后来他试图进入她身体，艾珉再次开始抵抗。在这一过程中，若艾珉的抵抗比较激烈，他就又恶狠狠地说威胁的话，若艾珉屈服于他的淫威，顺从了，他也就能再温柔起来，轻手轻脚的，小心翼翼的，好像艾珉是易碎品。他在艾珉身上折腾的时候，又喊又叫像个快乐的孩子，然后忽然停下来，问艾珉什么时候来的例假。得到答复后，他离开艾珉去抽屉那里，拿出个避孕套自己戴上，又折腾一气，直到瘫在艾珉身上。这之后，他就一言不发地看着艾珉，揉搓艾珉胳膊和手腕上的勒痕，舔去艾珉脸上的泪水，还抻开艾珉衣服裙子上压出的褶皱。后来他送艾珉出门时，才满脸歉意地开口说话，先说对不起，又说别告诉你爸妈。

艾珉当然不会告诉爸妈。事情既然已发生了，告诉爸妈又能怎么样呢？况且，她根本就不知道她爸爸在哪，她只希望这事就这么过去。

可几天以后,那男人在她放学路上又堵住了她,晃动着手里的匕首,把她再次裹携到他家。他脱艾珉衣服时,艾珉反抗,这回他毫不客气地又捆上了她,并且,这一回,他已预备好了一条柔韧的胶皮绳子,黑亮而细长,勒在皮肤上又凉又涩。他忽而情意绵绵地爱抚艾珉,忽而又咬牙切齿地咒骂艾珉,还把艾珉屁股打得啪啪响。艾珉说你干什么你,怎么打人!他说你走了我才想起来,你不是处女!艾珉就不吭声了,理亏似的忍受他折磨,好像她不是处女,就欠了他什么。这之后,他又找过艾珉三回,每次都把艾珉绑上,有限度地折磨,折磨完说对不起,说完对不起再折磨。当然每次艾珉都反抗,从他找她就开始反抗,可她的反抗总以失败告终,而且,如果他在离开她身体之前就为她松绑,她的双手还会回搂住他,在他肩背上留下指甲的划痕。

再之后,那男人就不找她了,再之后找她的是有老师和妈妈陪同的警察,警察向她了解那男人的情况。本来她想否认她认识他,可警察好像知道的挺多,她只好把事情的来龙去脉说了一遍。再之后,她听说那男人被判了死刑,罪名是强奸,被他强奸的中学生计有四名,其中艾珉在那四人中排名第二。再之后,几乎全县城的人都知道了艾珉的遭遇,认识她和她妈妈的人,络绎不绝地前来关心慰问,不认识她和她妈妈的人,则抓住一切时机在她们背后指指戳戳。是这时候,一个偶然的机会,她在妈妈的陪同下去河边散步,"邂逅"了王奕——但她和她妈妈都认为,那是王奕知道她们母女常去河边,特意等在那里的,只是王奕没承认过——从此就有了王奕对她的追求,寄一首他发表在报纸上的小诗,或寄一本好莱坞影星的传记。再之后,艾珉就没法上学了,包括学校的课业和业余时间小提琴的课业,她都没法学了,她只能连续十天二十天地闷在家里屋都不出。这时候,有当初一块学表演的女友在北京打工已经站住脚了,她受到启发,一改往日的忠顺服从,不惜和妈妈吵翻,跑到北京投奔女友去了。她是带着小提琴去的北京。

除了王奕,家乡这边的人,包括艾珉的妈妈政治老师,都以为艾珉一直在北京的演艺圈寻求发展,只不过发展的不顺利而已。可不是这么回事。严格地说,在北京的艾珉,演艺圈的门口她都没迈进去过。

她的小提琴在北京根本派不上用场。她也认识了几个地下乐队的人,可人家除了对她的长相气质不挑剔外,对她的歌喉与琴技,一点也不看好,有个家伙听她拉了一曲《草原的早晨》,说全北京能拉到她这程度的女孩子,没有五万也有三万。从此艾珉没再摸过小提琴。这期间,她也认识了两个导演,可都只带她上几回床,就没了踪影。这样,她那双自以为只为拉小提琴而生的手,就只能用于端盘子上菜或给人洗头了;而她那个自以为只应该在银幕上舞台上光彩照人的美丽形象,也只能在当迎宾小姐时像霓虹灯一样把酒店的门口照亮。

艾珉在北京待了将近两年,那段时间,多数时候她情绪低落,只有看到妈妈的来信或与妈妈通电话时,能高兴一点。后来,她高兴的理由逐渐多了,看到王奕的来信,每月收到王奕特意给她订的《大众电影》,偶尔接到王奕的汇款和见到专程来北京看她的王奕,她也高兴。只是,针对王奕的高兴她不表现出来。

当初收到王奕的诗时,她根本想不起来他的模样,只记得他瘦瘦高高，拘谨羞涩，直到王奕来北京看她，她对他的印象才建立起来。有天早上，刚过八点，她还没起床呢，有人告诉她有老乡找她。她跑出来，一下愣住了，她已经完全不认识他了。王奕说她妈妈委托他来看她，可她知道他说的是假话，就在前一天，她还和妈妈通过电话，妈妈并未提到有人来看她。但他以她妈妈名义带给她的东西，她还是收下了。那些小食品，那些药，那条围巾和那件毛衣，她不收下让他怎么处理呢？她没要他想留给她的钱，反而坚持着请他吃了顿饭。她只求他别把她的现状说给她妈。后来的事实证明，王奕做到了这一点。王奕答应的事总能做到，这让艾珉对他印象很好。艾珉的酒店上午十点上班，晚上十点下班。王奕在北京待了三天，三天里，每天都来陪她四个小时，上午八点至十点，晚上十点至十二点，可以说，那几天，艾珉过得非常快乐，而且，她觉得她挺喜欢王奕这个宽容随和的大哥哥的。但她拒绝接受他的爱情。那时候，在北京，好像随便哪个男人对她好一点她都感动不已，只有王奕，在所有对她好的男人里对她最好，最尊重她，最不存邪念，最专一忠实耐心，最有可能让她安全稳定，可她唯独不接受他。

"为什么？你为什么不接受我？"艾珉的忽冷忽热，让王奕既困惑又痛苦。

艾珉解释不清为什么，不仅对王奕解释不清，私下里对自己也解释不清。"你是怜悯我，可我不需要怜悯。"她只能用女性杂志上这种似是而非的话搪塞王奕，也是撑持自己。但不管怎样，她的快乐多了起来，在妈妈让她高兴的同时，王奕也成了她高兴的理由。

最初到北京,她没想过要委身男人。她那些热爱表演的小姐妹中,有好几个都有男人包养,有的干脆就是职业妓女,但她不愿意那么生活。是的,她也和两个影视导演上过床,但那是为事业呀,那与为了生计的委身是不一样的。艾珉拒绝男人,倒不是性观念上有什么障碍,其实,从青春期之初,她就发现身体是一样好玩的东西,性能给她带来乐趣,即使遭遇了强奸事件,她也没把男女之事看成灾难,倒是违心地禁锢身体压抑性欲,使她常有自残之感。许多时候,由于她漂亮,男人一见她就抓耳挠腮,就欲火中烧,而她却要依一般女人的行事方式对其不理不睬,甚至装得厌恶反感,这让她心里非常别扭。她没想过待价而沽,也没打算欲擒故纵,在她眼里,只有让她有感觉的男人和没感觉的男人。后一种当然没什么好说的,对前一种,她总会因拒绝了他们而内疚自责,不仅不觉得他们的骚扰伤害了她,反倒认为,是她的拒绝伤害了他们。所以,与其说她是拒绝男人,不如说她是拒绝对肉体进行道德化与功利化的理解和使用。她妈妈也长得漂亮,又多年寡居,是许多男人追求的对象。她看得出来,有几个在各方面都很出色的男人,让她妈妈也挺中意;可她从没发现妈妈与任何男人有过私情。她不明白,妈妈为什么甘愿闭关自守。

"这个叔叔多好呀,你为什么不理他。"

"他有家。"

这是妈妈拒绝男人的唯一理由,而没家的男人,那些有可能与妈妈成家的男人,艾珉没有能看得上眼的,妈妈更是看不上他们。

"不结婚光好,不行吗?"

"不道德。"妈妈说,说完又补充,"男人也许愿意那样,可女人，太吃亏。"

艾珉对妈妈的前一个回答不以为然，她知道一些按妈妈的评价标准"不道德"的人，在社会上倒是很"道德"的。比如她爸爸，被妈妈赶出家门前，总和外边的女人不结婚光好，可她爸爸在所有人眼里都很优秀，除了妈妈，再没人认为他有什么不道德。至于妈妈的后一种说法，让艾珉怎么也想不明白，不结婚光好，女人为什么就吃亏呢？由于这也是许多人的观点，艾珉希望妈妈的解释能更透彻更明确一些。

"是因为女人容易怀孕，但那孩子又不能生下来，太麻烦吗……"

"你别总操心这些没用的！"

妈妈中止了进一步的讨论。

其实继续讨论也没什么意义，妈妈有妈妈的观点，艾珉有艾珉的认识，如果在新民时，艾珉不同意妈妈也得服从妈妈，那到了北京，她就尽可以我行我素地恣意而为了。但在北京的头一年，在那两个导演之外，艾珉没有结交男友，倒不在于没遇到让她有感觉的男人，而在于，王奕的存在让她有点为难。在她心中，她一直没想好该怎么摆放王奕的位置，而不能摆好王奕的位置，她就无法安下心来谈情说爱。一年多以后，即使她终于投进了那个湖南男人的怀抱，那与她的我行我素也没有关系，那只是她最后把王奕选定为未婚夫的结果。

这样说来让人费解，这艾珉，怎么没确定是否与王奕恋爱时不和其他男人好，而决定和王奕恋爱了，有未婚夫了，反倒要投入别人的怀抱呢？是的，这正是艾珉。在她那里，一旦把与王奕的关系明确下来,心里就踏实了,再与别人谈情说爱,便只是单纯的谈情说爱,那就可以与谈婚论嫁谈责任论义务那种事划清界线了。艾珉天然地认同爱情可以不存在于婚姻中的观点。当然了,我认为,艾珉如此无所顾忌地同时投身两场恋爱,也与她尚不甘心就此成为王奕的未婚妻有关。她也知道,王奕没什么不好,但对王奕她就是找不到感觉,甚至因为王奕明知道她被强奸过还追求她,都让她心生怨恨,好像他羞侮了她,她必须以背叛他的方式予以回击才能获得平衡。在主观上,她实在没理由拒绝王奕,她只能借助客观力量去伤王奕的心,以使他发现她的秘密,对她彻底失望,从而放弃她。

后来王奕也真的就发现她与那个湖南人的秘密了,但并没放弃她。

那个四十不到的湖南人,在当地是个少壮派的官,来北京,要在中央党校学习半年。他是艾珉女友的固定嫖客,一次吃饭时认识了艾珉,就偷偷问艾珉什么价钱。艾珉对那人印象不错,但她解释说我不是妓女,不能跟你。这么一来,那人对艾珉印象更好了,他不再找艾珉的女友,转而暗地里追求艾珉,送鲜花请吃饭买小礼物什么的,还表示他再也不嫖了,他只爱艾珉。这让艾珉感觉很好,就跟他好了。几个月后,那人结束学习回湖南时,给了艾珉一笔钱,说以后一定会再来找她。可这事不知怎么被女友知道了,她把艾珉臭骂了一顿,指责她抢她生意。艾珉说我们这是爱情,不是生意。女友说屁爱情,你只不过是个变相的婊子而已:我零售,你批发。后来,史亚虎当着艾珉的面这样评价他的妹妹或其他女人时,艾珉总觉得她对不住他,她替所有的女人对不住他。而当时,女友把她和湖南人的事告诉王奕时，她倒没一点理亏的样子，她说王奕，我都婊子了，你别要我了吧。可王奕没吵没闹没提分手，倒是一个劲地责备自己，尽管，他也说不出他错在哪了。他苦苦哀求艾珉跟他回沈阳，他最重的话只是说：艾珉，你也疯得够可以了，别再闹了。这一回艾珉真感动了，她表示再也不胡闹了，就跟王奕离开了北京；不过，她离开北京的另一个理由没告诉王奕，在心里，她是怕她继续待在北京，没准真会由一个变相的婊子，变成一个女友那种正式的婊子。

王奕是个真正的君子，艾珉在北京的任何事情，他都保密，丝毫没泄露给政治老师，而且，当艾珉的感情出现波动，说她其实并没想好是否要接受他时，王奕仍表示，不论你怎么犹豫，只要你不嫁人，我就等你。于是有一天，王奕回新民看艾珉时，艾珉主动对王奕说，你要真不嫌弃我，就赶紧和我登记吧，免得我再出尔反尔。王奕当即就跪下了，说谢谢你艾珉，我爱你还爱不够呢，怎么会嫌弃你。而艾珉觉得，王奕能要她这样一个一身污点的人，应该她给他下跪才对，王奕跪她是颠倒了，这哪行呢。于是她也跪下了。两人就跪在冰凉坚硬的水泥地上，忍着膝盖的疼痛，完成了他们的第一次拥抱接吻。

结婚后，他们日子过得太平无事，王奕对艾珉依然恭敬有加，这都出乎艾珉的意料。艾珉听过不少这样的故事，结婚前，男的对女的穷追不舍，百依百顺，可结婚后，就对女人没了兴趣，轻的带搭不理，重的非打即骂，好像到了他手里的女人，公主也得变成奴隶。王奕始终没有这样，两人生活了九个年头，艾珉几乎记不得王奕是否发过脾气。王奕也有不高兴的时候，但他不高兴，顶多一两天不开口说话，或者，应该在家的时候他出去疯走，半宿半宿地走，走得筋疲力尽了才回来睡觉。而他的不高兴，最多两天，两天后，如果艾珉还不高兴呢，他又会主动哄她，不论谁是矛盾的责任方，他都检讨自己的不是，把错误揽到自己身上。王奕的所作所为让艾珉无话可说，所以她从来不惹王奕不高兴，如果看出王奕有了不高兴的苗头，还没等他不说话，或出去走，她就尽量先把他哄好，让他高兴。

王奕最高兴的事是关心艾珉，是艾珉允许他关心她；而艾珉哄王奕的绝招，正是倾述自己的屈辱，以使王奕的关心能有的放矢，能落到实处。一般两人上床以后，王奕并不像有些男人那样，要么把妻子搬过来就用，要么独自倒头便睡。王奕上床后，总要和艾珉说一会话，只是不打算做爱时，他的话不会那么肉麻。如果这天他有做爱的计划，在黑暗中，他的情话就能连绵不断，还不停地亲吻抚摸艾珉的全身，然后在两人对话的过程中，利用某一个比较自然的切入口，见缝插针地进入艾珉的往昔：冯学松裹你脚趾头？王彦明完事总哭？李君回回都让你在上边？梁浩说他老婆怎么不行……冯学松、王彦明、李君、梁浩，这是王奕知道的和艾珉有过性关系的男人。早期王奕总问艾珉，还有谁，你说出来，说了心里能好受些。可艾珉说没了，真没了，我向毛主席保证没了。王奕相信了艾珉的保证。艾珉的表情天真无邪，艾珉的眼神诚恳笃定，他有什么理由不相信呢。可我知道，艾珉至少漏掉了一个，漏掉了我。我问艾珉，为什么没承认我，艾珉说，如果咱们没再见面，王奕永远也不会知道我有过你；可那几个人，他要是真找我女友去仔细打听，能打听出来。艾珉耍心眼也耍得实实在在。而那几个人，王奕知道的那几个人，冯学松、王彦明、李君、梁浩，他总希望艾珉能多讲讲他们，讲他们的一切，尤其讲他们身上那些私密的东西：生殖器的大小，做爱时间的长短，喜欢什么体位，愿意说什么话，甚至，搂艾珉的姿势，捏艾珉的手劲，吻艾珉的方法，等等等等，不一而足，越具体越精确越好。不过王奕的询问没任何恶意，连醋意都没有，他只是帮艾珉分析：这人是玩你，这人是爱你，这人撒谎，这人诚实。分析完，由于艾珉配合了他对她的关心，他对她的关心获得了圆满成功，他就特别高兴，而一高兴，他对艾珉的爱情就能达到顶点，他的性能力就可以排山倒海势如破竹。

最初，艾珉不愿回答王奕的问题。害羞倒在其次，艾珉从来不觉得在性的语境里关注性有什么不妥，她对男人也充满好奇，对两性间的事情都充满好奇。可她可以和别人讨论，比如和我；但和王奕讨论，她不能不警觉，她担心王奕是捉弄她，是要更全面地掌握她的把柄证据，以控制她、驾驭她、羞辱她。不过她很快便发现了，王奕了解她的性经历性体验，目的单纯，只是兴趣使然，他并不把她的秘密当成打击她的武器。而且，王奕帮她做的辨析判断，也使她对许多事情有了更全面的理解，多了更深刻的了悟。这样，再后来，除非她心情不好，没有兴致，王奕问她她会拒绝描述；一般情况下，只要王奕需要，她就会告诉他他渴望了解的一切。有些东西王奕一遍两遍三遍地要求她讲，她也就一遍两遍三遍地反复介绍，甚至虚构一些更耸动视听的内容以满足王奕。有时王奕能发现一些细节上的出入，说你那回不是这样说的，艾珉就带着歉意说，哦，我记混了。当然了，尽管艾珉没觉得把这些事讲给王奕有什么不好，但她却本能地知道应该把握住一点，那就是永远要给王奕那样一种印象，她过去的性生活对她是一种致命的伤害，她想都不愿想，更别提复述了；可王奕想听，她不忍心惹他不快，就只能痛苦地一趟趟徜徉在回忆之中。

但时间一久，他们的掩饰就渐渐少了，王奕听艾珉讲她的过去，已不必再打着关心的幌子，他就是爱听她讲那样的故事，如果艾珉不讲，他的生理都会有意见闹情绪，不配合他与艾珉的欢爱；而艾珉这边，在讲述时，她声音里也不见了难过和伤痛，讲那样的故事，与她给王奕讲一些演员轶事已没什么区别。只是，两人谁都不点破这点，并且那样的交流永远在视觉关闭的黑暗中进行，触觉和听觉，心甘情愿地接受欺骗。

也是在这期间，艾珉先后去几个单位上班，同时与我重新建立了联系。但在一个个新单位，她的确没和那些杨副经理徐主任们发生肉体关系，她之所以在哪都干不长，都干上一段就主动离开，是因为她怕时间长了，经不住诱惑，与他们发生肉体关系。而艾珉主动建议与我分手，则是另一个原因，是她怀疑王奕已经发现了我们来往的蛛丝马迹。有一段时间，艾珉感到，王奕的窥阴兴趣在往我身上转移，他一方面频繁来我家了解我的一切，一方面又反复打探艾珉与我到底有没有关系，他对艾珉说，他很想知道我妻子离开我，是不是因为我不行。当时艾珉对我说"我是不想对不住你"，是她担心，若王奕真发现了我们的事，就会用他的方式拼命"关心"她，而那样，她几乎就没法隐瞒我的一切，包括我大腿根上有个瘊子，或射精时喜欢大呼小叫。艾珉说她不能想象，当我兴高采烈或专心致志地与王奕喝酒下棋时，表面上也兴高采烈或专心致志的王奕，却像孙悟空一样，已经潜进我衣服里边，正偷偷窃笑着琢磨我那疤子的形状或射精时的样子呢。艾珉认为，她失踪后王奕之所以一再找我，给我讲述她的过去，那是因为，第一他怀疑她的出走与我有关，他希望讲述时，从我脸上能看出破绽；第二呢，他一定认为，让我知道艾珉的往事，对我能构成折磨和打击。尽管他没证据，但他始终坚信，我与艾珉曾经有染。在这一点上，他猜对了。

以艾珉的姿色和性格特点，到哪个单位都易受骚扰。她倒从不招惹男人，不光没有过秋波四射或言语挑逗的时候，连穿着打扮上都偏重朴素。她循规蹈矩，任劳任怨，随便什么人与她聊上十句八句话，都能感觉到这是个心里只有孩子丈夫的女人。除了节日的单位会餐属于集体活动她要参加，别的活动，比如有人请她吃饭唱歌游泳爬山，她一次也没应允过，女人请她她都拒绝。但即使这样，男人还是不放过她，也许，这原因在于，她从来不会义正词严地喝退男人，而只会惶恐羞涩地退缩躲避。杨副经理搂住她亲吻时，她的反抗只是说别，你别这样；徐主任把手伸向她胸脯时，她的回应只是面红耳赤地抽身离去。于是，杨副经理徐主任们，就一而再再而三地亲她的嘴摸她的胸，而她只能辞职了事。

王奕是怎么发现或者推测出杨副经理徐主任对她的骚扰以及她与我的来往的，她始终不知道，但王奕把窥探热情转向杨副经理徐主任和我，这却让她大为反感。王奕对她以前的事情兴趣浓厚，不管出于怎样的心态，她都愿意理解，毕竟那时候她只是她，还没有王奕，或者有王奕了，但他对她约束力过弱，因而，他只能过后百般打听。可现在，她早成了他的妻子，一个丈夫眼见别人勾引妻子或感觉到了妻子有可能正向别人投怀送抱，却还睁眼闭眼，然后对那也许处于正在进行时的秘密恋情表现出畸形的好奇,这太离谱了。艾珉只能认为这是王奕不把她当人,是不尊重她这个做妻子的。当然王奕又一向尊重艾珉,任何时候都没轻视过她怠慢过她,这就更让艾珉感到他不可理喻。所以,艾珉以辞职这种极端的做法避免与其他男人纠缠不清,包括与我断绝来往,那其实不是对王奕忠诚的表示,反而是用她特有的方式,对他进行的抗议和报复——以她的纯洁击碎他对她淫荡的想象。

就是这时候,史亚虎出现了。

必须承认,史亚虎的确讨女人喜欢。他外表的男子汉气概加上在东洋镀来的文明修养,使他在强硬刚毅之外又多了份温文尔雅,这与王奕和杨副经理徐主任们是不一样的。王奕太柔弱,暴烈的时候显得虚张声势,杨徐太粗俗,彬彬有礼时显得不得要领,而史亚虎的一招一式都恰到好处,真实自然。首次登门,他送给艾珉一束花,笑嘻嘻地承认时间太紧,去不了花店,是在省政府门前的花坛子里顺手偷摘的;他委托艾珉送给王露的礼物,是只很高级的保温杯,他说这是上飞机前别人送他的,还没用呢,虽然知道王露还小,还没有出门旅行的可能,但以后,总会用上的。然后他就说话,说了那么多有趣的事,听得艾珉跟着两个男人哈哈大笑。可即使这样,艾珉什么也没想,根本没想到下一天他会从车站再跑回来,问她生活得是不是快乐。

后来艾珉问史亚虎,你是不是对王奕有什么意见,想通过我报复他。那时艾珉刚看个外国电影,老同学甲恨老同学乙,便勾引了老同学乙的妻子,而一旦那老同学乙的妻子上了他床,他就对老同学乙夫妻一块进行了嘲弄。与此同时，艾珉正好也得到了王奕的提醒，说史亚虎是个危险的人，他不信任他。可不信任他又无法将他拒之门外，倒不在于他能给王奕提供挣外快的机会，那点翻译费，对任何人来说都算不得大钱；他拒绝不了他，只因为他找不到合适的拒绝理由。可史亚虎告诉艾珉，他勾引她时什么也没想，只因为他一眼就判断出了她适合他。与王奕不能拒绝他的理由一样，他怎么努力，也拒绝不了艾珉的吸引。至于他是否对王奕有意见，那则是艾珉的神经过敏。虽然他和王奕不是朋友，但也从无矛盾，他唯一有点不舒服的是，王奕作为一个从未当过班干部的普通学生，毕业前能混到党票，分配的单位也属于中上等，而这些好处，他这个连续四年的班干部都没得到，有点不平衡。可同时他又非常清楚，这都是老师和学校的事，怪不着王奕。但即使这件事，也早不算事了，他怎么还会事隔多年来报复王奕呢。他笑艾珉中电影的毒太深了。艾珉不愿意被谁利用，不愿意成为两个男人矛盾的牺牲品；现在知道史亚虎勾引她与她是王奕的妻子没有关系，她和史亚虎好也就坦然多了。她和他好，伤不到王奕，这是最让她感到欣慰的地方。

几乎在他们好上之初，史亚虎的暴力倾向就显露了出来。许多时候，史亚虎的温柔细腻令她陶然欲醉，较之王奕单纯的百般呵护，又多了一番别的滋味。艾珉看得出，史亚虎对待女人既有技巧，更有天赋。可又有一些时候，特别是做爱时，他的粗暴狂野又令人恐怖，他嗥叫、战栗、撕咬、撕扯，像在进行一次生死搏击。在把艾珉领往丹东前，在艾珉家或者宾馆里，为了避免惊动别人，他的嗥叫是压抑的，他更强烈的表现是身上的每一条肌肉都不停地战栗；同样，为了不在艾珉身上留下痕迹，他的撕咬也只能针对自己的胳膊，他的撕扯也只能针对手边的枕巾床单胸罩和三角裤。但自从艾珉的身体成了他一个人的身体，他的忌讳就没有了，他掐她，打她，咬她，拧她，偶尔还用绳子捆她，在她失去自主能力的情况下与她亲近。当然了，他做的一切都极有分寸，都局限在两人均能接受的范畴内，并确保那疼痛只导向游戏的快乐而不是身体的伤害。这也是史亚虎的本事。听他声若兽吼看他面目狰狞，你会以为他下一步就该杀人了，就能见血了，可他的动作，却总能保持着轻重适度点到为止，有时艾珉都渴望他再凶狠一点，再残忍一点。对于史亚虎的这种嗜好，艾珉最初非常惊讶，也不适应。但很快，她觉得她就喜欢上了，甚至暗示和怂恿史亚虎这么干，她觉得史亚虎带给她的快乐前所未有。在他们做这种虐恋游戏时，艾珉的呻吟、扭动、表情、言语，都能帮助史亚虎把他的掐、咬、打、拧、捆绑，限制在一个恰到好处的界线以内，倒是她反过来将这种快乐回赠给史亚虎时，她从来也搞不清楚界线在哪。史亚虎鼓励她接着来，继续做时，她往往要退缩和迟疑，因为这种时候，史亚虎似乎是一个没有痛感神经的人：

"对！对！痛快！舒服！"

有时候，史亚虎对艾珉也真生气，不是对她的什么行为言语生气，而是他需要生气，便把那气发泄在艾珉身上。在两人不足半年的同居生活中，史亚虎与艾珉生气的次数，比王奕九年里生气的次数还多。不过，生气时，史亚虎倒不动手了，大概是怕控制不住自己吧。他不掐不打不咬不拧，只要求艾珉把衣服脱光，有时还会把她捆上，然后对着她的裸体指指点点，破口大骂。

"贱货！"他喊，"说，你是不是贱货！"艾珉自然回答不是，然后说亚虎亚虎我只是你的贱货。这样史亚虎能平静一点，但仍然要再喊一会。"不是贱货你跟我走？你为什么放着好好的日子不过来挨我欺负？"

"婊子！"他叫，"你是不是天下最骚的婊子！"艾珉对这样的称呼要提出抗议，但又一定要补充一句，我是史亚虎的骚婊子。有了艾珉的表态，史亚虎内心会非常得意，但他表面上仍要凶神恶煞。"哼，你那么轻易就让我得手了，让我干了，让我操了，你肯定是个最破最烂的婊子！"

"荡妇！"他骂，"你他妈那眼神那动作那声调，浪的都没边了，你在哪学的你？"艾珉需要赶紧表白，亚虎是你把我弄成这样的，你把死人都能弄活，我是情不自禁荡的浪的。史亚虎愿意听艾珉这样解释，这时候他会觉得他是最棒的男人，但他仍然需要证实，需要一个女人亲口承认她的觉悟源于他的唤醒。"你连跟我私奔都敢，你胆子也太大了，你说你是正经女人吗？不是！你他妈天生就是荡妇，婊子，贱货……"

常常，史亚虎会叫喊得更不堪入耳，直到把他储存的伤人恶语都骂光骂净了，他才情绪一转，低三下四地去哄艾珉，风狂雨骤地去爱艾珉。

如同最初不能接受史亚虎在她身体上制造疼痛一样，史亚虎最初冲她发脾气，艾珉也急眼，会哭着表示要离开他。可艾珉很快就发现了，史亚虎在精神上诋毁她也如同在肉体上蹂躏她一样，并非是因为恨她仇视她瞧不起她，而是为了更好地爱她，爱得更加淋漓尽致。叫喊责骂在史亚虎那里，既是一种必要的宣泄手段与释放方式，更是一种游戏、一种表演、一种姿态、一种仪式，一旦赶上这种时候，艾珉若能配合他一下，他的热情就能被数倍地唤醒，他们也就会共同获得数倍的满足。

艾珉是渐渐接受并喜欢上史亚虎的做法的，她感到，被他统治，被他支配，被他役使，被他责罚，会让她既切肤地体会到自己的存在，又彻底地得到解脱。像奴隶那样服从主人，这能让她活得无忧无虑，忘记那些只对人起扼杀作用的禁忌与约束。每当她毫无防护能力地打开自己，铺展在他面前，特别是当她眼睛被黑布蒙上，等待着他向她发动攻势时，她既会对未知产生某种好奇的向往，强烈地感受到不确定因素带给她的刺激，同时，也会因对局面的无能为力，针对史亚虎，生出一种更为真实彻底的信赖感、亲密感和依存感来。于是她愈加唯唯诺诺，而她的唯唯诺诺，又能更有效地把史亚虎的关爱情绪与呵护意识诱发出来。当然了，史亚虎风格的关爱与呵护，是将两人的感觉与欲望都充分调动起来，把彼此对对方肉体与精神的享用与占有推向极致。但艾珉也看得出来，史亚虎以这种方式与她寻欢作乐，又并非他久谙此道，能驾轻就熟地把一套技术手段移植到她身上。其实，他从最初用睡衣带子捆她，到最后配齐网上成人用品商店里的诸种工具，完全是一点一滴尝试的结果，甚至可以说，他是在与艾珉的交欢实践中，逐渐发展完善起这一项目的。这样的游戏、表演、姿态、仪式，没有双方的共同努力，是无法完成的。

显然，从人们习惯的男欢女爱的角度看，他们所共同感兴趣的方式是畸形的，是变态的，是野蛮的，是可耻的。即使平常他们讨论他们的行为时，并不认为他们畸形变态野蛮可耻，可是，艾珉仍然非常清楚，在史亚虎眼里，她的圣女形象正因之而变得可疑：难道一个本分女人会在婚外情之外再私奔出走吗？难道一个正派女人能喜欢他这个淫邪之辈才喜欢的性爱方式吗？艾珉倒不怕史亚虎不把她看成圣洁女神，甚至，她总想找个机会告诉史亚虎，她不像他想象的那么清纯干净，如果他忌讳这个，她可以离开。某种意义上，她倒希望他把她看成婊子贱货荡妇，这样她身上的压力会小一些，否则，床下的天使床上的魔鬼并不好做。可一来，史亚虎更愿意以他的认知方式给艾珉定位，先把她设定为圣洁女神，然后再怀疑自己的设定，在这矛盾中接受自我折磨所引发的刺激；二来呢，由于艾珉最初是以天使的形象出现在史亚虎面前的，而她又越来越喜欢他，时间一久，她就没法把自己魔鬼的一面交给他了，她怕他伤心，怕他因此离她而去。事实上，史亚虎好像已经有了预感，感觉到艾珉的往昔不那么清爽。可他与艾珉有着相似的害怕，他也怕自己伤心，甚至一怒之下把她赶走。于是，他就从不正面打探她的过去，他人为地切断了她的历史。

但让他们两人都没想到的是，王奕会以告密的方式，出卖艾珉，从而使他们两人都无法不把已被切断的历史再连缀上。

"王奕说的是事实吗？"

"是又怎样，不是又怎样？"

艾珉是一个神奇的女人，她能本能地与男人的各种游戏、表演、姿态、仪式建立呼应关系。她从不有意识地做什么，在她身上，许多女人那种做作、迎合、讨好的习性她都没有，即使史亚虎骂她贱货婊子荡妇时，她按着史亚虎的意志做出了相应的表白，也完全是特定情境下的自身需要，而不仅仅是在单方面地依顺史亚虎。她的一切表现都自然而然水到渠成，真实是她全部特点的总括。此时就是这样，史亚虎刚张嘴问这么一句，她立刻就变成了一个咬钢嚼铁的无畏女人。她的表情是平静的，她的声音是柔和的，但就是这样的表情与声音，让人觉得她随时都能坦然地放弃一切，能坦然地面对无家可归的流浪甚至更糟糕的后果。就好像，死亡是她的一个理想归宿，而因为最终还有死亡的接纳，她便不惧怕发生任何事情。这也是艾珉让人既爱入骨髓又怕入骨髓的地方。

　　果然，只这一个回合，史亚虎就蔫了回去。"宝贝，我爱你爱到什么程度你知道，你怎么样我都不能把你怎么样。别说王奕是说你的过去，即使他说你现在怎么了，说你和我好上之后怎么了，我也爱你……我只不过有点好奇，想知道，王奕说的是不是真的……"史亚虎可怜巴巴地偎进艾珉怀里，都不敢看她，他知道她这人常常匪夷所思，他根本猜不透她会怎样回答，甚至他也隐隐地希望她别做回答。

　　过了一会，艾珉也紧紧回搂住史亚虎，脸上的泪水一串串滴落。"我知道亚虎，我知道你爱我，我也爱你。王奕他不是坏人，他没办法了才这么说，可你真往心里去就太傻了。好好听话亚虎，来操我，我想让你操我……"像以往的吵架一样，他们的对话于瞬息之间就改变了方向，而这方向的变化，总是得之于艾珉无为而治式的顺手牵羊。

　　史亚虎的精神又振作起来，但忍不住还是追问："艾珉，王奕真会撒谎？"

　　艾珉无邪的目光中既有委屈更有坦诚："是的亚虎，王奕这回胡说八道了。"

但他们的身体离开以后，史亚虎将信将疑地上班以后，艾珉还是慌张起来，她又变成了一个六神无主的小女孩。利用出门买菜的工夫，在街头 IC 电话里，她给杨副经理徐主任，以及我，分别打了电话，说了她要嘱咐这几个人的不同的话。其实，她再坚强，再无畏，她也害怕失去史亚虎，尽管，她很清楚，没有史亚虎她也不缺少爱，王奕还爱她，怎样都爱；可是，王奕那种哥哥的爱，父亲的爱，无法与史亚虎那种男人的爱，野兽的爱相提并论。她也知道，她与史亚虎这种靠新鲜和刺激维系的爱，不保险，太脆弱，有问题，由于绷得过紧，随时都有断裂的可能。可是，她不允许自己想那么多，本来她也不是一个善于预见后果的人，她只能走一步看一步了。但她走的每一步，她都希望轰轰烈烈。

果然，很快，断裂的时刻就来到了，只不过这断裂并非出现在她和史亚虎的感情上。

还没收到史亚虎电汇的两万元钱，艾珉就意识到有意外发生了，而两万元钱的不期而至，则证明了她的判断。也正是因为她意识到已经发生了意外，她便没再打过任何电话，连史亚虎的电话都不打了。她就那么守在丹东的出租房里，无望地等待史亚虎的消息。直到二十天过去了，有一天，她听到了史亚虎从沈阳传来的声音。

"你还在等我？"

"我当然要等你。"艾珉的激动迅速过去了，她冷静的表述像在介绍晚餐的菜谱。

史亚虎在电话里哭出了声音。"谢谢你。"然后，他迟疑一会，把发生的一切都告诉了艾珉。"艾珉，我杀了王奕。是失手杀的。我现在在公安局门口，正准备自首……"

"什么？亚虎，不可能！"这时候，艾珉的预感得到证实后，她才哭出来，她哭王奕也哭史亚虎。她一边哭一边让史亚虎再等等她，与她见上一面再考虑自首。"亚虎，我陪你逃吧，你不能自首。死了一个就够残酷了，你不能再死！"

"艾珉，有你这话我就够了，我没白喜欢你一回，我相中你算我没看错人。可我已经想好了，杀人偿命，况且，我欠王奕也太多了……"史亚虎解释，本来他打算去丹东最后再看艾珉一眼，可他不想牵连她，只能以这个方式与她道别，与她永别。他说，他已经给他妹妹们汇去了钱，让她们请律师，因为医院急救室对王奕之死也负有拖延抢救的责任，从这个角度做做文章，再加上他不是蓄意杀人，没准他能被免去死罪。"我也又给你汇了十万，你好好生活，再找个，对你好的人……艾珉，我毁了你的生活，对不起……"

旁　白

评职称这事是条绳子，它一旦缠到你的身上，你就很难再解开它，它会把你越勒越紧。其实什么事情都是这样，你摸了一个女人的手，就还想进一步亲她的嘴，你混上了处级的位置，又会渴望爬上局级的宝座，你今天开个小卖店，明天就想开大超市……所谓人心不足，得寸进尺。从这个意义上说，停止渴望是不可能的，可渴望是什么,是另一种奴役呀。换一种说法就是,摆脱奴役也没有可能。

当然了,奴役不仅仅是欺凌和压迫,它在欺凌你压迫你的同时也让你舒服让你好受,这才是你无法摆脱它的根本原因。比如吧,我是真想把职称这条绳子从身上剪断的,怎么着还不一辈子呢,没职称难道就活不成了?可不是这么回事。人是一种天生就懂得追逐利益的动物,凡好处当前,必趋之若鹜;可由于天下从无公平可言,也不应该无原则地公平,那些先抢到好处控制权的人,就必然设置一道道门槛以囤积好处,猫耍老鼠般地引诱后来者跨那些门槛,跨过一道门槛能多得一分好处,而跨不过去的活该倒霉。本来,我已想认命当倒霉蛋了,可近来——咳,近来让我感触良多。第一件事,厅里搞了一次货币分房,就是个别副处级别副高职称以上的人,房子未达到标准米数的,不论你是否打算买房,都补你一笔钱,结果,好几个人一下子就到手了十来万块。如果所有未达到标准米数的人都给补钱,我也能有份,我的住房只五十多平米,而我中级职称的标准是八十五平米,按一平米三千算,个人拿三分之一公家拿三分之二,那我差不多也能得到六万多块。可我得不到。我问他们难道没有副处以上级别副高以上职称的人就连自己应得的福利都得不到吗?他们说不,也会给,但什么时候给就不知道了。第二件事,厅里组织了一次比较彻底的干部体检,从心脑血管到足踝关节,从前列腺肥瘦到子宫壁厚薄,从照相透视到望闻问切,中西医结合,各诊科齐备,且不提检查的详尽全面,就说那受到的态度礼遇吧,都能让人受宠若惊。有人觉得我们就是卫生口的人,去医院,至少能得到个好态度吧。其实不然,只要是不认识的大夫给我们看病，只要我们混不进高干门诊，即使装成有钱人，和其他患者所受的冷遇也没什么不同。你是病人吗？你来求我救你的死扶你的伤吗？那你就得先给我当三孙子。我抽烟凶，肺和气管都不太好，我长年伏案，颈椎腰椎也都有问题，虽然不是太大的毛病，可我多想得个机会也检查一番呀，毕竟公家有这待遇，要没有，我自己去医院花血汗钱当三孙子也就认了。可不行，被彻底体检的只能是别人，是那些有着副处以上级别和副高以上职称的人。第三件事呢……嗨，不说了吧，不知为什么，近来副处副高总有好事，而我这个自以为什么什么都不比别人差的人，却只能当二等公民。当然我可以继续阿Q，不和人家比，可我又担心，再这么下去，说不定以后有那么一天，副处副高以上的人死了有炉子炼，而我这种人死了，为省个燃油钱，只配在家里腐烂发霉自然风化。我倒不关心死后的事，可我还有女儿呀，我女儿给我当一回女儿，没从我这得到任何好处不说，等我死了，还要用她的纤纤玉手处理我腐烂发霉的尸体，我生养她一回不是造孽吗！

我决定不管面对多大的屈辱，为了享受死后能有炉子炼的待遇，还评职称。

我庆幸我没像当年刚毕业时叫嚣不要工作了那样，冲动地对别人宣称我不要职称了，不写论文了。我对自己的成熟感到欣慰。我静下心来，东抄西摘，经过一番组织加工连缀整合，《暴力倾向与额外的Y染色体》就算完成了。我一遍遍地看它，越看越满意，作为医学论文，它一点不枯燥乏味，反而像一出情节离奇精彩纷呈的戏剧那样引人入胜：话说若干年前，有一个叫理查德·斯佩克的美国人，在芝加哥谋杀了八名护士，被送上了法庭。可开庭之后，他的辩护人却说，他这样做实在是迫不得已，因为与绝大多数人比，他有一条额外的 Y 染色体。我们都知道，正常的女性有两条 X 染色体，正常的男性有一条 X 染色体一条 Y 染色体，只有极少数男性又多了一条额外的 Y 染色体：XYY。由于遗传的原因，男性比女性更具攻击性，而攻击性自然集中在 Y 染色体上，于是乎，谁若有了两条 Y 染色体，自然也就有了两倍的攻击性，那么暴力犯罪出现在这种人身上，就不能说是不正常了。医学专家曾对数例暴力倾向较强者做过……

"放屁！"我们主编刚看了我的论文开头，就把它团成一团扔到我脸上，又是挖苦又是嘲弄地说，"你傻呀，你怎么忙活好几个月就忙出这么一堆生物学上简单决定论的陈词滥调来。这他妈早让人驳得一文不值了，你还当新鲜事儿写论文呢……你呀，算了吧，还评什么职称，你一光棍汉，也不差那几百块钱。"

"这——那……不是钱的事儿，主要是当一回，知识分子……"

"嗬，知识分子？现在谁是知识分子？你？我？得了吧，反正我不是，我没念过大学，我他妈就靠小聪明混口饭吃。"不知为什么，这天主编一肚子邪火，好像要把他刚受的什么委屈转嫁出去。"大言不惭！一个个农民的意识，小市民的行径，还他妈知识分子……"

"你说我？"我也火了。

"都一样！"

"那好，职称我不评了行不？就你这破工作，我不要了也没什么了不起。老天爷饿不死瞎家雀。"我转身离开他办公室。

"看看，还要外加一条流氓无产者的无知无赖破罐子破摔……"

"你他妈疯啦！我告诉你，我今个也气儿不顺，不受你这个！我他妈打不过你，我喷你一身血！"我在他办公室门口回身又喊。

他长长地吐了口气，笑了。"我可算是好受点了。这么多年，全杂志社，你是第一个和我对骂的。"他喝了口水，见我还要往外走，就嬉皮笑脸地招了招手，手里是一本最新一期北京出版的全国性的医学杂志。"你嫂子早就评完职称了，可就爱写这狗屁论文，这篇东西投出去时，我让她署了你的名字——人家不收版面费。"

我犹犹豫豫地接过那杂志，看那篇文章：《在类风湿性关节炎及强直性脊柱炎治疗中对柳氮磺胺吡啶的应用》。"柳氮磺胺吡啶"，我当了这么多年医学杂志的编辑，还真不知道这是什么东西，我在肚子里叨咕了三遍也念不顺当它，我能念顺当的，只是它下边那个我的名字。啊，有我名字就足够了，它已经预示出在不久的将来，我就有资格参加体检和得到房屋米数的差额款了。我看主编一眼，忙又低头。我的眼睛有些湿润。

"我早没跟你说，是希望你自己也弄出一篇来，两篇总归分量重些吧。可看看你这Y染色体，我估计你也确实……"

"你别说了主编，半个月之内，我一定拿出一篇不过时的论文来。"

"你随便吧。"

我带上有我论文——有我名字——的那本杂志离开了主编办公室。我没说谢谢。此后的时间里，我坐在办公桌前，一直梗着脖子挺着腰板，立刻就有了点不可一世的样子。

但回家后，坐到电脑前，我就又心虚地缩成一团了，再写篇论文，说说容易，可具体操作能难为死我，毕竟我下不了手整段整节整篇文章地剽窃抄袭呀。我把"柳氮磺胺吡啶"这六个字念叨一遍都要捋半天舌头，说绕口令似的，我有什么资格写医学论文呢。可我把大话说出去了，我必须写。我又拟了一堆题目，晨昏颠倒地坐在电脑前打打删删。屋里闷热，锅炉房把暖气烧成了桑拿室，我像夏天那样脱光了衣服。可扒层皮我论文也写不下去呀！写不下去，我就溜号，东想西想又想到了艾珉。想到艾珉，我像巴甫洛夫训练的狗那样，下意识地找出一大卷白绷带玩了起来，左一道右一道，前一下后一下，像包扎伤员一样，用手用脚用牙齿，胡乱地把我自己系成了个肉粽子。

我记得艾珉说史亚虎会八种捆绑法，什么飞鸟式、鹤鸣式、刺猬式、虎卧式等等，捆绑出来的花样非常漂亮。我不知道怎么才能把自己捆得漂亮，大概自己捆自己也没法漂亮吧。不过我大体上能勒结实自己，也不错了。我滚到这里倒在那里，悉心体会此时的感觉，很快，我仿佛就理解艾珉和史亚虎了。绑缚能使人变得无助又弱小，而这无助和弱小，让我忽然联想到，如果我能多一点被捆绑的体验，也许，无论生活再让我承受多大的委屈，再让我遭遇怎样的羞辱，我都更容易接受下来。这么一来，虽然我把自己捆绑得乱七八糟，全无章法，根本没有半点美感，可我还是兴致勃勃并性欲勃勃地给艾珉打去电话，问她是否有空，能不能过来欣赏欣赏我。

艾珉在新民休整一段时间后，和已经退休的妈妈带上王露一起回了沈阳，在上园小区租房子住。王露在一所学校借读，她和她妈则开了间叫"点缀"的布艺玩具饰品店，名字还是我给取的。上园离北陵远了一点，但离大北监狱近，被判了二十年有期徒刑的史亚虎就在那里服刑。虽然住在监狱附近，艾珉也不能天天去探监，但感觉上，在她和史亚虎的感觉上，他们好像还生活在一起，他们都能得到些安慰。我问过艾珉，史亚虎出来前，你是否介意与我来往。艾珉说她不介意，说即使史亚虎出来了她也不会介意。艾珉认真地解释说，虽然她已对史亚虎发誓要等他二十年，可并没承诺这二十年里和二十年后，她不会也喜欢别人。从上园小区到北陵小区，打车需要十五分钟，坐公交车得四十分钟以上，艾珉问我欣赏什么，我知道，她的意思是着不着急。我没告诉她欣赏什么，但我说，我门都没锁，就等着你自己走进来呢；你快点吧，打车来。

很快，艾珉就出现在了我的面前。由于她被"点缀"耗去了太多精力，我俩已经挺长时间没在一块了，现在好不容易见上一回，本来，我俩都该表现得激动一点——那种庄重而又感伤的激动。可一对视目光，我俩像一对顽童那样都笑了起来，竟忘记了激动。在我这边，是不好意思的腼腆的笑，在艾珉那边，是又气又急又无奈的笑。

"你干什么呀老哥？"艾珉扑上来把我搂住，亲我吻我，要给我松绑。"你这绑的一点都不对，绳子也不是这种绳子，手法也不是这个手法，你……"

"别，你别动我。"我收住笑，制止了她。"对不对就这样了，我愿意这样。"

"老哥，老哥，我想你了，你别这样好不好，咱们好好上床吧……"

"不行！听话！"我这时倒有了一点庄重与感伤。"把衣服脱了。"我命令她。

艾珉的笑容也敛去了，她退后两步，在我视线中，一件一件脱去了衣服。

看着她的裸体,我兴奋得浑身打抖,我乞求道:"艾珉,你先打我一会好吗?我想挨打。我裤腰带在那呢,那边还有毛巾、塑料米尺,你抽我一会我能好受点……"

艾珉的表情也庄重了,也感伤了。以前她可不会这样,现在她会了,我不知道这是否意味着她成熟了。她举起我的裤腰带,满面泪水地向我靠拢……

啊,我已然提前感到了满足。我闭上眼睛,充满期待。